सार्त्र
शब्दों का मसीहा

चिन्तन की अधुनातन प्रवृत्तियों में अस्तित्ववाद के प्रवर्तक ज्याँ पॉल सार्त्र की साहित्य में उपस्थिति ऐतिहासिक महत्त्व रखती है। नोबल पुरस्कार पाने और उसे अस्वीकार कर देने वाले प्रखर चिन्तनशील रचनाकार सार्त्र व्यक्ति के स्वतन्त्र अस्तित्व की अर्थपूर्ण व्याख्या करते हैं।

एक लेखक, दार्शनिक, राजनीतिक, सामाजिक अभिकर्त्ता, मानव मुक्ति के पैगम्बर, शब्दों के मसीहा—इन सबके जीवन्त मिश्रण थे सार्त्र।

विश्व साहित्य में इतनी बेबाक ईमानदारी, प्रामाणिकता की ऐसी गहरी पहचान कम ही मिलती है। द्वन्द्वों और विरोधाभासों के प्रति सतर्क रहकर उन्हें अपने शब्दों में पूर्णतः अभिव्यक्त करना सार्त्र के सृजन और चिन्तन का महत्त्वपूर्ण पक्ष है।

सार्त्र के दर्शन को गम्भीर अध्येता प्रभा खेतान ने शब्दों का 'मसीहा' लिखकर युग चिन्तक के बहुआयामी व्यक्तित्व को रेखांकित किया है।

सार्त्र
शब्दों का मसीहा

प्रभा खेतान

वाणी प्रकाशन

वाणी प्रकाशन

4695, 21-ए, दरियागंज, नयी दिल्ली 110 002

फ़ोन : +91 11 23273167 फ़ैक्स : +91 11 23275710

शाखाएँ

अशोक राजपथ, पटना 800 004, बिहार

कॉफ़ी हाउस कैम्पस, महात्मा गांधी मार्ग, इलाहाबाद 211 001, उत्तर प्रदेश

महात्मा गांधी अन्तरराष्ट्रीय हिन्दी विश्वविद्यालय, वर्धा 442 001, महाराष्ट्र

सुल्तानिया रोड, मोतिया पार्क, भोपाल 462 001, मध्य प्रदेश

www.vaniprakashan.com
marketing@vaniprakashan.in
sales@vaniprakashan.in

SARTRA : SHABDON KA MASIHA
by Prabha Khetan

ISBN : 978-93-90678-22-8
Non-Fiction

प्रथम संस्करण 2021

मूल्य : ₹ 395

एशियन ऑफ़सेट प्रेस, दिल्ली-110 093 में मुद्रित

वाणी प्रकाशन का लोगो मक़बूल फ़िदा हुसेन की कूची से

अपनी बात

(प्रथम संस्करण से)

सार्त्र को मसीहा बनने की चाह नहीं थी। वे पूरी आक्रामकता से पहले और आख़िरी आदमी बनकर रहना चाहते थे—अपनी समग्रता और एकीकरण में हर आदमी के जीवन का हिस्सा बनकर। वे धरती के क़रीब रहना चाहते थे, ताकि धूल के कण को पहचान सकें। उन्हें विश्वास था कि जीवन गर्दिश में पनपता है और निराशा के अन्तिम कगार पर खड़े होकर आदमी फिर से जीना शुरू कर देता है।

विश्व साहित्य में इतनी बेबाक ईमानदारी, प्रामाणिकता की ऐसी गहरी चाह साहित्यकारों में कम ही मिलती है। सार्त्र ने किसी का सहारा नहीं लिया, न किसी पलायन को स्वीकारा। उनके पास उनका ख़ुदा था, न धर्म-सिद्धान्त, न अचेतन का अपराध-बोध, न जातिगत संस्कृति का बोझ, न पिता, न गुरु—तभी वे कह सके, "आदमी बिल्कुल अकेला है और पूरी तरह स्वतन्त्र; चूँकि वह स्वतन्त्र है, अपनी सारी सम्भावनाओं के साथ वह कोई भी निर्णय ले सकता है और हर लिए हुए निर्णय के साथ प्रतिबद्धता उसकी अपनी है।"

सार्त्र एक लेखक, दार्शनिक, राजनीतिक, सामाजिक अभिकर्ता, मानव मुक्ति के पैगम्बर, शब्दों के मसीहा—एक अद्भुत मिश्रण थे। उनका जीवन इस पूरी शताब्दी की सबसे महानतम बौद्धिक घटना है। 70 वर्ष तक लेखन-धर्म निभाने के बाद, एक के बाद एक सीढ़ियाँ, परिवर्तन के घुमावदार मोड़—आरम्भ में कल्पना-लोक में रहनेवाले सार्त्र—बाद में जगत में, जागतिक घटनाओं में, पूरी तरह निमज्जित, वे मानव स्वातन्त्र्य की आख़िरी पुकार थे। उन्होंने आदमी होने के दर्द को झेला, जीवन को पूरी दिलेरी से जिया, तभी वे कह सके—''आदमी स्वतन्त्र है, किसी भी स्थिति में—वह अपना निर्माता और स्रष्टा स्वयं ही है।'' सार्त्र आदमी को बचाना चाहते थे, एक आम आदमी की तरह। वे कहते हैं—''आदमी अन्ततोगत्वा केवल आदमी बन सकता है, मटर, बेर, या बिल्ली नहीं।'' आदमी के प्रति उनकी यह अडिग आस्था, यह विश्वास, मानव स्वातन्त्र्य के लिए प्रतिबद्धता, उन्हें किसी भी वाद, तन्त्र या व्यवस्था से जुड़ने नहीं देती। ''व्यवस्था आदमी बनाता है अपने होने के लिए, जीने के लिए और जब यही व्यवस्था आदमी को खाने लगती है, तब उसकी स्वतन्त्र चेतना क्रान्ति की पुकार करती है।''

व्यक्ति और समाज, स्वतन्त्रता और व्यवस्था, व्यक्तिपरकता और वस्तु-परकता, आदर्शवाद और यथार्थवाद—सार्त्र इस द्वैत में नहीं उलझे। वे जीवन को समग्रतर की ओर जाने की एक महती परियोजना ही मानते रहे। अनुभव से अनुभवातीत की ओर दी हुई परिस्थिति का अतिक्रमण करते हुए अन्योन्याश्रित होते हुए भी व्यक्ति की, समाज और व्यवस्था के दमन से अपने-आपको बचा लेने की चेष्टा, संघर्ष में अपने को विनियोजित करना, कहीं कोई पलायन नहीं—कला है, तो जनहित के लिए, बौद्धिकी है, तो वह जन की आवाज़ बने—यही सार्त्र का चिन्तन था। इसीलिए सार्त्र ने नोबल पुरस्कार नहीं स्वीकारा। नोबल पुरस्कार की इस प्रकार की बुर्जुवाई संवर्द्धनाओं के ख़िलाफ़ वे कहते हैं कि यदि कुछ को सर्वोपरि रखा जाये, किसी एक का अभिनन्दन किया जाये,

तो अपने-आप में यह क्रमागत विश्लेषण बहुजन का अलगाव लिए हुए होता है। वे उन सामाजिक सम्बन्धों में आमूल परिवर्तन चहाते थे, जो अभिजनों का जनक होता है और जन का शोषण करता है। वे प्रतिभाओं के मूल्यांकन यानी 'रेटिंग' तथा अभिजन 'स्टार-सिस्टम' के बिल्कुल विरोधी थे।

दरअसल बुर्जुवा वर्ग बुद्धिजीवियों के प्रति हमेशा चिन्तित रहा है, क्योंकि बुद्धिजीवी वह अजाबोगरीब जन्तु है, जिसे बुर्जुवा समाज ने पैदा किया है। बुर्जुवा समाज जानता है कि अधिकतर बुद्धिजीवी मध्यम वर्ग में पैदा हुए हैं और मध्यमवर्गीय मूल्यों के बीच पलते-बढ़ते हैं। वे उन्हीं संस्कारों और मूल्यों से संस्कारित और पारित रहते हैं, फिर चाहे उनकी सारी ज़िन्दगी पूर्व संस्कारों से मुक्ति-संघर्ष में ही क्यों न बीते। बुर्जुवा अपने-आपको संस्कृति का संरक्षक मानता है और स्थापित संस्कृति को ज्यों-का-त्यों आनेवाली पीढ़ी को सौप देना अपना धर्म समझता है। यही कारण है कि व्यावहारिक काल के ये ठेकेदार संस्कृति की पहरेदारी में लगे रहते हैं। इस पहरेदारी के लिए बुर्जुवा इनाम समय-समय पर घोषित किये जाते हैं। इन्हीं पहरेदारों को संस्था और मंच पर बैठाया जाता है, ताकि वे व्यवस्था की रक्षा कर सकें। ऐसा भी होता है कि कुछ बुद्धिजीवी यथास्थिति की बात नहीं करते। उनकी सोच का पहलू व्यवस्था के ख़िलाफ़ होता है। पर बुर्जुवा समाज बड़ी सतर्कता से इनकी तहकीक़ात करता है कि अमुक बुद्धिजीवी कहाँ तक विध्वंसक हो सकता है? इस बात का पता लगाया जाता है और तब एक सुनियोजित ढंग से, बड़ी सूक्ष्मता के साथ इस 'इलीट' बुद्धिजीवी वर्ग को, उसके वातावरण को, नियन्त्रि किया जाता है। व्यवस्था के ख़िलाफ़ भौंकनेवाला बुद्धिजीवी अप्रत्यक्ष रूप से पालतू बना लिया जाता है। वह 'इलीट' बुद्धिजीवी सोचता है कि उसके लेखन से समाज के मूल्य बदल रहे हैं, लेकिन यह एक भ्रम है। बुर्जुवा समाज मूल्यों को उसी सीमा तक बदलने की इजाज़त देता है, जिस सीमा तक इसकी ज़रूरत है। यदि बुद्धिजीवी का कोई मुहावरा उसके

अपने हित में हो, वर्ग-स्वार्थ की कोई मुश्किल उससे आसान होती हो, तो बुर्जुवा उसका फ़ायदा उठाने से नहीं चूकता।

ये 'इलीट' बुद्धिजीवी सत्ता के ख़िलाफ़ बोलते हुए भी सत्ता की भाषा में बोलते हैं। इनकी पीठ थपथपाई जाती है। विनयपूर्वक इन्हें पुरस्कार दिये जाते हैं। किसी सांस्कृतिक अकादमी के पद पर इन्हें आसीन भी करा दिया जाता है। यही बुर्जुवा 'स्टार सिस्टम' है जिसकी नरम बाँहों में क़ैद 'इलीट' बुद्धिजीवी चाहे फिर कितना भी छटपटाये, ध्रुवतारा होने की चाह से मुक्ति नहीं पा सकता। विशिष्टता का मोह उसे सत्ता का साझेदार बना देता है और वह समुदाय को महज़ एक भीड़ कहने लगता है।

सवाल यह उठता है कि सार्त्र अपने-आपको किस वर्ग का बुद्धिजीवी कहते हैं? बुर्जुवा तो वह भी हैं, उन्हीं मध्यमवर्गीय मूल्यों को लेकर बड़े हुए हैं, उसी भाषा में तमाम ज़िन्दगी बोलते भी रहे।

सार्त्र स्वयं को तीसरे दर्जे का बुद्धिजीवी मानते हैं, जो अपने-आप में एक चलता-फिरता विरोधाभास है। न वे सत्ता के साथ रह सके, न सर्वहारा की भाषा ईजाद कर सके। शब्द की शक्ति वे पहचान गये थे और शायद अपनी सहज समाधि के किसी क्षण में नाद-ब्रह्म के साथ एकात्मकता की झलक भी पा चुके थे। तभी वे इस शक्ति को सर्वहारा की मुक्ति के लिए प्रयुक्त करना चाहते थे। शब्दों की ताक़त उनके साथ थी; लेकिन अपनी ज़िन्दगी के आख़िरी दौर में वे कहते हैं :

"बुर्जुवा वर्ग से किसी संवाद की मेरी कोई चाह नहीं। न मैं अब उसके लिए लिखना चाहता हूँ; किन्तु फिर भी बात इतनी सुलझी हुई नहीं है। हालाँकि मैंने हमेशा बुर्जुवा-वर्ग के ख़िलाफ़ लड़ाई लड़ी है; लेकिन मेरा लेखन उसी को सम्बोधित भी है। मेरे प्रारम्भिक लेखन में ऐसे बुर्जुवा तत्त्व काफ़ी मात्रा में विद्यमान हैं। आज भी मैं पिछले बारह वर्षों से *फ्लॉबर्ट* पर काम कर रहा हूँ, जिसका कामगार वर्ग से कोई सम्पर्क नहीं। अपने इस काम के प्रति (फ्लॉबर्ट के प्रति) मेरी गहरी प्रतिबद्धता है। यह *फ्लॉबर्ट* ही है जो

मुझे बुर्जुवा वर्ग से बाँधता है। उसके माध्यम से मैं बुर्जुवा हूँ और तब तक रहूँगा, जब तक मेरा यह काम पूरा नहीं हो जाता। मैं अपनी इस सम्भावना के प्रति पूरी तरह सजग हूँ और जानता हूँ कि फ्लॉबर्ट के कारण यह बुर्जुवा वर्ग सोचेगा कि अन्ततोगत्वा मुझे बचा लिया गया है। मैं सत्ता के महल में हूँ, उसे सम्बोधित कर रहा हूँ, उसकी भाषा में उससे बात कर रहा हूँ क्योंकि मैं एक बुर्जुवा लेखक के जीवन पर काम कर रहा हूँ; किन्तु दूसरी ओर मैं अपने-आप से प्रश्न पूछता हूँ, अपनी स्थिति-ग्रस्तता के प्रति जागरूक हूँ और अपनी पूरी जद्दोजहद से इस वर्ग के ख़िलाफ़ हूँ। मेरी पूरी साझेदारी श्रमिक और कामगार वर्ग के साथ है। उनके साथ है, जो बुर्जुवा दमन के शिकार हैं और कुछ नहीं, तो कम-से-कम इस हद तक तो मेरी और सर्वहारा वर्ग की सम्बद्धता है ही। (मैं फिर दोहराता हूँ कि मैं एक चलता-फिरता विरोधाभास हूँ। मैं अब भी बुर्जुवा पाठक के लिए पुस्तकें लिखता हूँ और साथ ही उस कामगार वर्ग को तहेदिल से प्यार भी करता हूँ, जो इस वर्ग को उठा फेंकना चाहता है।) यह वही श्रमिक वर्ग है, जिससे फ्रांस का बुर्जुवा वर्ग 1968 में भयंकर रूप से त्रस्त था और यही वह श्रमिक वर्ग है, जो आज पहले से भी अधिक दमित है। यहाँ तक मैं स्वयं एक बुर्जुवा हिस्सा हूँ, इस अपराध का भागीदार हूँ। मुझे दण्ड भी मिलना चाहिए। *फ्लॉबर्ट* की पुस्तक का जहाँ तक सवाल है, जो मैं लिख रहा हूँ, मुझे आप एक बिगड़ैल बच्चा समझ लीजिए, जिसे बचाने की कोशिश बुर्जुवा वर्ग करेगा। (ये विरोधाभास केवल इस बात की जानकारी देते हैं कि हमारा लेखकीय दायित्व कितना अधिक है! इस विरोधाभास की जड़ें गहरी हैं और मेरे जीवन का सबसे बड़ा मिशन है इन विरोधों को प्रकाश में लाना, सर्वहारा से संवाद स्थापित करना, उनके अनुभवों का हिस्सा बनना। मैं अपने लेखक होने का दावा तभी करूँगा, जब तक मेरा यह प्रयास जारी रहेगा, अन्यथा मैं मौन रहूँगा।)

सार्त्र की सबसे बड़ी लेखकीय अपील, जो हर प्रबुद्ध पाठक को भीतर से आन्दोलित करती है, वह उनके इस कथन की ईमानदारी है।

पढ़ने-लिखनेवाला आदमी चाहे किसी भी वर्ग या सम्प्रदाय का हो, इस ईमानदारी से प्रभावित होता है। सार्त्र एक दार्शनिक लेखक थे और एक ईमानदार दार्शनिक की तरह वे हमेशा जीवन के विरोधाभासों के प्रति सचेत रहे। द्वन्द्वों का अतिक्रमण वे कर सके या नहीं, यह एक अलग बात है, लेकिन द्वन्द्वों और विरोधाभासों के प्रति सजग रहना और अपने शब्दों में उन्हें पूरी तरह व्यक्त करना, बुद्धिजीवी जगत की एक मौलिक ईमानदारी है, जो हम सार्त्र में पाते हैं।

'शब्दों के मसीहा' का दर्द बस इतना ही है। इसे अभिव्यक्ति देने के लिए मैं काफ़्का के शब्दों का सहारा लूँगी :

"यह दर्द ईसा मसीह के कलेजे का बहता हुआ घाव है, जो रोज़ धोया जाता है और फिर से रोज़ बहने लगता है। सार्त्र इस दर्द को भोगते रहे। जिनके लिए उन्होंने आवाज़ उठायी, वे सर्वहारा भी उन्हें नहीं समझ पाये। चूँकि वे बुर्जुवा भाषा में बोल रहे थे, इसलिए सन्देह की दृष्टि से देखे गये। वे सत्ता के भागीदार माने गये जो वे कभी नहीं रहे।"

और उनकी सम्पूर्ण जीवन-यात्रा एक अकेली यात्रा बनकर रह गयी–शब्द से शब्द तक। ...बस इतना ही।

2 अक्टूबर, 1985 **–प्रभा खेतान**

अनुक्रम

प्रथम अध्याय

ज्याँ पॉल सार्त्र का जन्म पेरिस में 1905 ईस्वी में हुआ। सार्त्र इस सदी के महानतम चिन्तकों तथा दार्शनिकों में अपना एक महत्त्वपूर्ण स्थान रखते हैं। उनकी शिक्षा-दीक्षा पेरिस में स्थित ल हाव्र तथा लाओन नामक विद्यालयों में हुई। 1934 में बर्लिन में एक साल बिताने के बाद उन्हें जर्मन दर्शन का पूरा ज्ञान होता है। सार्त्र पेरिस लौटते हैं और उसके बाद लीसी कंडरसे में अध्यापन का कार्य करते हैं। द्वितीय विश्वयुद्ध की विभीषिका, फ्रांस का पतन, अध्यापन छोड़कर सार्त्र 'रेजिस्टैंस' आन्दोलन में भाग लेते हैं। विश्वयुद्ध के बाद का अधिकतर समय वे 'ल तौं मोदार्न' पत्रिका के सम्पादन में लगाते हैं। ये उनकी प्रसिद्धि के दिन थे। उनकी दार्शनिक कृति 'बीइंग एंड नथिंगनेस' 1943 में प्रकाशित हो चुकी थी, जिसका आधुनिक दर्शनशास्त्र पर बड़ा व्यापक प्रभाव पड़ा है।

सार्त्र ने अपने दार्शनिक विचारों का प्रतिपादन अपने उपन्यास—'नौसिया' (1938 में प्रकाशित) तथा क्रमशः अप्रकाशित त्रिखण्डीय उपन्यासों—'द एज ऑफ़ रीज़न', 'आयरन इन द सोल' तथा 'रिप्रीव' में किया। उनके राजनीतिक विचारों का मंचन उनके द्वारा लिखित नाटकों 'उई क्लो' (नो एक्ज़िट) (1944), 'ल मूश (1946), 'ले मैं साल' (1946), 'द विक्टर्स' (1946),

'द डेविल एंड द गुड लार्ड' (1951), 'द रिस्पेक्टेबल प्रॉस्टीट्यूट' (1948), 'कीन' (1954), 'नेक्रासोव' (1955) इत्यादि में हुआ। अपने अभियोजित (इंगेज्ड) नाटकों के ज़रिये सार्त्र का उद्देश्य था—अधिकृत फ्रांस को मुक्त करना। इसी समय उनका प्रसिद्ध साहित्यिक अभिलेख 'ह्वाट इज़ लिटरेचर' एक बहुचर्चित पुस्तक के रूप में प्रकाशित हुआ (1947), जिसमें सार्त्र बौद्धिकी से प्रतिबद्ध साहित्य की माँग करते हैं। सार्त्र की कुछ अन्य पुस्तकें इंग्लैंड से प्रकाशित हुईं जिनमें 'बोदलेयर' (1964), 'स्यां जेने' और 'एक्टर एंड मार्टीयर' (1964) तथा 'सिचुएशन्स' क्रमशः जिसके पूरे दस खण्ड 80 के दशक तक प्रकाशित हो पाये। उनकी विशाल कृति 'क्रिटीक' दो खण्डों तथा क़रीब 2,500 पृष्ठ संख्या में है। फ्लॉबर्ट की जीवनी पर उनके क्रमशः तीन खण्ड प्रकाशित हुए। सार्त्र एक प्रखर बुद्धिजीवी तथा ओजस्वी लेखक थे। अभी भी उनके क़रीब-क़रीब एक तिहाई लेखन का सम्पादन, उनकी जीवन सखी सिमोन द बोउआर कर रही हैं।

अपनी आत्मकथा 'वर्ड्स' में सार्त्र अपने बचपन का वर्णन करते हैं। उनके जीवन की प्रारम्भिक घटनाओं में ही हम उनके लेखन का बीज पा सकते हैं। चूँकि विशिष्टता की चाह सार्त्र में कभी नहीं रही, अतः अपनी आत्मकथा को एक धड़कते हुए जीवित सत्य की भाँति सार्त्र ने अपने पाठकों के सामने रखा है; लेकिन, इस महान लेखक की यह विचित्र आत्मकथा है जिसमें क्रमागत रूप से कहीं भी जीवन की घटनाओं का वर्णन नहीं मिलता। जीवन को कालक्रम में रखने की चाह को सार्त्र एक बुर्जुवाजी चाह-भर मानते रहे हैं। बुर्जुवाजी विशिष्टता की चाह में सितारों के आकाश में अपना नाम टाँक देते हैं या फिर किसी म्यूज़ियम की दीवारों पर लटकना पसन्द करते हैं—सार्त्र की नज़र में यह हमेशा ही उपहासास्पद रहा।

आप कल्पना कीजिए, तीन वर्षीय सार्त्र की, जो अपनी युवा विधवा माँ के साथ पेरिस के अपनी छठी मंज़िल के मकान में रहते हैं। माँ का लाड़ला बेटा, अपने नाना-नानी की स्वीकृति तथा प्रशंसा की वस्तु। प्रंशसा और जयघोष की कमी नहीं थी, वह जतायी जाती। बुर्जुवा उनका प्रलाप सुनते या कहीं और व्यस्त होते, तब भी उनके चेहरों पर इस पितृविहीन बच्चे के लिए एक ममतामयी मुस्कान रहती।

सार्त्र के नाना चार्ल्स श्वाईत्ज़र, जर्मनों के लिए फ्रांसीसी संस्कृति और फ्रांसीसियों के लिए जर्मन संस्कृति का आदान-प्रदान करते थे। प्रतिवर्ष वे अपने जर्मन रीडर का पुनस्सम्पादन करते थे। पूरा परिवार प्रूफ़ के इन्तज़ार में रहता और जब नाना जी प्रेसवालों को भला-बुरा कहते तब बालक सार्त्र उनसे सहानुभूति दर्शाता। फ्रांसीसी और जर्मन ग्रन्थों से भरा नाना का अध्ययन कक्ष एक सांस्कृतिक स्मारक था तथा सार्त्र उनकी एक सांस्कृतिक परिसम्पत्ति। संस्कृति उनमें प्रवेश करती है। उसे आत्मसात् करके सार्त्र को उसका पुनस्सृजन करना था। सार्त्र ने एक जगह लिखा भी है कि :

"किताबों के बीच ही मेरी ज़िन्दगी शुरू हुई और इसमें सन्देह नहीं है कि उसका अन्त भी इन्हीं के बीच होगा।"

अपने नाना के अध्ययन कक्ष के बारे में वे कहते हैं :

"चारों तरफ़ किताबें थीं। अक्टूबर की शुरुआत से पहले साल में एक बार उन्हें झाड़ा-पोंछा जाता था। हालाँकि तब तक मुझे पढ़ना नहीं आता था, लेकिन उन उभरे हुए पत्थरों की क़ीमत करना मैं सीख गया था। अलमारियों में ईंटों की तरह सटी हुई या एक क़तार की तरह फैली हुई रहती थीं ये पुस्तकें। मुझे लगता, मेरे परिवार की समृद्धि इन्हीं पर निर्भर है।"

नानी की लैंडिंग लाइब्रेरी एकदम अलग थी। ज्याँ पॉल सार्त्र की माँ उन किताबों में से कहानियाँ पढ़कर नन्हे सार्त्र को सुनाया करतीं। सार्त्र को आश्चर्य होता, ये किताबें कैसे बोलती हैं। उन्हें भी तो इसी जादुई जगत में जीना था। तीन साल की उम्र में उन्होंने पढ़ना सीखा।

"अपने पालने में, मैं हक्टर मार्लो की 'नो फ़ैमिली' लेकर चढ़ जाता। वह मुझे कण्ठस्थ हो गयी थी। आधा सस्वर और आधा 'गूढ़ वाचन' (डिसाइफर) करके मैं हर पृष्ठ पढ़ता। एक दिन इसी प्रकार आख़िरी पन्ना पलटते-पलटते मैं पढ़ना सीख गया। अब मेरी ख़ुशी का ठिकाना नहीं था। उन नन्ही जड़ी-बूटियों की आवाज़ें, जिन्हें मेरे नाना एक दृष्टि में जीवित कर देते, अब मेरी थीं। मैं उन्हें सुननेवाला था, उन प्रवचनों से अपने-आपको भर लेनेवाला था, सब कुछ जान लेनेवाला था।"

पेरिस के हर मध्यवर्गीय बच्चे की तरह सार्त्र भी छुट्टी बिताने गाँव जाया करते; लेकिन उनका यथार्थ 'रू द गाफ' में सार्त्र के घर की छठी मंज़िल पर पुस्तकों के बीच था। उन्होंने लिखा है :

"अपने बचपन की यादों में अपनी मीठी बेवकूफ़ियों की तलाश करता हूँ। वे कहीं भी नहीं मिलतीं। मैं कभी मिट्टी से नहीं खेला, न कभी पेड़-पौधे इकट्ठे किये, न मैंने घोंसले ढूँढ़े और न चिड़ियों पर पत्थर मारे। पुस्तकें, मेरी चिड़ियाँ, मेरे घोंसले, मेरे पालतू जानवर, मेरे खेत-खलिहान सब कुछ थीं।"

छह वर्ष की आयु में सार्त्र ने लिखना सीखा और नौ वर्ष की आयु तक वह अपना लेखक होना स्थापित कर चुके थे। शब्दों ने सार्त्र की रचना की तथा शब्दों द्वारा ही उस रचनाकार और जादूगर ने वस्तुओं का नामकरण किया, शब्दों के सहारे जागतिक रहस्यों को अनावृत किया।

"प्रत्येक जागतिक वस्तु एक नाम के लिए मुझसे याचना करती। किसी वस्तु को नाम देने का अर्थ था, उसका निरावरण करना, फिर से उसकी रचना करना तथा उसे आत्मसात् करना।"

इस आधारभूत भ्रम के बिना वे कभी नहीं लिखते थे। सार्त्र चाहे जितना भी बदले हों; किन्तु स्रष्टा होने का यह भ्रम उनके साथ सदा बना रहा। यह उनका भ्रम नहीं, बल्कि एक निजी सत्य था। वे वाक्यों के जाल में जीवित वस्तुओं को पकड़ना चाहते और शब्दों के द्वारा उन्हें प्रभावी रखने का प्रयास करते।

सार्त्र लिखते हैं कि, "मुझे वस्तुओं की अपेक्षा विचार अधिक वास्तविक लगे, क्योंकि विचार मुझमें पहले आते थे और मुझमें वे वस्तुरूप में प्रकट होते थे। मैंने किताबों के बीच जगत को पाया—संगृहीत, वर्गीकृत, नामांकित; किन्तु फिर भी वे प्रभावी थे और मैंने ही इन किताबों के माध्यम से अपनी अनुभविता को समझा। अतः अपने इस प्रत्ययवाद (आइडियलिज़्म) से छुटकारा पाने में मुझे 30 साल लगे।" (वर्ड्स, ज्याँ पॉल सार्त्र, पृ. 34)

वे फिर लिखते हैं, "मुझे मेरा भ्रम मिल गया था। एक पुस्तक से अधिक और कुछ भी मेरे लिए महत्त्व नहीं रखता था। लाइब्रेरी ही मेरा मन्दिर थी और मैं, धर्मगुरु का नाती, जो दुनिया की छत पर रहता था।" (वर्ड्स, ज्याँ पॉल सार्त्र)।

"प्रत्येक व्यक्ति का एक अपना स्थान होता है। यह नहीं कि अहंकारवश कोई ऊँचाइयों पर स्थित होता है। यह बचपन है, जो उसके भविष्य का निर्णायक होता है। मेरा स्थान पेरिस की छठी मंज़िल पर था, जहाँ से मैं सबकी छतों को देख सकता था।" (वर्ड्स, ज्याँ पॉल सात्र)।

सात्र हमेशा अकेले रहे। कोई संगी-साथी नहीं। बालक सात्र शुरू से प्रौढ़ बौद्धिक थे।

लक्ज़मबर्ग की एक बेंच पर अपनी माँ के साथ बैठा नन्ही भैंगी आँखों वाला वह बच्चा अपनी बदसूरती से नफ़रत कर रहा है (वह अपने आप से सवाल करता, आख़िर यही चेहरा रोज़ दर्पण में देखना पड़ता है?) इस स्नेहिल जोड़े 'माँ-बेटे' के आसपास कई लड़के खेल रहे हैं...

"उनके साथ खेलोगे नहीं?" एन मेरी पूछती हैं।

"नहीं।" ज्याँ पॉल उत्तर देता है।

"मैं उनकी माताओं से पूछूँ कि अपने बच्चों के साथ तुम्हें खेलने दें।"

"नहीं, नहीं..."

दृश्य बड़ा विध्वंसक है; लेकिन इस बच्चे का अपना एक जगत है। 'रू द गाफ' की छठी मंज़िल पर जहाँ वह शासक और सर्जक दोनों है, जहाँ वह किताबें पढ़ता है और रोमांस लिखता है।

शब्दों के सहारे किताबों की दुनिया में रहनेवाले क्या यही सात्र थे, जो आगे चलकर एक सक्रिय बौद्धिक बने और प्रत्येक जन-आन्दोलन में शामिल हुए? उनके 'अतिरिक्त रूप से' लेखक होने की इस नियति के बारे में स्वयं सिमाने द बोउआर भी लिखती हैं कि जब 1929 में वे पहली बार सात्र से मिलती हैं, तब उन्हें सबसे बड़ा आश्चर्य इस युवक की एकाग्र चिन्तन शक्ति पर होता है। मानो एक शान्त; किन्तु उन्मत्त पागलपन में वे अपनी पुस्तक लिखने की तैयारी कर रहे थे।

अपने 'मेमोरीज़ ऑफ ए ब्यूटीफुल डौटर'—डायरी (प्रथम खण्ड) में सिमोन द बोउआर लिखती हैं :

"मैं ख़ुद भी तो एक लेखक बनना चाह रही थी, किन्तु सात्र तो मानो लिखने के लिए ही पैदा हुए थे। वे क्या लिखेंगे इसका महत्त्व नहीं था और

न ही उनके ज़ेहन में इसकी कोई अनुभव-पूर्व भूमिका ही थी। वे तो बस सभी चीज़ों में रुचि रखते थे। प्रत्येक बात की परीक्षा किया करते थे। किसी पूर्वानुमानित सत्य के लिए उनकी स्वीकृति नहीं थी। उन्होंने अपनी जो नोटबुक लिखी थी और हमसे जो बातें कीं, उनमें एक ऐसी स्पष्ट वैचारिक व्यवस्था की झलक थी, जिससे हम सब दोस्त स्तम्भित थे और, इसके साथ ही इस दार्शनिक परियोजना के समानार्थी उनकी प्रतिबद्धता साहित्य एवं कला के प्रति भी थी। हालाँकि उन्होंने खुलकर कभी नहीं कहा; किन्तु प्रायः होनेवाली बहसों के दौरान इतना समझ में आने लगा था कि सार्त्र साहित्य को जगत का एक निरपेक्ष उद्देश्य ज़रूर मानते थे।''

सार्त्र शुरू से वास्तविक जगत से कितना कटे हुए थे, इसका विवरण सिमोन द बोउआर की डायरी के दूसरे खण्ड 'द फोर्स ऑफ़ सर्कमस्टासेंज' में मिलता है, जिसमें 1930 में सार्त्र के साथ बिताये हुए समय को याद रखती हुई वे लिखती हैं कि :

''उन दिनों हम इतिहास के साक्षी-भर थे। हमारे लिए जगत और उसके हादसे, हमारी ज़िन्दगी के मंच की पृष्ठभूमि थे तथा हमारी अपनी समस्याएँ उसकी अग्र भूमि थीं।''

जर्मनी में हिटलर की प्रेत-छाया के नीचे ये दोनों सैलानी घूमते रहते हैं। लौटकर पेरिस में—24 जुलाई, 1935 की 'पॉपुलर फ्रंट' के महान ऐतिहासिक जुलूस को वे अपने झरोखे से देखते-भर रहे। सार्त्र नीचे उतरकर मिछिल (जुलूस) में शामिल नहीं हुए। वे दार्शनिक थे, जगत से अलगावित अपनी मानस की दुनिया में राजहंस की मानिन्द तैरते हुए। उन दिनों वे सक्रिय 'कर्मी' नहीं थे, क्योंकि वे अराजनीतिक थे, इसीलिए 'पॉपुलर फ्रंट' के लिए मतदान भी नहीं करते थे, हालाँकि श्रमिक वर्ग के इन आन्दोलनों को वे मानवीय गरिमा की सबसे बड़ी अभिव्यक्ति मानते थे। स्वभाव से अराजक और अतिवादी सार्त्र हर यथास्थिति के ख़िलाफ़ एक दिली सहानुभूति रखते थे और चाहते थे कि बुर्जुवा वर्ग का पूरी तरह से उन्मूलन हो।

वे जानते थे प्रत्येक समाज में लेखक और कलाकार एक 'आउटसाइडर' ही रहता है। शुरू से वे किसी पारम्परिक जीवन-शैली को नहीं स्वीकारते। विवाह, परिवार, सम्पत्ति या किसी नियमित पेशे में संलग्न जीवन के प्रति

उनमें गहरी उपेक्षा थी। सिमोन द बोउआर से उनका जो घनिष्ठ सम्बन्ध रहा, वह बिना किसी पारम्परिक बन्धन के केवल आत्मीयता, पारस्परिक सम्मान तथा दोस्ती पर आधारित रहा। केवल एक बार शुरू के दिनों में जब सार्त्र पेरिस के ल हाव्र स्कूल में अध्यापक थे और जब सिमोन का तबादला मार्सेल में हुआ, तब साथ रहने के लिए वे सिमोन के सामने विवाह का सुझाव रखते हैं।

सिमोन अपनी डायरी में लिखती हैं कि :

"अब तक हमने शादी जैसे सामाजिक बन्धन के बारे में कभी सोचा भी न था। हम अपनी निजी ज़िन्दगी जीना चाहते थे और समाज की इस दख़लअन्दाज़ी के लिए क़तई तैयार नहीं थे। हम किसी भी प्रकार के संस्थायन (इंस्टिट्यूशनलाइज़ेशन) के ख़िलाफ़ थे, क्योंकि इसे स्वीकार करने का अर्थ था– हमारी अपनी स्वतन्त्रता का ख़तरा और चूँकि हम संस्था के ख़िलाफ़ थे इसीलिए शुरू से बुर्जुवाओं के भी ख़िलाफ़ थे जो संस्थाओं के जनक और पोषक होते हैं। हमें यह बात बड़ी सामान्य लगी कि हम अपनी व्यक्तिगत ज़िन्दगी के बारे में अपना निजी निर्णय लें।"

सिमोन पढ़ाने मार्सेल चली जाती हैं और सार्त्र पेरिस में रह जाते हैं। सिमोन द बोउआर के अपने शब्दों में :

"मानवीय रिश्तों को हमेशा यानी निरन्तर विकसित होना पड़ता है। रिश्तों का कोई अनुभव-निरपेक्ष सच नहीं हुआ करता। यह कभी भी सम्भव नहीं।" कम-से-कम पारम्परिक मूल्यों एवं नैतिकता को उनके ये शब्द नकारते हैं।

1932 से 1937 के दौरान वे अलग-अलग रहे–सप्ताहान्त साथ बिताते हुए, गर्मी की छुट्टियों में साथ घूमने जाते हुए। 1937 में जब वे दोनों पेरिस में व्यवस्थित हुए, तब एक ही मकान के दो अलग-अलग मालों पर रहते हैं। दोनों के लिए अपना-अपना स्वतन्त्र विकास ज़्यादा अर्थ रखता है।

व्यवस्था के प्रति अराजक, आवारा, विद्रोही 1930 के सार्त्र का वर्णन इन्हीं शब्दों में किया जाता है–उनमें था एक बौद्धिकी समग्र परिवर्तनवाद। यह जो बाद में उनका अराजनीतिक नज़रिया बदलता है, जब वे यूरोप के क्षितिज पर 'फासीवाद' के काले बादलों को मँडराते हुए देखते हैं।

उनके दोस्त पॉल निज़ा, जो कि एक साम्यवादी लेखक थे, सार्त्र के ऊपर एक टिप्पणी लिखते हुए इन दो शब्दों को कहते हैं :

''युवा दार्शनिक अब दर्शन के महाप्रयाण पर अपना लेख लिख रहा है।''

किन्तु क्या यह अराजक बौद्धिक इतिहास से निर्लिप्त रह पाया? सिमोन अपनी डायरी में लिखती हैं :

''हम कॉफ़ी हाउस में गये, हमने दो गिलास बियर का ऑर्डर दिया, घटने वाली घटनाओं के प्रति सहानुभूति रखते हुए भी हमें अभी अपने लिए जीना था। हमने सोचा कि यदि हम गोदी मज़दूर होते, तो हड़ताल में ज़रूर हिस्सा लेते; किन्तु आज की स्थिति में केवल उनके द्वारा किये गये आन्दोलनों के हम पक्षधर ही हो सकते हैं।''

प्रश्न उठता है कि वैयक्तिक स्तर पर सार्त्र के लेखन का प्रारम्भ बिन्दु कौन- सा था? वे अपने लेखन के द्वारा किस निर्वाण की खोज कर रहे थे? सार्त्र शुरू से ही एक सुरक्षित माहौल में बड़े हुए थे, भूख को उन्होंने कभी महसूस नहीं किया था; किन्तु वैभव की ललक भी उनमें नहीं थी। पैसा और महत्त्वाकांक्षा इन दो मुद्दों पर उन्होंने अपने जीवन में कभी एक क्षण भी नहीं सोचा। अतः 'वर्ड्स' के बच्चे में हम पाते हैं—लेखन के प्रति एक मौलिक चुनाव। उसे लेखक बनाना है, यही उसकी नियति है।

सार्त्र स्वयं लिखते हैं, ''मेरी सबसे बड़ी ज़रूरत थी कि मैं ख़ुद को बचा लूँ। मेरे पास कुछ भी नहीं था, न मेरे हाथ में और न मेरी जेब में, मेरे पास केवल मेरा विश्वास और मेरा काम-भर था।''

1963 में सार्त्र लिखते हैं कि वे अब लम्बे दुःस्वप्न से जाग चुके हैं। वास्तविकता के जगत में उन्होंने पुनः प्रवेश किया है। नींद, भ्रम, अपने प्रति मोहासक्ति, वैयक्तिक जीवन में व्यामोह है; किन्तु, लेखन के द्वारा निर्वाण की ललक भी है। छठी मंज़िल पर रहनेवाला, केवल घरों की ऊपरी छत यानी वास्तव की सतह को देखनेवाला—ज़मीन नहीं, वास्तविकता नहीं—यही सार्त्र आगे चलकर अपने जीवन का प्रत्येक दिन नवजागरण की तरह लेते हैं। सार्त्र अपने अस्तित्ववाद को मानववाद की संज्ञा देते हैं।

उनके जीवन की शुरुआत, अवास्तव से लबरेज़ ज़रूर है; किन्तु उसके बाद उनकी अकेली ज़िन्दगी दैनन्दिन घटनाओं की सक्रिय माँगों के जुलूस में शामिल होती है। वे अपने अतीत के आदर्शवाद से मुक्त होते हैं, उस बच्चे की माँगों से परित्राण पाते हैं, जो लेखन के द्वारा मानव-मुक्ति का सपना देखता है; लेकिन क्या सचमुच अपने इस भ्रम से उन्हें मुक्ति मिलती है? जैसा वे कहते हैं, "मैं अब भी लिखता हूँ, लिखना मेरी एक आदत है। आप अपनी किसी मनोग्रन्थि से छुटकारा पा सकते हैं; किन्तु अपने-आप से नहीं।"

वे बदल नहीं पाये हैं; किन्तु बदलने की चाह है। अपना यह विरोधाभास वे जानते हैं और इसे जीवन के अन्तिम दिनों में सुधारते भी हैं। लेखक होने का दर्द और घटनाओं का स्वतन्त्र अस्तित्व, वैचारिक चेतना तथा अमोघ वास्तव, इन दो के बीच की दूरी, मानव चिन्तन तथा जागतिक वस्तु के बीच की दरारें...। सार्त्र का सारा जीवन इन्हीं दरारों को पाटने में लग गया। आइए, इसी प्रारम्भ बिन्दु से उनकी दार्शनिक, साहित्यिक एवं राजनीतिक कृतियों पर नज़र डालें।

आदमी दुनिया में जन्म लेता है, उसका एक मानस होता है, उसकी सोच, उसका चिन्तन, जो कि जगत में, जागतिक वस्तुओं से सम्बन्धित है। शरीर एवं उसकी इन्द्रियाँ वे उपकरण हैं, जिनके द्वारा व्यक्ति जगत में विनियोजित है। इस तथ्य के लिए किसी प्रमाण की आवश्यकता नहीं। यह हम सबका सहज अनुभव-गम्य बोध है। दर्शन का केन्द्रीय मुद्दा यह रहता आया है कि पहले कौन अवस्थित है? यानी तात्त्विक विश्लेषण में कौन प्रमुख है?

क्या जगत हेतु है चेतना का? या फिर चेतना जगत का निर्माण करती है? सार्त्र को देकार्ते का बुद्धिवाद विरासत में मिला था। देकार्ते कहते हैं, "मैं सोचता हूँ इसलिए मेरा अस्तित्व है, मैं प्रत्येक जागतिक घटना पर सन्देह कर सकता हूँ, किन्तु, अपने अस्तित्व पर नहीं, जिसके द्वारा मैं यह सब चिन्तन कर रहा हूँ। अतः मेरी सोचने की प्रक्रिया से, मेरे चिन्तन के द्वारा मेरा अस्तित्व आकार ग्रहण करता है।"

सार्त्र भी इसे मानकर चले थे कि मेरा एक 'मैं' है यानी 'ईगो', जो चिन्तन का कार्य करता है; किन्तु यदि हम हुसैर्ल का स्थगन का सिद्धान्त मानकर चलें और वाक्यांशों को लघु कोष्ठकों में रखें, तो पीछे लौटते हुए एक ऐसे प्रारम्भ बिन्दु पर पहुँचेंगे, जहाँ से हमारा चिन्तन शुरू होता है। यह प्रारम्भ-बिन्दु हम किसे मानें 'ईगो' को या फिर 'ईगो' से परे किसी शुद्ध चेतना को? मैं सोचता हूँ–इसलिए मेरा अस्तित्व है, यहाँ ये दो वाक्य, व्यक्ति की चेतना के दो विभिन्न स्तरों का वर्णन करते हैं। मैं सोचता हूँ, किन्तु अपने इस सोचने की प्रकिया के बारे में भी सोचता हूँ और फिर इस सोच के बारे में सोच सकता हूँ। यदि हम अनवस्था के दोष (इन्फिनिट रिग्रेस) के व्यूह में न पड़ें तथा अपने सहज अनुभव से काम लें तो एक बात ज़रूर समझ में आयेगी कि हमारी सोचने की इस प्रकिया का सन्दर्भ हमारे अपने अस्तित्व से है। चिन्तन का प्रारम्भ बिन्दु अस्तित्व से है–यह मैं हूँ, मेरा अस्तित्व है, जहाँ से सोचने की प्रकिया उद्घाटित होती है।

सार्त्र देकार्ते तथा कांट की उस लम्बी परम्परा को अस्वीकार करते हैं, जो यह कहना चाहती है कि चेतना वास्तव से पहले अवस्थित है। इसका विश्लेषण करने से पहले हमारे लिए यह ज़रूरी हो जाता है कि हम यह जानें कि चेतना का सार-तत्त्व क्या है। सार्त्र कहते हैं, "यह अवधारणा अपने-आप में ग़लत है, क्योंकि अस्तित्व वास्तव के ज्ञान में पूर्व-कल्पित (ए प्रायोरी) रूप से निहित रहता है।

उदाहरणार्थ, "जब हम पेड़ के अस्तित्व के बारे में चर्चा करते हैं, तब पेड़ का होना, न तो उस पेड़ की चेतना है और न ही उसकी अर्थवत्ता। हम पेड़ को चाहे जितने भी व्यापक रूप से समझने की चेष्टा करें; किन्तु पेड़ के अस्तित्व को हमारा यह समझने का प्रयास, पेड़ के बारे में एक सम्पूर्ण अभिज्ञान कभी नहीं हो सकता। अतः वस्तु के मूल में उसका अस्तित्व विद्यमान रहता है। ज्ञान उस अस्तित्व पर आधारित है, जो स्वयं अपने-आप में ज्ञान नहीं है।

सार्त्र कहते हैं, "घटना का अस्तित्व उस घटना में या उसके ज्ञान में न्यूनीकृत नहीं किया जा सकता। ज्ञान का सन्दर्भ हमेशा ज्ञाता के अस्तित्व से होता है। ज्ञाता का अस्तित्व क्या है?–यह वह चेतना है, जो ज्ञान प्राप्ति के समय अनुभूत होती है।"

हम यह जानते हैं कि चेतना हमेशा लक्ष्योन्मुख होती है। जब हम प्रश्न करते हैं कि चेतना क्या है? तो जैसा कि हुसैर्ल का प्रत्युत्तर है, ''विषयापेक्षी चेतना सदैव किसी वस्तु की चेतना होती है। उसके अनुसार सभी चेतन क्रियाओं का मूल स्वरूप विषयोन्मुख (ऑब्जेक्टिव) होने की वजह से प्रत्येक विचार, किसी 'वस्तु' का विचार होता है, प्रत्येक स्मरण तथा प्रत्येक कल्पना किसी 'वस्तु' की कल्पना होती है। चेतना की साभिप्रायता का अर्थ यह हुआ कि प्रत्येक चेतन क्रिया एक सहेतुक उद्देश्य और प्रयोजकता लिए हुए होती है।

हुसैर्ल यह कहते हैं कि इन विषयापेक्षी क्रियाओं का स्रोत अनुभवातीत 'ईगो' है। हालाँकि 'ईगो' के स्वरूप को लेकर हुसैर्ल थोड़े अस्थिर मत प्रतीत होते हैं, किन्तु उनके दर्शन में यह 'ईगो' ही है जो अनुभव की समग्रता का सूचक है। मनुष्य होने के अर्थ के अनावरण में जो केन्द्रीय समस्या उभरकर सामने आती है, वह मनुष्य तथा जगत के सम्बन्धों की समस्या है, जिसमें मनुष्य रहता है, कार्य करता है तथा अनुभव करता है।

सार्त्र का अस्तित्ववादी दर्शन वास्तविक मानव अस्तित्व पर बल देता है। मनुष्य और जगत का सम्बन्ध एक विषय से दूसरे विषय का सम्बन्ध नहीं। यानी आदमी किसी उत्पाद का उत्पादन नहीं और न ही वस्तु-विषय केवल विषयी की रचना है। सार्त्र कहते हैं कि अस्तित्व (एक्जिस्टेंस) सार (इसेंस) का पूर्वगामी है। उदाहरण के लिए, आप एक कुर्सी को लीजिए जिसे एक बढ़ई बना रहा है, बढ़ाई के मन में एक कुर्सी की अवधारणा पहले से ही विद्यमान होगी, तभी वह कुर्सी बना सकेगा। अतः कुर्सी के सम्बन्ध में हम यह कह सकते हैं कि कुर्सी का अस्तित्व उसके सार द्वारा निर्धारित है। कुर्सी के सार से तात्पर्य उसके गुण, उसकी उपयोगिता तथा निर्माण-विधि से है। वास्तविक कुर्सी के अस्तित्व में आने से पहले ये सब बातें उसकी अवधारणा में विद्यमान होती हैं, बल्कि उसी के कारण कुर्सी का निर्माण सम्भव हो पाता है।

सार्त्र ने यह स्वीकार किया कि हुसैर्ल के दर्शन का सबसे आकर्षक पक्ष प्राकृतिक दृष्टिकोण का प्रत्याख्यान तथा पारम्परिक तत्त्व-मीमांसा का खण्डन था। हुसैर्ल का 'वस्तुओं की ओर वापिस लौटो' का नारा दर्शन को

जागतिक सम्पर्क में लाने का एक अनूठा प्रयास था; किन्तु हुसैर्ल का अन्त अनुभवातीत आत्मा की ओर हुआ, जो और कुछ नहीं, विज्ञानवाद का ही बदला हुआ स्वरूप था। हुसैर्ल ने जगत का स्थगन इस आशा से किया था कि वे जगत को संरचना के रूप में पुनः प्रतिष्ठित कर सकेंगे। विषयी जगत से स्वतन्त्र है, जगत उसकी संरचना है, हुसैर्ल की इस आत्मा को प्राथमिकता देने के सिद्धान्त के विरुद्ध हेडेगर ने विषयी को जगत में स्थित सत्ता के रूप में प्रगतिपादित किया। सार्त्र का लक्ष्य चेतना का उस रूप में अध्ययन करना था, जिसमें कि वह वस्तु-जगत में लीन होती है।

जैसा कि हमने पहले लिखा है कि सार्त्र चेतना से पहले अस्तित्व-सार के अस्तित्व की बात करते हैं। इस सिद्धान्त का सबसे प्रभावशाली वर्णन सार्त्र ने अपने मशहूर उपन्यास 'नौसिया' में किया है। उपन्यास का नायक रोक्वेता, अस्तित्व की वास्तविकता का अपने चारों ओर अनुभव करता है। वह अपने को वस्तुओं के अस्तित्व से घिरा हुआ पाता है। वस्तुएँ बिना किसी अपेक्षा के, उसके विचारों एवं भावनाओं से उदासीन, मात्र विद्यमान होती हैं।

"अभी-अभी मैं म्युनिसिपैलिटी के पार्क में था। पेड़ की जड़ें मेरे सामने धरती तक फैली हुई थीं। मुझे यह भी याद नहीं रहा कि ये जड़ें हैं। शब्द चुक गये हैं और उनके साथ वस्तुओं के अर्थ भी। मैं काली गाँठ के समूह के साथ बैठा हुआ था। कुछ झुका हुआ, सिर नीचे किये हुए। वह चीज़ एकदम स्थूल थी और मुझे भयभीत कर रही थी और तब मुझे अचानक अस्तित्व का आभास हुआ...

"मेरी साँस रुक गयी। अब तक मैंने कभी सोचा भी न था कि मेरे होने का अर्थ क्या है? मैं अन्य लोगों की भाँति था। उन्हीं की तरह कहता था कि समुद्र हरा है और यह सफ़ेद चीज़ एक समुद्री पक्षी है; किन्तु मैंने यह अनुभव नहीं किया था कि समुद्री पक्षी एक अस्तित्ववान पक्षी है। अस्तित्व अपने-आप को छिपाता है; किन्तु वह हमारे चारों ओर है। वह हमसे है, वह ही है। जब मेरा विश्वास था कि मैं उसके बारे में सोच रहा था तो सम्भवतः मैं कुछ नहीं सोच रहा था। जब मैं वस्तुओं के सम्बन्ध में सोचता भी तो भी मैं उनसे मीलों दूर था। यदि कोई मुझसे पूछता कि अस्तित्व क्या है,

तो मेरा उत्तर होता कि वह कुछ नहीं है। वह एक रिक्त आकार है, जो बाह्य पदार्थों पर बिना उसके स्वरूप को बदले हुए प्रयुक्त होता है और तब तक अकस्मात् वह (अस्तित्व) मेरे सम्मुख आ गया—दिन के प्रकाश की भाँति सुस्पष्ट! अस्तित्व ने यकायक अपना पर्दा हटा दिया। अमूर्त कोटि के रूप में इसका निर्दोष आभासी रूप विलुप्त हो गया। यही वस्तुओं का द्रव्य है, जड़ें अस्तित्व से नहायी हुई हैं।"

सार्त्र का कहना है, दर्शन ने अस्तित्व की अवहेलना की है। हमें सारतत्त्वों की खोज न करके मानवीय वास्तविकता का अध्ययन करना चाहिए। वे मानव-चेतना को ही अस्तित्व व्यंजक घटना-विज्ञान (एक्जिस्टेन्शियल फ़ेनोमेनोलॉजी) का प्रमुख विषय मानते हैं। प्रश्न उठता है कि मानव चेतना प्रथमतः क्रियाशील चेतना है या कि एक ज्ञाता-रूप-चेतना? अतः घटना-विज्ञान का प्रमुख विषय मानवीय व्यवहार है, ज्ञान नहीं। ज्ञान भी मानव व्यवहार का एक प्रकार ही है।

अस्तित्व है, अस्तित्व अपने-आप में है, अस्तित्व जो है, वही है। अस्तित्व अपने से इतर किसी अन्य का संकेत नहीं करता, बल्कि चेतना निरन्तर अपने से इतर का संकेत करती हुई स्थित होती है। अस्तित्व का यही स्थूल, नग्न और वास्तविक रूप रोक्वेता के मन में 'नौसिया' उत्पन्न करता है।

वह कहता है, "मैं आश्चर्यचकित नहीं था। मैं यह अच्छी तरह जानता था कि यह जगत है। जगत, जो अपनी पूर्ण नग्नता के साथ अचानक मेरे सामने प्रकट हुआ था और जिसकी विशाल बेतुकी सत्ता के सामने मैं अभिभूत था। यह अचानक कहाँ से प्रकट हुआ? जगत प्रत्येक जगह विद्यमान था, मेरे आगे-पीछे सर्वत्र; किन्तु, इसकी कोई अर्थवत्ता नहीं थी। कहीं कुछ भी नहीं था, कुछ भी नहीं। ऐसा कोई क्षण नहीं था, जब यह कहीं विद्यमान न हो। मुझे इसीलिए इस बहते हुए लावे से, वितृष्णा हो रही थी, जिसके अस्तित्व का कोई कारण नहीं था। अवस्तु की कल्पना करने के लिए पहले जगत में होना आवश्यक था। मैं चीख़ पड़ता हूँ, 'यह कैसी गन्दगी?' और, मैं अपने में चिपकी हुई इस धूल को झाड़ फेंकना चाहता हूँ; किन्तु यह इतनी ज़ोरों से मुझसे चिपका हुआ है और इतना अधिक,

ढेर का ढेर यह अस्तित्व, बिल्कुल अपरिमित। मैं इस अन्तहीन बोरियत के बोझ तले दबा हुआ बिल्कुल घुट रहा था।'' (उपन्यास : नौसिया)

रोक्वेता जागतिक वस्तुओं के बीच घिरा हुआ छुटकारा पाना चाहता है; लेकिन हर ओर अस्तित्व उसे घेरे हुए है। वह अस्तित्व के होने का कोई कारण ढूँढ़ना चाहता है किन्तु उसे कोई कारण नज़र नहीं आता। एक चिढ़ और ऊब। उसे मितली आती है। तब क्या रोक्वेता अपने अस्तित्व का अन्तिम सत्य पा सकेगा? इसकी अनिवार्यता हासिल कर सकेगा?

अस्तित्व के विवरण हेतु सार्त्र जिन शब्दों को प्रयुक्त करते हैं, वे तीन वर्गों में हैं : (1) आकारहीनता, (2) उद्देश्यहीनता, (3) सन्दिग्धता अथवा अनिश्चितता।

आकारहीनता—वस्तुएँ यहाँ बढ़ने, गति पकड़ने, हमारे ऊपर छा जाने की धमकी देती हैं। वह गीली मिट्टी, लेई की तरह है, शिथिल और फूली हुई। जैसा कि वितृष्णा या उबकाई के दौरान रोक्वेता अपनी मनःस्थिति का विवरण प्रस्तुत करता है—वह आकार खो देती है, हर तरफ़ से दबाव डालती है, व्यवस्था और निरन्तरता को नकार देती है। नीचे की अव्यवस्था को वह देखता है—पेड़ की जड़, पार्क का गेट, समुद्र का किनारा, घास—वह सब जो गुम हो गया, वस्तुओं की विविधता, उनकी वैयक्तिकता, केवल आभास, बाह्य आकृतियाँ, एक बारीक परत। यह परत पिघल गयी है। एक कोमल विरूप राशि बची है, अव्यवस्थित, अनावृत, भयावह, अश्लील निरावरणता है यह।

अस्तित्व अर्थहीन है अतः सतही है। अस्तित्व रखने का कोई कारण नहीं, किसी का उदेश्य नहीं, किसी की ज़रूरत नहीं। जगत में सब कुछ अर्थहीन है, यदि कोई मानवीय उद्देश्यों का सिलसिला नहीं, जो वस्तु को अर्थ और क्रियाशीलता देता है, तो कोई प्राकृतिक या स्वर्गिक योजना भी नहीं, जिससे प्रारम्भ होकर वस्तुएँ एक अर्थ पाती हों या जगत में अपना स्थान पाती हों। सार्त्र कहते हैं :

''हर अस्तित्वधारी चीज़ अकारण पैदा होती है, दुर्बलतावश घिसटती रहती है और सुविधानुसार मर जाती है।''

अस्तित्व का तीसरा पहलू सन्दिग्धता अथवा अनिश्चितता है। वस्तुओं को उनकी सक्रियता से अलग करने का अर्थ यह है कि उनकी सक्रियता के पीछे कोई मानवीय, प्राकृतिक या नैतिक व्यवस्था नहीं है। वस्तुएँ ही अस्तित्व में आ जाती हैं, कुछ भी हो सकता है। घटनाएँ एक-दूसरे के बाद यों ही घट जाती हैं।

यह स्पष्ट है कि नौसिया की घटनाएँ मात्र सार्त्र के मनोवैज्ञानिक लेखन से भिन्न हैं, फिर भी 1930 के उत्तरकाल के सार्त्र के सारे लेखन की थीम एक ही है। अस्तित्व मूलतः बाधक है, जगत भिन्न हो या बेतुका, हम इससे पलायन की बात पर प्रलोभित रहते हैं। कल्पना और भ्रमों द्वारा हम इस बेतुकेपन को व्यवस्थित करने की कोशिश करते हैं। अयथार्थ जीवन पर अनिवार्यता और अर्थमयता का आरोपित ख़तरा सिर्फ़ इसीलिए उठा सकते हैं कि ये हमारी ख़ुशफ़हमी से उद्‌भूत हैं। तब, रोक्वेता के सामने गूढ़ समस्याएँ आती हैं—किस प्रकार अपनी वितृष्णा 'नौसिया' पर क़ाबू पाये और भ्रमों के बिना जीवन में स्वयं को पुनर्स्थापित करे? पुराने विश्वास, पुराने प्यार, पुरानी आदतें, सब खतम हो गये हैं। वह कैफ़े में अकेला संगीत सुन रहा है :

इन्हीं में से किसी दिन
तुम मेरी कमी महसूस करोगे...

''अभी-अभी मेरी वितृष्णा ग़ायब हो गयी है। जब ख़ामोशी को चीरती हुई, संगीत की आवाज़ मुझे सुनाई पड़ी, तो मुझे लगा कि मेरा शरीर दृढ़ हुआ है और अब नौसिया—उबकाई ख़त्म हो गयी। अचानक इतना दृढ़, प्रतिभावान बन जाना असहनीय था। उस समय संगीत, फैले हुए पानी के सोते की तरह उफन रहा था। अपनी धातुमय पारदर्शिता से वह दयनीय घृणित समय की दीवारों को रौंदकर कमरे में भर गया है। मैं संगीत में हूँ।''

रोक्वेता के संगीत-विवरण से पता लगता है कि क्या हो गया है :

''कोई गीत नहीं, स्वर नहीं, न है झटकों का सिलसिला। मुझे आराम नहीं चाहिए। एक कठोर व्यवस्था उन्हें आराम करने या अपने लिए अस्तित्व में आने का समय दिये बिना ही उन्हें जन्म देती है और ख़त्म भी करती है। वे दौड़ लगाते हैं, आगे बढ़ते हैं। जाते-जाते मुझे एक क़रारा थप्पड़ मारते हैं, फिर नष्ट हो जाते हैं।...

"कला समय से बाहर है, भौतिक घटनाओं की तरह संगीत के स्वरों में परस्पर जुड़े और व्यवस्थित होते हुए भी प्रत्येक स्वर पहलेवाले स्वर का परिणाम होता है और आनेवाले स्वर के लिए रास्ता बनाता हुआ ग़ायब हो जाता है। एक अस्वाभाविक अनिवार्यता से गीत आकार ग्रहण करता है।" रोक्वेता कहता है :

"इस संगीत की अनिवार्यता इतनी अधिक है कि यह अपरिहार्य लगता है, उसमें कोई बाधा नहीं डाल सकता। इस काल में ऐसा कुछ नहीं, जिसमें जगत बँधा है।" रोक्वेता अनुभव करता है :

"यह अस्तित्वहीन है, एक संतापन भी है, अगर मैं उठकर उस रिकॉर्ड को दो हिस्सों में तोड़ दूँ, तब भी मैं उस तक पहुँच नहीं पाऊँगा। वह परे है—किसी वस्तु, आवाज़, वायलिन के स्वरों से परे है। अस्तित्व की परत-दर-परत में उसने स्वयं को बड़ी ही दृढ़ता से छिपा लिया है और अगर आप उसे पकड़ना चाहते हैं, तो आपको अर्थहीन अस्तित्व मिलेगा। वह उनके पीछे है, मैं तो उसे सुनता भी नहीं, मैं ध्वनियाँ सुनता हूँ, हवा में व्याप्त इसके स्पन्दनों को, जो इसे अनावृत करते हैं।"

उपन्यास का अन्त अवश्यम्भावी है, लगता है कि रोक्वेता, अपने अस्तित्व की अनिवार्यता के लिए कला की ओर उन्मुख होगा; लेकिन वह ऐसा नहीं करता। वह अपने जीवन की अस्पष्टता उसके बेतुकेपन पर विजय पाकर, कला को अपनी एकमात्र राह नहीं बना पाता। हमारी अपेक्षाएँ ग़लत साबित होती हैं; क्योंकि कला अस्तित्वहीन है। अपनी डायरी के बाद के अंशों में रोक्वेता कला को राहत के लिए उपयोग करनेवालों पर व्यंग करता है।

"ऐसे भी मूर्ख हैं, जो कला में राहत पाते हैं। मेरी आंटी बिजुवा की तरह।...

"वे कहती हैं कि जब मेरे अंकल स्वर्ग सिधार गये तब शौर्पे के प्रिल्यूड्स उनकी मदद को आये। संगीतशालाएँ ओछेपन से उफनती रहती हैं। तुच्छ लोग अपनी आँखें बन्द करके अपने पीले चेहरे एरियल की तरह टाँग देते हैं। वे कल्पना करते हैं कि उनके भीतर ध्वनि का मीठा पोषक

प्रवाह है और उनकी पीड़ाएँ बर्थर का संगीत बन गयी हैं। वे सोचते हैं, सौन्दर्य उनके प्रति संवेदनशील हो गया है। गधे...''

रोक्वेता का उत्तर स्पष्ट है और दर्दनाक भी। कला वास्तविक नहीं है। कला क्षणिक रूप से जीवन की समस्याएँ सुलझाती है; किन्तु जीवन से बाहर काल्पनिकता में। 'नौसिया' का नायक जो वास्तविकता से भागने पर व्यंग्य को सैकड़ों तरीक़ों से स्पष्ट करता है, वह पलायनवादी समझौता कभी स्वीकार नहीं करेगा, कोई कितना भी तर्क करे। अपनी प्रतिक्रिया में, अपनी प्रणाली में, अपने अस्तित्व में 'नौसिया' सार्त्र के प्रारम्भिक लेखन का एक केन्द्रीय और अबूझ तनाव समाहित किये हुए है।

सार्त्र के लेखन में 1940 के बाद एक नया मोड़ आता है। इससे पहले की प्रत्येक समस्या व्यक्तिगत थी। 'नौसिया' का रोक्वेता घोर व्यक्तिवादी है, ऐतिहासिकता के प्रति पूरी तरह लापरवाह; लेकिन सार्त्र स्वयं भी महायुद्ध के प्रभाव से कहाँ वंचित रह पाये! अब तक कभी सार्त्र ने वोट नहीं दिया था और न किसी आन्दोलन में भाग लिया था और न ही किसी जुलूस में शामिल होकर उन्होंने नारेबाज़ी की थी। अब तक वे मानते रहे थे कि साहित्य अपने-आप में पूर्ण है और साहित्यकार समाज से दूर रहकर भी आत्मसम्मान की ज़िन्दगी जी सकता है। अपने आत्म-कथन में सिमोन द बोउआर लिखती हैं :

''अब तक हम यह समझते थे कि वास्तव पर हमारा पूरा अधिकार है; किन्तु फिर भी हमारी ज़िन्दगी दूसरे निम्न बुर्ज़ुवा बौद्धिकों की तरह अवास्तविक थी। अन्य प्रत्येक बुर्ज़ुवा की तरह हमने भूख को महसूसा नहीं था और न ही खुले आकाश के नीचे हम कभी असुरक्षित रहे। इसके उपरान्त भी न तो हमारे बच्चे थे, न हमारा कभी परिवार रहा और न हमने कभी कोई ज़िम्मेदारी ओढ़ी। हम जो काम करते रहे, वह हमारे लिए आनन्ददायक था, उबाऊ नहीं। इसके बदले जो पारिश्रमिक हमें मिलता रहा उसके विनिमय में कोई सार नहीं था, क्योंकि किसी यथास्थिति को बनाये रखने की हमें कोई ज़रूरत नहीं थी। हम अपनी कमाई को चाहें जैसे ख़र्च कर सकते थे। हम पोखर में कमल की तरह तैर रहे थे, जब अचानक हमारे भ्रमों पर परिस्थिति का पाला पड़ा।'' (फ़ोर्स ऑफ़ सरकमस्टान्सेज़)।

उनका त्रिखण्डीय उपन्यास 'रोड्स टू फ्रीडम' इस बात का प्रमाण है कि न चाहते हुए भी आदमी इतिहास के शिकंजे में जकड़ा हुआ है। उसका भाग्य दूसरों के साथ जुड़ा हुआ है, अतः वह घटनाओं के प्रभावों से बच नहीं सकता। सार्त्र का 'रोक्वेता' मात्र एक खालीपन रह जाता है। इस दी हुई स्वतन्त्रता से 'रोड्स टू फ्रीडम' का 'मैथ्यू' जन्म लेता है।

सार्त्र ने पहला खण्ड 'द एज ऑफ़ रीजन' पारम्परिक उपन्यासों की शैली में लिखा। नायक 'मैथ्यू' दर्शन का प्रोफ़ेसर है, वह अविवाहित है। वह मार्सेल नामक युवती से प्यार करता है, किन्तु उससे विवाह करने को अनिच्छुक है। मार्सेल गर्भवती हो जाती है, किन्तु मैथ्यू अब भी उससे स्थायी सम्बन्ध नहीं स्वीकार करता। वह गर्भपात के लिए रुपये जुटाने की कोशिश कर रहा है। सामाजिक, राजनीतिक किसी भी प्रकार की प्रतिबद्धता मानने से वह इनकार करता है।

सोचने की बात यह है कि आख़िर अपने प्रति बिना प्रतिबद्ध हुए हमारी स्वतन्त्रता का अर्थ क्या है? ज़िन्दगी के पैंतीस वर्ष संस्कारों के पूर्वाग्रहों से मुक्त होने में लगा देने के बाद बचता क्या है? केवल एक बाँझ खालीपन। पुल पर वह बिल्कुल अकेला था। वह उस क्षण दुनिया में भी अकेला था। उसे कोई देख नहीं रहा था। वह उदास होकर सोचता है, मैं कुछ नहीं होने के लिए, एक निष्पत्ति के लिए स्वतन्त्र हूँ। मैथ्यू अँधेरे में हाथ बढ़ाता है। आसपास की सतह छूता है; लेकिन उसे कुछ महसूस नहीं होता। उसे अपनी असफलता समझ में आती है कि स्वतन्त्रता की चाह में वह कहीं किसी से भी तो जुड़ नहीं पाया। न उसने अंग्रेज़ी पढ़ी, न कम्युनिस्ट पार्टी में सम्मिलित हुआ और न ही उसने स्पेन जाकर क्रान्तिकारियों के साथ मिलकर विद्रोह किया। यह एक ऐसी बाँझ स्वतन्त्रता है, जो उसकी ज़िन्दगी का अर्थ ही निगल जाती है। उसने अपनी स्वतन्त्रता को बचाकर रखा, पर किसके लिए? किस वक़्त-ज़रूरत के लिए? क्या होगा उस स्वतन्त्रता का, जो खुद के अस्तित्व को ही टुकड़ा-टुकड़ा चबा रही है?

अपनी स्वतन्त्रता से ऊबा हुआ मैथ्यू उन सबसे ईर्ष्या करता है जो किसी-न-किसी उद्देश्य कि लिए प्रतिबद्ध हैं। जिनकी ज़िन्दगी का एक मक़सद है। ये लोग त्याग में किसी के लिए कुछ करने में, किसी से जुड़ने

में अपनी ज़िन्दगी का अर्थ ढूँढ़ लेते हैं। वह ईर्ष्या से ब्रूनेत की ओर देखता है जो एक सशक्त राजनीतिज्ञ है।

अब वह प्रतिबद्ध है, उसने अपनी स्वतन्त्रता त्याग दी है। अब वह और कुछ नहीं मात्र एक सैनिक भर है। इस प्रतिबद्धता के कारण उसे उसकी स्वतन्त्रता वापस मिल गयी है। उसे उसका सब कुछ वापस मिल गया है। वह मुझसे भी अधिक स्वतन्त्र है, क्योंकि वह स्वयं से और अपनी पार्टी से एकात्म हो चुका है।

ब्रूनेत को मैथ्यू की बेचैनी खलती नहीं, वह शान्त है। जहाँ कहीं भी इन्सान हैं, ब्रूनेत के पास काम करने का अपना स्थान है। प्रतिबद्ध होकर ब्रूनेत ने वास्तविकता के साथ फिर अपना सम्बन्ध स्थापित कर लिया है। इसी प्रकार क्रान्तिकारी गोमेज़ के साथ रेस्तराँ में खाना खाते समय अपनी इस खाली अप्रतिबद्ध ज़िन्दगी का बोझ मैथ्यू फिर से महसूस करने लगता है। वह सोचता है :

"मेज़ पर परोसा हुआ कटलेट है, एक उसके और एक मेरे लिए। उसे खाने का स्वाद लेने का अधिकार है, अपने सुन्दर दाँतों से उसे पहला टुकड़ा काटने का हक़ है, क्योंकि अपनी ज़िन्दगी में उसने इसकी क़ीमत चुकाई है।"

सार्त्र सहयोग को एक मूल्य के रूप में न लेकर एक तथ्य की तरह हमारे सामने रखते हैं। हमें सहयोग करना नहीं पड़ेगा, बल्कि मानव अपने-आप में एक सहयोग है। इससे अलग हम हो नहीं सकते। 1939 से 1944 की समस्त घटनाएँ यही स्थापित करती हैं—वे जो 'रेजिस्टेंस' में भाग गये और वे जो 'रेजिस्टेंस' में केवल भागी बने रहे—दोनों ही इस घटना में सहभागी हैं। उपनिवेश के दौरान फ्रांस की जनता ने, जो दुख सहे, उससे कोई अछूता नहीं बचा। आदमी कुछ करे या न करे, होनेवाली सामूहिक घटनाओं पर वह प्रभाव डालता है। चाहे आप कुछ न करें, खेत में पड़े पत्थर की तरह निष्क्रिय पड़े रहें, तब भी सम्पर्क से, उलझाव से, आप बच नहीं सकते। पारस्परिकता का बोध ही मैथ्यू को अचानक क्रोध और असहायता से भर देता है।

उसने गोलियों की आवाज़ सुनी—इन घटनाओं से हमें कोई सरोकार नहीं, हम निर्दोष है... वे सब हाथ उठाकर आकाश की ओर देखते हैं और चीख़ पड़ते हैं। आदेश शान्त हो गया, भोर के आकाश में बेकसूरों की बाढ़ आ गयी। घास की फुनगियों पर आप उन बेकसूरों का ख़ून छूकर महसूस कर सकते थे; लेकिन, मासूमियत का यह दावा अपने-आप में झूठ था। मासूमियत की आड़ में हम सब कहीं ग़लत थे। सच्चाई एक आम ग़लती थी।

अतः हम ज़िम्मेदारी से बच नहीं सकते। वह हमारे साथ है। ज़रूरत है उसे पहचानने की।

इसी कारण, अपने उपन्यास द्वितीय खण्ड के 'द रिप्रीव' में सार्त्र कहना चाहते हैं कि इतिहास किस प्रकार हमारी व्यक्तिगत चेतना पर हावी हो सकता है। युद्ध-घोषणा एक विशाल दुःखद सिम्फनी की तरह गूँज उठी, जिसमें दुनिया की तकदीर कुछ हाथों से बना दी गयी। द्वितीय महायुद्ध का दायित्व केवल चैम्बरलेन या हिटलर पर नहीं था बल्कि उन सब पर भी था, जो अपने-अपने घरों के ड्राइंग रूम में, सड़क के नुक्कड़ों पर युद्ध-घोषणा सुन रहे थे। हर व्यक्ति अपनी ज़िन्दगी जीता रहा था; पर एक प्रश्न को ढोते हुए—यह युद्ध कब ख़त्म होगा।

अतः आदमी स्वतन्त्र है; लेकिन एक दी हुई स्थिति के बीच।

आदमी की स्थितिग्रस्तता और ऐतिहासिकता एक स्वाभाविक तथ्य है जिसे नकारा नहीं जा सकता। मैथ्यू गम्भीरता से यह तथ्य ग्रहण करे या हलकेपन से, यह तथ्य उसे स्वीकार करना होगा कि युद्ध है। जर्मन सेना की तोपों, उनके टैकों के सामने राइफ़ल दागते हुए वह अनुभव कर रहा है कि ज़िन्दा रहने के लिए जोख़िम उठाना पड़ेगा।

वह कगार पर आकर गोलियाँ दागता रहा। यह बदले का अंजाम था। प्रत्येक गोली के साथ पिछली हानियों का लिया हुआ बदला। एक लोला के लिए, जिसे लूटने से मैं डर गया। एक मार्सेल के लिए, जिसे मुझे धोखा दे देना चाहिए था। एक औडेल के लिए, जिसके साथ मुझे बलात्कार कर लेना चाहिए था। एक उन पुस्तकों के लिए, जिन्हें मैं लिख नहीं सकता। एक उन ट्रिपों के लिए जिन पर मैं कभी गया नहीं और एक उन सबके लिए, जिनसे मैं कभी घृणा करना चाहता था, जिन्हें समझने की कोशिश मैंने की।

इस प्रकार वह अपने अतीत का हिसाब-किताब कर लेता है। अपनी कमियों का परिष्कार करके मुक्त हो जाता है :

''उसने गोली दागी। कमांडेंट हवा में उड़ गया—अपने पड़ोसी को तुम अपनी ही तरह प्यार करोगे—धाँय। अब तुम मारोगे नहीं—धाँय। उस हरामी के चेहरे पर उसने गोली चलायी। गुण, स्वतन्त्रता, जगत सबको दाग दिया। स्वतन्त्रता आतंक है। टाउन हॉल में एक आग धधक उठी। एक आग उसके मस्तिष्क में धधक रही थी।''

मैथ्यू के पूर्वानुमान में कुछ बचकानापन है। अधिकृत फ्रांस को मुक्त कराने की उसे इतनी चिन्ता नहीं, जितनी चिन्ता अपने-आप को यह दिखाने की है कि अब तक उसने जो भी सोचा-किया वह ग़लत था। यदि आदमी की नियति जगत में विशिष्टता लाना है, तो उसे स्वनिर्मित सम्प्रदाय पर आचरण करने की ज़रूरत नहीं, जगत का ज्ञान प्राप्त करके अपनी योग्यतानुसार सही निर्णय लेने की है। उसका बलिदान भी सैद्धान्तिक लगता है, जो उसके किरदार के लायक ही है। सशक्त ब्रूनेत, जो उसका क्रमिक उतराधिकारी है, सार्त्र की ठोस प्रतिबद्धता को परिभाषित नहीं करता। केवल 'लास्ट चांस' के प्रकाशित अंश से ही चरित्र की विशृंखलता प्रकट होती है।

मैथ्यू के चरित्र-चित्रण में सार्त्र शायद स्वयं को खोजते हैं। तीसरे खण्ड तक आते-जाते सार्त्र खुद भी बदल गये थे। महायुद्ध का प्रारम्भ, सार्त्र को युद्धक्षेत्र में जाना पड़ता है। हालाँकि वहाँ उनको केवल मौसमी अवलोकन का काम मिलता है। गुब्बारों को उड़ाकर हवा का रुख़ देख उन्हें केवल अपने अफ़सर को फ़ोन कर देना रहता था। युद्धक्षेत्र में भी उनके साथ समय इफ़रात में था और चिन्तन-मनन के लिए एक शान्त माहौल। सार्त्र ने अपना समय उपन्यासों को ख़त्म करने में लगाया। साथ ही, वे अपनी महान दार्शनिक कृति 'बीइंग एंड नथिंगनेस' पर भी लगातार काम करते रहे।

अपने इस अनुभव पर तीस साल बाद सार्त्र अनुचिन्तन करते हुए लिखते हैं :

''मैं स्वयं को एक घिसा-मँजा हुआ, साफ़-सुथरा परमाणु समझता रहा था, जिसे शक्तिशाली ताक़तों ने ग्रस लिया था और बिना उसकी मर्ज़ी के,

जिसे युद्धक्षेत्र में भेज दिया गया था; लेकिन युद्ध के दौरान और नाजी कैम्प में मैं हमेशा के लिए भीड़ में निमज्जित हो गया। जन का हिस्सा बना। मैंने समझ लिया कि ज़िन्दगी की अपनी बाध्यता है। ख़तरों का सामना करती हुई ज़िन्दगी शुद्ध रूप से वैयक्तिक और आत्मनियन्त्रित नहीं हो सकती। उसकी वैयक्तिक नियति, उसका भाग्य, ज़िन्दगी जीने का जोख़िम प्रत्येक दूसरे जन का भी हिस्सा है।''

सिमोन अपनी डायरी के द्वितीय खण्ड 'प्राइम ऑफ़ लाइफ़' में इस बात का ज़िक्र करते हुए लिखती हैं कि ''सार्त्र में बदलाव आ चुका था। अब वे राजनीति से अलग नहीं रह सकते थे। वे यह विश्वास करने लगे थे कि प्रत्येक व्यक्ति को सक्रिय रूप से अपनी ज़िन्दगी की ज़िम्मेदारियों को लेना होगा। अब समय आ गया कि हम अपने पलायन से उबरें। कल्पना, भ्रान्ति और आत्मवंचना के सहारे ठोस वस्तु से दूर नहीं रहें।''

जून, 1940 से मार्च, 1941 तक, सार्त्र नाज़ियों के बन्दी शिविर में रहते हैं। वहाँ वे अपना प्रथम राजनीतिक नाटक 'वैरियोना' लिखते हैं, जिसमें रोमन द्वारा अधिकृत फिलिस्तीन में ईसा मसीह का जन्म दिखाया गया है... मसीहा जो सबको मुक्ति दिलायेगा। सार्त्र अपने सह-क़ैदियों के साथ त्रासद परिस्थितियों पर संवाद स्थापित करने में सफल हो गये। इस नयी एकात्मकता का कारण था, सबकी समान परिस्थिति, हर समय साथ और निरन्तर आपसी संवाद। राजनीति उनके जीवन का सार बन चुकी थी। उसका सामना उन्हें रोज़ करना पड़ता था।

1942 में पेरिस लौटकर, सार्त्र अपने मित्र मॉरिस मार्लो पोन्ति और सिमोन द बोउआर तथा कुछ अन्य लेखकों के साथ 'रेजिस्टैन्स ग्रुप' का निर्माण करते हैं, जिसे 'सोशलिज़्म एत लिबर्ते' की संज्ञा दी गयी। इस ग्रुप का मुख्य उद्देश्य था, एक गणतान्त्रिक समाज की स्वाधीनता के लिए संघर्ष क़ायम करना। अन्य छोटे-मोटे ग्रुपों के साथ सार्त्र सम्पर्क भी क़ायम करते हैं, किन्तु कम्युनिस्टों से कोई सहयोग न मिलने के कारण और दूसरी ओर अधिकृत फ्रांस में 'गेस्टापो' की आतंकवादी नीति के कारण सार्त्र को अनिच्छावश अक्टूबर, 1941 में इस ग्रुप को तोड़ देना पड़ा।

प्रत्येक 'रेजिस्टैंस ग्रुप' ने यही निर्णय लिया था कि अधिकृत फ्रांस की जनता ही अपने देश को स्वाधीन करायेगी। सार्त्र 'कम्बैट' पत्रिका में कई अभिलेख लिखते हैं, जिसमें उस समय की परिस्थिति, मित्रसेना का फ्रांस में प्रवेश आदि के बारे में विशद विवरण है। सार्त्र अन्त में उस जन के साथ एकात्म होते हैं, जिसने अपनी नियति को अपने हाथों में लेने का निर्णय किया था।

अभियोजित (इंगेज्ड) लेखक के रूप में सार्त्र सबसे पहले नाटककार थे। इतिहास में क्रियाशील होने के लिए उन्होंने मंच का सहारा लिया, ताकि दर्शक सामूहिक मुद्दों पर अभियोजित किये जा सकें तथा सामाजिक यथार्थ में परिवर्तन लाने या परिवर्तन को समझने के लिए तैयार किये जा सकें। उनके लिखे आठ नाटक वर्तमान से सम्बन्धित थे, जिनमें तात्कालिक मुद्दों की बात की गयी थी।

जर्मनी और फ्रांस के नाज़ीवाद, युद्ध और पूँजीवादी अभियानों, साम्यवाद की यातनाओं तथा अव्यावहारिकता एवं अमेरिका के जातिवाद पर सार्त्र ने प्रश्न उठाये। लेखक से प्रतिद्धता की माँग इन नाटकों से पूरी हुई। इनमें से तीन प्रमुख नाटकों का उल्लेख करना चाहूँगी, जिनमें सार्त्र का वैचारिक विकास और दार्शनिक दृष्टिकोण परिलक्षित होता है।

सार्त्र के लिखे नाटकों में अधिकृत फ्रांस में सबसे पहले 'ल मूश' का मंचन किया गया। उस समय को याद करते हुए सार्त्र लिखते हैं कि 'ल मूश' में मैंने अपने सीमित साधनों द्वारा ही पश्चात्ताप को, जिससे हम बुरी तरह ग्रसित थे तथा अपराध और ग्लानि की उस भावना को, जिसे वीची सरकार हम पर आरोपित कर रही थी, उखाड़ फेंकने की कोशिश की। सार्त्र अब सामूहिकता की ज़रूरतों को अभिव्यक्त कर रहे थे और एक सामूहिक क्रिया की माँग कर रहे थे, जो जर्मन सरकार की इस दुर्दमनीय ताक़त का प्रतिरोध कर सके। 'ल मूश' का नायक एक ऐसा ही पात्र है। इसे रेजिस्टैंस का नाटक़ माना जाना चाहिए। राजनीतिक रूप से यह नाटक 'बीइंग एंड नथिंगनेस' की आग्रही थीम की ही पुष्टि करता है कि 'विरोध करने के लिए आदमी हमेशा मुक्त है।' एक तरह से सेंसर की आँखों में धूल झोंककर भी सार्त्र ने वही किया।

अपने देशवासियों को सार्त्र का पहला राजनीतिक सन्देश यही था कि अपराध और प्रायश्चित्त को स्वीकार कर लेना व्यामोह के कारण होता है, प्रामाणिक कार्य अन्ततः संघर्ष ही है।

'ओरेस्ट्रस' नाटक का नायक शुरू से ही अपनी खोखली तटस्थ स्वतन्त्रता से बोझिल रहता है। इसी नकारात्मक स्वतन्त्रता के लिए वह धर्मगुरु जेअस से कहता है, "आपने मुझे स्वतन्त्रता का वह धागा पकड़ा दिया, जो हवा में टँगा रहता है, इसकी अपनी गहनता नहीं। मैं इसी धागे के समान हवा में उड़ने को विवश हूँ।" वह कहता है, कुछ लोग अभियोजित पैदा होते हैं। ओरेस्ट्रस जब वापस अपनी जड़ों में लौटता है, तब अपने पिता के हत्यारे को मारने का निर्णय लेता है। वह हत्या करता है, किन्तु अपराध-बोध से पीड़ित नहीं और अन्त में यह जेअस की उपेक्षा कर, दी हुई राजगद्दी को छोड़ अपनी परिस्थिति में अकेला चला जाता है। ओरेस्ट्रस अकेलेपन की एक मित्रहीन यन्त्रणा सहता है। उसे निरावरण यन्त्रणाओं के हवाले किया जाता है। स्नेहहीन, सहानुभूतिहीन, प्रोत्साहनहीन, अकेले, फिर भी उस एकान्त अकेलेपन में वह दूसरों की रक्षा करता है... दूसरे... सत्याग्रह में शामिल सभी कामरेडों की। सम्पूर्ण एकान्त से सम्पूर्ण उत्तरदायित्व... क्या यही हमारी मुक्ति की परिभाषा नहीं है? एक पृथक्कृत हीरो, एक मुक्तिदायी हत्या करता है और निरापराध भाव से अपने रास्ते पर बढ़ जाता है। सन्ताप उसका पीछा करता है और भौचक भीड़ उसे देखती रह जाती है; लेकिन सार्त्र के लिए ओरेस्ट्रस का यह कार्य लगाव अर्थात् अभियोजना की घोषणा है। ओरेस्ट्रस, जेअस को नकार देता है और इसी माध्यम से जर्मन विजेताओं को भी वह नकारता उसके हाथों में लगा हुआ हत्या का ख़ून एक ठोस ऐतिहासिक क्रिया का प्रतीक बन जाता है।

रोक्वेता की सम्पूर्ण तटस्थता का प्रत्युत्तर ओरेस्ट्रस प्रस्तुत करता है; लेकिन इतिहास में वह सम्पूर्ण अभियोजना से वंचित रहता है। 'ल मूश' में सार्त्र के पूरे कैरियर की समस्या सामने आती है। मूल बिन्दु से आरम्भ करके उनके दृष्टिकोण की पूरी सीमा और ठोस ऐतिहासिक स्थिति की प्रभावी अभियोजना कैसे सम्भव हुई? अपनी जगह जड़, आलंकारिक, अमूर्त, 1943 का ओरेस्ट्रस, विश्वसनीय और ऐतिहासिक 'अनेक जन में एक जन'

में रूपान्तरित हो जाता है। वह जनता के साथ उसके लिए काम करता है, आम आदर्शों के लिए उसके साथ रहकर संघर्ष करता है और यह समझता है कि उसका कार्य धैर्यपूर्ण कार्य है, कोई नाटकीय भंगिमा नहीं।

एक साल बाद सार्त्र ने अपना इकलौता अ-राजनीतिक नाटक 'नो एक्जिट' लिखा। कुछ उठाये गये प्रश्नों का उतर बड़ी कुख्यात पंक्तियों में सामने आया :

'दूसरे लोग नरक हैं, जिसका वास्तविक अर्थ हुआ, नरक हम स्वयं हैं।'

किसी आम गन्तव्य से यह बात नितान्त अलग है। गार्सिन, इस्तेला और इनेत्स हमेशा के लिए एक साथ रह रहे हैं, एक-दूसरे के उत्पीड़क के रूप में। कहते हैं 'उई क्लो' की रचना स्व और दूसरों के बीच सम्बन्ध के निराशावादी चिन्तन को लेकर सार्त्र ने की है। इसकी रचना के बीस वर्ष बाद, नाटक की रिकॉर्डिंग कराते समय सार्त्र ने भूमिका में अपना वही कथ्य सामने रखा :

''नरक दूसरे लोग हैं, इस बात को हमेशा ग़लत समझा गया है। मैंने जो कहा उसका अर्थ यह लगाया गया कि दूसरों के साथ हमारे सम्बन्धों को विषाक्त कर दिया जाता है और वे सम्बन्ध नारकीय हो जाते हैं; लेकिन मेरे कहने का अर्थ नितान्त भिन्न है। मेरा मतलब था कि अगर किसी के सम्बन्धों को जोड़ा-तोड़ा जाता है, कलुषित किया जाता है, तब दूसरा व्यक्ति केवल नरक ही हो सकता है।''

यह बात आठ नाटकों और मानवीय सम्बन्धों को लेकर वर्षों के संघर्ष के बाद कही गयी। निश्चित रूप से गार्सिन यह नहीं कहता कि 'दूसरे लोग नरक' हैं, बल्कि वह कहता है, 'नरक दूसरे लोगों' का है। दोनों में बड़ा अन्तर है।

'नो एक्जिट' नाटक अपने में किसी विकल्प का संकेत भी नहीं करता। स्पष्टीकरण का सार्त्र का अपना प्रयास यह नहीं कहता कि वे अपने तीनों पात्रों को नरक में स्थापित करते हैं—शान्तिवादी, बुजदिल गार्सिन, पीड़ा सम्भोगी इनेत्स और हत्यारिन बुजदिल इस्तेला, जो पूर्णतः आत्मकेन्द्रित और इस बात पर निर्भर है कि दूसरे उसके बारे में क्या कहते हैं। गार्सिन अपनी कायरता से छिपने के लिए अलग रहना चाहता है।

इस्तेला उसकी स्वीकृति और दिलचस्पी के लिए परेशान रहती है। जैसे ही वे एक-दूसरे की आत्म-प्रवंचना को स्वीकार करना शुरू करते हैं, इनेत्स ठण्डा सत्य सामने रखती है। तीनों में से कोई चैन नहीं पाता, न अकेला रह पाता है, न एक-दूसरे से बच पाता है। अत्यधिक सहजता और क्षमता से सार्त्र वे चरित्र प्रस्तुत करते हैं, जो एक-दूसरे को यन्त्रणा देने के अतिरिक्त और कुछ नहीं कर पाते। अमूर्त रूप से तर्क देते हुए सार्त्र यह कह सकते हैं कि स्वेच्छा से वे अपने-आप को नरक में रखते हैं। उनका आचरण अनिवार्य हो जाता है। 'उई क्लो' में वे ऐसे ही विशिष्ट चरित्र प्रस्तुत करते हैं। इसमें यह संकेत भी नहीं मिलता कि ये किसी और तरह से भी आचरण करते हैं। उनके आचरण के बारे में कोई स्पष्टीकरण नहीं, जो किसी विकल्प का संकेत दे। अचानक दरवाज़ा खुल जाता है और जाने का मौक़ा उन्हें मिलता है; लेकिन कहाँ? नरक में। प्रत्येक पात्र वहीं दूसरे के साथ रहने का वरण करता है; लेकिन जब वे अपने होशोहवास में रहते हैं, तब स्वतन्त्रता के लिए उनके तर्क नितान्त आलंकारिक लगते हैं : इनेत्स, गार्सिन और इस्तेला को एक-दूसरे की ज़रूरत है, अपने विशिष्ट नरक की ज़रूरत है, वे उससे चिपके हुए हैं।

यदि 'उई क्लो' यानी 'नो एक्जिट' यह निर्मम दृश्य इतने प्रभावशाली ढंग से प्रस्तुत करता है, तो यह श्रेय इस नाटक को है, जो इतनी परिपूर्णता से निष्पादित हुआ है। 'ल मूश' की जड़ता और आलंकारिकता इसमें कहीं नहीं मिलती। नरक की सशक्त 'इमेज' पर इसका निर्माण हुआ है, जिसमें 'सेकेंड इम्पायर' के रूप में एक ड्राइंग रूम है, जिसमें दो आदमी और हैं। इस नाटक में स्पर्श का निर्णय है, जो सार्त्र के 'ले से केस्त्रे दॉलतोना' को छोड़कर अन्य किसी नाटक में नहीं मिलता। बिना कृत्रिमता, असम्बद्धता, अनावश्यक तामझाम के चरित्र यथार्थ हैं। यह बात विचारणीय है कि सार्त्र के शास्त्रीय अस्तित्ववादी नाटक और उनके इस पहले अभियोजित नाटक के बीच कलात्मक अन्तर क्या है? यदि कालहीन निराशावाद का नाटक अपने पूर्ववर्ती नाटकों से इतना बेहतर हो सकता है, तो इसलिए कि सार्त्र इसमें माहिर थे। अभियोजना सार्त्र के लिए नहीं थी, बल्कि यह एक परियोजना थी, जिसकी मेहनत ओरेस्ट्रस के चरित्र में नाटकीकृत दिखाई पड़ती है।

'ल मूश' द्वारा जो मुद्दे उठाये गये हैं, उन पर कार्य करना था, उन पर महारत हासिल करनी थी, इससे पहले कि सार्त्र के ऐतिहासिक और प्रतिबद्ध चरित्र 'उई क्लो' के कालहीन एकाकी व्यक्तियों का प्राकृतिक प्रतिबिम्बन करने लगे, इससे पहले कि आलंकारिक वक्तव्य मानव-वक्तव्य हो जायें और नाटकीय भाव-भंगिमा सामाजिक क्रियाकलाप में परिवर्तित हो जाये। इसमें पन्द्रह वर्ष लगे, जिसमें पहले सार्त्र ने अभियोजित रंगमंच का विकास किया, जो 'उई क्लो' की कलात्मक सफलता तक पहुँच पाया है।

मानवीय सम्बन्धों के लिए 'ल मूश' में जो केन्द्रीय प्रश्न उठाया गया है, उसे 'उई क्लो' आगे बढ़ाता है। प्रश्न उठता है कि क्या ऐसे मानवीय सम्बन्ध विकसित किये जा सकते हैं, जो नाटकीय न हों? मंच के बारे में अपनी मूल दृष्टि को क़ायम रखते हुए सार्त्र उसे अभिनय के सन्दर्भ में आगे बढ़ाते हैं और कहते हैं कि अभिनय करते वक़्त भी अभिनेता अपनी इस अभिनय क्रिया के प्रति सचेत होता है। सार्त्र यहाँ पर चेतना की चेतना और एक नये परावर्तन की बात करते हैं। प्रामाणिक सम्बन्धों के लिए सार्त्र के अनुसार यदि व्यक्ति सचेत हो, अपने व्यामोह को समझ सके, तो वह इससे मुक्ति पा सकता है और इसीलिए हम कह सकते हैं कि नरक दूसरे लोग हैं या 'प्रत्येक दूसरा मेरे लिए नरक है'—यह वाक्य सार्त्र का अन्तिम नहीं, बल्कि प्रथम वाक्य था। 'बीइंग एंड नथिंगनेस' में सार्त्र जब मानवीय सम्बन्धों का विश्लेषण शुरू करते हैं, तब उनमें निहित संघर्ष को उजागर करते हैं। संघर्ष का यह एक ऐसा सम्बन्ध है, जिसमें हमेशा एक व्यक्ति दूसरे व्यक्ति को वस्तु रूप में परिणत करना चाहता है। सार्त्र की दार्शनिक अवधारणाओं के ये शुरुआत के दिन थे, जिनको प्रायः आलोचकों ने एक बड़ा ही नकारात्मक तकिया कलाम बनाकर रख दिया। हम देखते हैं कि यही सार्त्र आगे चलकर 'क्रिटीक' में मानवीय सहयोग और समुदाय की बात करते हैं और प्रत्येक प्रकार के दमन के विरोध में एक निरन्तर समग्र से समग्रतर की ओर जानेवाले प्रामाणिक सम्बन्ध की रूपरेखा हमारे सामने रखते हैं।

सार्त्र के अभियोजित रंगमंच का पहला सफल नाटक 'ले मैं साल' था, जो अप्रैल 1948 में पेरिस के मंच पर एक धमाके के साथ मंचित किया गया।

सम्भवतः सार्त्र का यह सर्वाधिक उत्तेजनापूर्ण नाटक है, जिसमें तनाव और द्विअर्थीपन भी है और यह राजनीतिक और व्यक्तिगत रूप से वैयक्तिक किरदार प्रस्तुत करता है, जिनके अभिनय में महत्त्वपूर्ण ऐतिहासिक मुद्दे आ जाते हैं।

नाटक को पढ़ने से पहली बार सम्भव है कि पाठक का निर्णय विपरीत चला जाये। स्पष्टतः ह्यूगो एक दूसरा ओरेस्ट्रस लगता है, 'द त्रो' से पृथक्। वह दूसरों की नज़रों से स्वयं अनुभव हासिल करता है और वास्तविक अभिनय की जगह हाव-भाव तथा अंग-विपेक्ष से काम लेता है। जिनकी सहायता वह करेगा, उनके प्रति यह उपेक्षापूर्ण नज़र रखता है। जहाँ तक ओरेस्ट्रस का सवाल है, वह स्वयं को ही बचाने में लगा रहता है। वह प्रेक्षक की नज़र में अपराधों के माध्यम से अपनी पहचान स्थगित करनेवाला प्रतीत होता है।

लेकिन एक विशेष मुद्दे पर ह्यूगो ओरेस्ट्रस से अलग है। राजनीतिक जीवन के क्रिया-कलापों के प्रति वह प्रतिबद्ध है, यही उसका गन्तव्य है। इसी चश्मे से वह स्वयं को देखता है, अपनी कमियों को परखता है। यही एक ऐसी स्थिति है, जो उसे नाटक में निरपेक्ष भूमिका अदा नहीं करने देती। 'ल मूश' में सार्त्र ओरेस्ट्रस के माध्यम से बोलते हैं, जिसका वियोजन बड़े पैमाने पर नाटक के सन्दर्भ का खाका माना जा सकता है। कोई भाव-भंगिमा नहीं, जिसे घटाया-बढ़ाया जा सकता है या जिसकी आलोचना की जा सकती है, या जिसके एक या अनेक विकल्प रखे जा सकते हैं; लेकिन 'ले मैं साल' में, अस्तित्ववादी नायक सार्त्र का दार्शनिक सन्दर्भ-बिन्दु नहीं रह जाता। ओरेस्ट्रस का चरित्र एक यन्त्रणाभोगी युवा बन जाता है, जो एक नये सन्दर्भ-बिन्दु में अपनी पहचान खोजता है। वह नया सन्दर्भ-बिन्दु व्यवहार कुशल कम्युनिस्ट होयडरर नामक पात्र है। 'ले मैं साल' का दार्शनिक-नैतिक-राजनीतिक खाका होयडरर की समाजवादी भविष्य के प्रति प्रतिबद्धता है, मानवता के प्रति उसका प्रेम, जनता से उसका लगाव, उसकी स्पष्टता, उसका यथार्थबोध, उसकी प्रभावशालिता तथा उसका लचीलापन है। भाव-भंगिमा के प्रति उसका अस्वीकार उसकी ऐतिहासिक दृष्टि का अर्थ है।

जैसा कि आलोचकों ने कहा है, होयडरर सार्त्र के नाटकों में एक सकारात्मक पात्र है। उसके प्रतिबद्ध मानवतावाद के माध्यम से ही सार्त्र पहली बार ह्यूगो के ओरेस्ट्रस रूप का मुक़ाबला कर पाये, अभिनय की मूलभूत प्रामाणिकता स्थापित कर पाये। यन्त्रणाभोगी बचकानी मौत के प्रति होयडरर के उदारतावादी दृष्टिकोण के ज़रिये ही वह 'स्व-दूसरे' की दुविधा से परे देख पाये हैं। 'कैस क से ला लितरेत्योर' में समाजवाद के विचार ने सार्त्र को उनके प्रारम्भिक सृजन के सैद्धान्तिक संकट से उबारा। होयडरर के चित्रण में अपने प्रारम्भिक पात्रों की चरित्रगत कमियों से परे वैयक्तिक मानवीय सम्भावनाओं की झलक वे देख पाये हैं।

किशोर के रूप में एक वियोजित आदमी को प्रस्तुत करके सार्त्र अपनी स्थिति के कारणों पर विचार शुरू करते हैं। भाव-भंगिमाएँ ह्यूगो की बुर्जुवाई पृष्ठभूमि के कारण पनपती हैं। अपने अमीर पिता के प्रति उसका विद्रोह, भूख को कभी न जान पाने की उसकी अपराध भावना, पार्टी के सदस्यों में एक न हो पाने की विवशता; वही एक स्थान न पाने की ग्लानि, अपनी प्रतिबद्धता की एकांगी शुद्धता का अमूर्त रूप, अपनी आत्मतन्मयता आदि तत्त्व उसके व्यक्तित्व में निहित हैं। ह्यूगो का चित्रण करके सार्त्र एक विशिष्ट प्रगति प्राप्त करते हैं। 'ल मूश' के अनेक चरित-चित्रणों का वह ऐतिहासीकरण कर देते हैं और उनके ठोस सामाजिक मूलों की खोज आरम्भ कर देते हैं। 'ले मैं साल' के सर्वाधिक आन्तरिक तनाव में भी मोटे तौर पर इतिहास-विपरीत विचारधारा दिखाई पड़ती है। ह्यूगो अपनी पृष्ठभूमि से पलायन का प्रयास करता है। पार्टी के नेताओं लुई और ओल्गा और खुद अपने सामने स्वयं को साबित करने के लिए वह होपडरर को मारना चाहता है। जेसिका की पृष्ठभूमि भी ह्यूगो जैसी है। एक स्त्री के रूप में अपनी वास्तविकता के बारे में वह उतनी ही असुरक्षित है। वह अनुमानित विश्वास के सहारे जी रही है। एक वास्तविक आदमी का विश्वास जीतने के लिए वह होयडरर को पथभ्रष्ट करना चाहती है।

फिर भी 'ले मैं साल' में नाटकीय कमजोरियाँ रह जाती हैं, जिनसे यह अभिव्यक्त होता है कि सार्त्र ऐतिहासिक और व्यक्तिगत सन्दर्भों को संश्लेषित नहीं कर पाये हैं। ऐतिहासिक झरोखे में पात्र वैयक्तिक रूप में खड़े रहते हैं।

सभी पात्र एकांगी, एक सीमा तक रूढ़िवादी रह जाते हैं, पूरी तरह एकीकृत नहीं हो पाते। उदाहरण के लिए जेसिका सार्त्र की सभी महिला पात्रों से अधिक जटिल है, लेकिन अपनी पहचान के अभाव में वह भी उन्हीं जैसी लगती है, पुरुष-जगत का सामना करने के अयोग्य। वह नहीं जानती, यह एक मुद्दा भी हो सकता है। यौन-सम्बन्ध और तर्कहीनता उसके प्रमुख आयाम हैं। ह्यूगो की निश्छलता और उसका राजनीतिक अज्ञान पार्टी अख़बार के सम्पादक के लिए असम्भाव्य है। स्लिक और जॉज के सामने वह बिल्कुल बचकाना लगता है। उसकी दृष्टि में वह अविश्वसनीय है। कई स्थानों पर नाटक का संवाद राजनीतिक और व्यक्तिगत सन्दर्भों से कटा हुआ जड़ और बेतुका लगता है।

जहाँ तक नाटक का सवाल है, वह स्पष्टतः राजनीतिक है। रूढ़िवादी कम्युनिस्टों की इसमें ख़ूब आलोचना की गयी है। लुई और ओल्गा होयडरर को अनाड़ी और ऐसा दुश्मन मानते हैं, जिसकी हत्या कर देनी चाहिए। वे राजनीतिक धोखाधड़ी को नकारने का बहाना करके इतिहास को झुठलाते हैं और आदमी को मशीन समझते हैं। इसके विपरीत होयडरर अपने विरोधियों का सामना करता है और राजनीतिक स्तर पर उनसे संघर्ष करना चाहता है। वह स्थितियों पर कोई 'फार्मूला' लागू करने के बजाय उनका विश्लेषण करता है। समाजवादी उद्देश्य के लिए प्रतिबद्ध रहकर भी वह यथार्थ की सराहना करता है। झूठ बोलने को वह एक राजनीतिक छल मानता है, जो परिस्थिति के अनुसार आदमी को करना पड़ता है। क्रान्तिकारी नैतिकता में इसकी गुंजाइश रहती है। लोगों के प्रति उसके मन में सम्मान है। अन्त में रूढ़िवादी वर्ग जब अपने निहित स्वार्थों के लिए ह्यूगो की अपरिपक्वता से फ़ायदा उठाने की बात सोचने लगता है, तब होयडरर अपने जीवन की शर्त पर भी ह्यूगो का सम्मान करते हुए उसके आशय को अच्छी तरह समझते हुए भी, एक रिश्ते का प्रस्ताव रखता है।

इन दो प्रकार के कम्युनिस्टों के दो छोरों के बीच ह्यूगो अपनी पहचान स्थापित करने के लिए संघर्ष करता है। वह सही अर्थों में प्रभावी बनने के लिए अपनी अयोग्ता से उबरना चाहता है। संयोगवश वह जेसिका को ठीक उसी समय होयडरर के साथ देख लेता है, जब वह उसका रिश्ता कबूल

करने की बात सोच रहा होता है। वह हत्या करता है, जिसकी अभिप्रेरणा उस अन्तिम क्षण तक, जब लुई के आदमी उसे हिरासत में लेने आते हैं, उसे चक्कर में डाले रहती है; लेकिन क्या उसकी आत्महत्या, उसकी हत्या की क्रिया की आवृत्ति है? एक बचकानी भाव-भंगिमा, जो परिवर्तन के प्रति अपनी अयोग्यता ज़ाहिर करती है, दूसरे शब्दों में पूर्णतः व्यक्तिगत असफलता है। जब उसे यह पता चलता है कि होयडरर की जिन बातों का विरोध होता था, सोवियत रूस के हुक्म बाद वही अब पार्टी की योजना बन गयी है, तब वह पार्टी में पुनः शामिल होने को तैयार हो जाता है और काम पर लौट आता है। होयडरर को अब पुनर्स्थापित किया जायेगा। उसका हत्यारा, जिसने उसकी हत्या अपने व्यक्तिगत हित के लिए की, मृत मान लिया गया है। ह्यूगो की प्रतिक्रिया में नाटकीय भाव-भंगिमा के साथ पार्टी की वास्तविक आलोचना मुखर होती है। यदि उसका दृष्टिकोण स्पष्टतः ग़लत था, तो पार्टी भी तो ग़लत थी। पार्टी के झूठ को सार्त्र बाद में 'आचार की अनिवार्यता' साबित करते हैं, यह कहकर कि ह्यूगो अगर होयडरर को समझ लेता, तो वह ओल्गा से सहमत हो जाता और अपना नाम बदलकर संगठन में बना रहता। हालाँकि होयडरर ने कहा ज़रूर; लेकिन अस्थायी सही, क्रान्तिकारी उद्देश्य के नाम पर समझौता नहीं किया। लुई और ओल्गा की तरह वह भी मानवी सैद्धान्तिक चिन्तन पर अड़ा रहा।

नाटक स्पष्ट रूप से पार्टी के गुटों को प्रतिपादित नहीं करता। स्तालिन की चौखट में आरोपित-सा मालूम पड़ता है। ह्यूगो की दुविधात्मकता से यह बात स्पष्ट हो जाती है, जब वह उनकी सनक और रूढ़िवादिता को समर्पित होता है या अपने व्यक्तिगत यथार्थबोध और अवास्तविकताओं को छिपाने के लिए भाव-भंगिमाओं की शरण लेता है। होयडरर की तरह का कम्युनिस्ट ही एक सही विकल्प प्रस्तुत करता है; लेकिन ह्यूगो तथा ओल्गा और लुई दोनों की अनिवार्यता, रूढ़िवादी पार्टी के गुटों की अनिवार्यता, अपने-आप को बुर्जुवाई बुद्धिजीवी के साथ मिला देती है, जो अपने यथार्थ के प्रति स्वयं अनिश्चित है। इस प्रकार प्रेक्षक ह्यूगो के साथ तादात्म्य स्थापित करता है, इसलिए नहीं कि नाटक की अन्तिम आवाज़

उसकी आवाज़ है, बल्कि उसकी निराशा, प्रामाणिक विकल्प पाने की उसकी अयोग्यता, अपने-आपको ही नहीं बल्कि होयडरर को भी ग़लत साबित कर बैठती है।

कुल मिलाकर कहने का मतलब यह है कि 'ले मैं साल' की राजनीतिक और नाटकीय उपलब्धियों को विभाजित नहीं किया जा सकता; लेकिन बात यहाँ ख़त्म नहीं होती। प्रेक्षागृह से निकलते हुए प्रेक्षक उसी निरर्थकता का बोध प्राप्त करता है, जो 'ल मूश' या 'उई क्लो' के समय किया था। सार्त्रीय रंगमंच में एक पूरा सकारात्मक चरित्र है, जिसकी हत्या दोनों तरह से होती है, दुर्घटना द्वारा और अन्तःप्रेरणा से भी। प्रधान पार्टी दल सोवियत संघ के हुक्म पर चलता है, ह्यूगो कुछ भी नहीं सीखता और आत्महत्या कर लेता है। यदि सार्त्रीय रंगमंच का उद्देश्य मानवीय स्तर पर प्रभावशाली ढंग से अभिनय की क्षमता की तलाश करना था, तो यह मान लेना चाहिए कि 'ले मैं साल' से वह उद्देश्य पूरा नहीं होता; लेकिन हो सकता है, सार्त्र अपनी सीमाओं को नहीं, बल्कि 1948 की गतिविधियों को ही चित्रित कर रहे थे। एक ऐसे समाज की गतिविधियों को, जहाँ केवल कम्युनिस्ट पार्टी सशक्त क्रान्तिकारी शक्ति की तरह काम कर रही थी। जहाँ उनका अपना चिन्तन, पहली बार वस्तुनिष्ठ ऐतिहासिक मुद्दों से टकराने लगा था। उस ऐतिहासिक वर्तमान से परे, सम्भावनाओं का नाटकीकरण क्या सार्त्र के लिए सम्भव था? सभी जानते हैं कि पेरिस में जब 'ले मैं साल' दिखाया जा रहा था, सार्त्र ने आर. डी. आर.[1] में 'थर्ड वे' का सृजन करने की कोशिश की और असफल हुए। इस असफलता के बाद वे पी. सी. एफ.[2] में वापस आ गये, क्योंकि व्यक्तिगत राजनीतिक लगाव के नाम पर वही एक रास्ता बचा था। इससे 'ले मैं साल' के बारे में बेहद दिलचस्प तथ्य हमारे सामने आता है कि सार्त्र ने इसे दुबारा लिखा, मंचित होने के बाद कम्युनिस्ट पार्टी की आलोचना को नकारते हुए और यह तय करते हुए कि कहाँ और कैसे इसका मंचन हो। उन्हें बाध्य होना पड़ा कि पी. सी. एफ. की आलोचना वे बर्दाश्त करते जायें या

1. आर.डी.आर.–फ्रांस की गणतान्त्रिक क्रान्तिकारी पार्टी।
2. पी.सी.एफ.–फ्रांस की कम्युनिस्ट पार्टी।

खुद को इसका दुश्मन करार होने दें। इतिहास ने उन पर एक तरह का समर्पण आरोपित किया तथा अन्य वस्तुओं के साथ उत्तराधिकार में कुछ बातें और सामने रखीं, जिससे अपने नाटक के आलोचनात्मक अर्थ से सार्त्र इनकार करने लगे। 'ले मैं साल' की जो कम्युनिस्ट प्रतिक्रिया हुई, उससे सार्त्र ने वह निश्चित राह अपनायी, जिसे ह्यूगो ने अस्वीकार कर दिया था। इस राह का अनुसरण करके उन्होंने जो सबक लिया, वह ह्यूगो की पकड़ के बाहर था, वह सबक, जिसके लिए अमूर्त रूप से होयडरर खड़ा हुआ और इस प्रक्रिया में उसने 'ले मैं साल' का नैतिक और राजनीतिक आकार रूपान्तरित कर दिया। इस रूपान्तरण का नाटकीय परिणाम था 'ल दियाब्ल ए ल बौंद्यू' जैसा कि 1851 में उन्होंने स्वयं कहा, " 'गोएत्स' ह्यूगो ही है, जिसका धर्म-परिवर्तन हो चुका है।"

सार्त्र के अन्य चार नाटक और पटकथा, जैसे 'रिस्पेक्टेबल प्रॉस्टीट्यूट', 'आल्तोना', 'ल दियाब्ल ए ल बौंद्यू' एवं 'नेक्रासोव' तथा 'कीन' इत्यादि प्रमुख नाटक सामाजिक मुद्दों को लेकर लिखे गये। वैयक्तिक प्रतिबद्धता से सामाजिक प्रतिबद्धता की ओर ये नाटक सार्त्र के विचारों का सफल मंचन करते हैं।

द्वितीय अध्याय

द्वितीय विश्वयुद्ध तक सार्त्र स्वयं को प्रमुखतया एक लेखक ही मानते रहे, उनके लिए साहित्य अपने-आप में एक निरपेक्ष मूल्य था, जो कालातीत होकर इतिहास से बाहर रहकर भी मानवीय घटनाओं का विवेचन करने में समर्थ हैं।

सार्त्र 'ल तौं मोदार्न' पत्रिका के सम्पादक परिमण्ड़ल में शामिल होते हैं, जिसमें अभियोजित रंगमंच के लिए लिखे गये नाटकों के साथ-साथ सार्त्र साहित्य एवं साहित्यकारों से प्रतिबद्धता की माँग करते हैं। इस परिमण्डल में रैमण्ड एरन, माइकेल, लिरिस, मौरिस मार्लो पोन्ति, एलबर्ट औलिविचर, जी पॉल्हन और सिमोन द बोउआर भी थे। व्यस्तता के कारण काम कम ही हो पाता था। पत्रिका सफल रही; लेकिन उसका संस्करण 11000 तक भी नहीं पहुँच पाया।

शीतयुद्ध शुरू हो गया था। दसवें संस्करण तक एरन और औलिविचर ने त्याग-पत्र दे दिया। दिसम्बर 1946 तक सम्पादकीय, जिसे समूचे बोर्ड की ओर से जाना था, वियतनाम में दोबारा औपनिवेशिक शासन लागू करने के फ्रांसीसी सरकार के प्रयासों के विरुद्ध लिखा गया। पार्टी के बाहर वाले समाजवादियों के लिए यह पत्रिका एक बौद्धिक ज़रूरत बन गयी।

मार्क्सवाद और साम्यवाद से अपनी सहानुभूति इस पत्रिका ने स्थपित कर ली। असाम्प्रदायिक स्तर पर यह विश्लेषण और पुनर्विचार करती रही।

किसी भी अंक को उठाकर देखा जाये, विविध प्रकार के लेख और विविध लेखकों के नाम उस अंक में उपलब्ध हैं। मिसाल के तौर पर 1959 के प्रारम्भ में प्रकाशित संख्या 156-157 में तीन लेख, अलजीरियाई 'मिथक और वास्तविकता' पर छपे। यह वह समय था, जब अलजीरिया में संघर्ष क़ायम था। 'फ्रांसीसी उद्योग के नये आयाम' शीर्षक से सर्ज मालेत का अभिलेख, इसाक द्वारा लिखित त्रात्सकी की आत्मकथा का अंश, लुसीन गोल्डमान द्वारा कार्यान्वयन पर लेख इत्यादि उस अंक में मिल जाते हैं। इन्हीं सालों के दौरान सार्त्र और बोउआर का लेखन भी उसी पत्रिका में छपा, कुछ प्रमुख लेखन किस्तों में भी प्रकाशित हुआ।

डायरेक्टर की हैसियत से सार्त्र की गतिविधियाँ बड़ी असंगत-सी रहीं। आरम्भ में वे पत्रिका के साथ बड़ी गहराई से जुड़े रहे, हालाँकि मार्लो पोन्ति मूल राजनीतिक पथ-प्रदर्शक थे। बाद में जब कोरियन युद्ध पर मार्लो पोन्ति चुप रह गये, पत्रिका उद्देश्यहीन होकर इधर-उधर भटक गयी, तब सार्त्र ने उसे साम्यवादी दिशा निर्देश दिया और मार्लो पोन्ति अलग हो गये। अलजीरियाई युद्ध के दौरान सार्त्र पत्रिका से गहराई से जुड़े रहे और अपनी पत्रिका को फ्रांसीसी योजनाओं के लिए सत्याग्रह का केन्द्र बनाकर डटे रहे। मई 1968 के बाद पत्रिका उनकी किसी भी कृति से अधिक उनके लिए महत्त्वपूर्ण हो गयी, यह पत्रिका सार्त्र की बौद्धिक प्रतिबद्धता का मूर्तिमान रूप साबित हुई।

दिसम्बर 1945 में प्रकाशित पत्रिका का तीसरा अंक, सार्त्र के उस लेख का पहला हिस्सा लेकर सामने आया, जो उन्होंने गत वर्ष समाप्त किया था। 1946 की सर्दियों तक यह लेख एक पूरी पुस्तक के रूप में प्रकाशित हो गया। इस पुस्तक में सार्त्र ने समसामयिक गहनतम कठिनाइयों वाले मुद्दों पर पूरी दृढ़ता से अपने विचार सामने रखे थे। उन्होंने कहा, "उपनिवेशवाद और साम्यवाद के अपने व्यवहार के लिए फ्रांस को शर्मिन्दा होना पड़ेगा।" इसी समय सामीवाद-विरोध फ्रांसीसी समाज में जड़ें जमाये सक्रिय था। सार्त्र ने सामीवाद-विरोधियों का विश्लेषण किया तथा प्रामाणिक-अप्रामाणिक

सूत्रों-प्रतिक्रियाओं की उस सीमा तक गये, जो यहूदी विकास से सम्बन्धित थीं। सामीवाद-विरोधियों की समस्याओं के निश्चित निदान के लिए उन्होंने रूपरेखा बनायी, पारस्परिक निर्भरता पर आधारित एक वर्ग हीन समाज की चर्चा की।

अब तक के उनके समस्त लेखन से अलग 'ल तौं मोदार्न' का यह लेख अनेक कारणों से महत्त्वपूर्ण है। बड़ी दृढ़ता से सार्त्र ने यहाँ एक उपयुक्त लेखक की भूमिका निभाई है। दमित लोगों के प्रति उनकी गहरी संवेदना इसी लेख में उभरकर सामने आयी। सामाजिक चिन्तन में विशिष्ट रूप से सार्त्र का यही योगदान साबित हुआ और इस लेख की सबसे महत्त्वपूर्ण विशिष्टता यह है कि वर्गों के सामाजिक प्रश्न के सामने यह व्यवस्था से प्रश्न उठाता है।

'ल तौं मोदार्न' के प्रस्तुतीकरण से जो गहराई उजागर हुई उस पर अब सार्त्र पुनर्विचार करने लगे थे, उस व्यक्ति की तरह, जो एक लेखक व मानव जीवन के एक विश्लेषक के रूप में एक निश्चित इतिहास में बँध गया हो। जिन समस्याओं का स्पष्टीकरण उन्होंने तात्त्विक स्तर पर किया था, उन्हें वे अब सामाजिक परिभाषाएँ देने लगे। जूझ पड़ने की आशा के सामने निराशावादी दृष्टिकोण परास्त हो गया। व्यस्तता मात्र दायित्वों के कारण नहीं बढ़ी, अब उसमें उन्हें आत्मसन्तोष भी मिलने लगा।

''लेखक के लिए पलायन का रास्ता नहीं है। हम चाहते हैं कि वह अपने समय से जुड़ा रहे, यह उसका अचूक अवसर है, इसका निर्माण उसी के लिए हुआ है और वह इसी के लिए बना है।''

सार्त्र अपनी बहुचर्चित पुस्तक 'ह्वाट इज़ लिटरेचर' में कहते हैं, ''लेखक जानता है कि शब्द भरी हुई बन्दूक़ है। अगर वह बोलता है, तो बन्दूक़ दागता है। वह ख़ामोश रह सकता है, लेकिन चूँकि उसने गोली चलाना वरण किया है, इसीलिए उसे यह काम बच्चों की तरह नहीं, वयस्क आदमी की तरह निशाना साधकर करना होगा।''

''लेखक ने जगत और विशेष रूप से दूसरे आदमियों के सामने आदमी को अपने लेखन कार्य में अभिव्यक्त करना वरण किया है, ताकि आदमी अपनी पूरी ज़िम्मेदारी समझ सके। लेखक का धर्म है, इस प्रकार काम करना,

ताकि कोई जगत से अनजान न रहे। न कोई यह कह सके कि जगत में जो कुछ हो रहा है, उसमें वह शामिल नहीं। जब एक बार उसने स्वयं को भाषा के ब्रह्माण्ड में अभियोजित कर लिया है, तब न बोलने का बहाना भी नहीं कर सकता। एक बार जब व्यक्ति मूल्यांकन या अर्थबोध के जगत में प्रवेश कर जाता है, तब वहाँ से निकलने के लिए वह कुछ नहीं कर सकता। शब्दों के संगठन से वाक्य बनते हैं। हर वाक्य की एक भाषा है। उसका सन्दर्भ पूरे ब्रह्माण्ड से जुड़ता है। ख़ामोशी भाषा का एक क्षण है। ख़ामोशी शब्दों के सन्दर्भ में ही परिभाषित है। सार्त्र कहते हैं, लेखक चुप नहीं हो सकता। यदि लेखक बोलने से इनकार करता है, तो इसका अर्थ यह नहीं कि वह गूँगा है। उससे प्रश्न होगा कि आप चुप क्यों है? बोलना या न बोलना, दोनों ही अपने-आप में लेखक की पक्षधरता लिए हुए होते हैं। अतः प्रतिबद्धता लेखन की पहली शर्त है।" सार्त्र फिर कहते हैं, "हमारे लिए लेखन एक व्यवसाय है। हम यह प्रयास करते हैं कि जहाँ तक सम्भव हो, हम अपनी पुस्तकों में सही रहें। शताब्दियाँ हमें ग़लत साबित करती आ रही हैं। कोई कारण नहीं कि हमें अन्तिम रूप से ग़लत साबित कर दिया जाये। हम यह सोचते हैं कि लेखक अपने कार्य में स्वयं को पूरी तरह लगायेगा, अपनी निष्क्रियता साबित नहीं करेगा, न अपने दुर्भाग्य और कमज़ोरियों का रोना रोयेगा, बल्कि अपने जीवन की दृढ़ इच्छाशक्ति, अपने वरण, उस सम्पूर्ण साहस का परिचय देगा जिसमें मानव रहता है।"

प्रश्न उठता है कि लेखक क्यों लिखता है? सार्त्र कहते हैं कि लेखक सार्वजनिक पाठक के लिए लिखता है और उसकी अनिवार्यता सभी व्यक्तियों के लिए होती है। जो लोग एक ही समय में, एक ही घटना में जिये हैं जिन्होंने एक ही जैसे प्रश्न पूछे हैं या नकारे हैं, जिनकी ज़िन्दगी का स्वाद एक ही है—पुस्तक, उन व्यक्तियों के बीच सम्पर्क स्थापित करती है। पढ़ना और लिखना, एक ही ऐतिहासिक तथ्य के दो पहलू हैं और जिस स्वतन्त्रता के लिए लेखक हमें आमन्त्रण देता है, वह मुक्त होने की अमूर्त चेतना नहीं है। लेखक अपनी स्वतन्त्रता से एक परिचित जगत को भेदता और जीवित करना चाहता है। इसी जगत के आधार पर, पाठक को एक ठोस मुक्ति लानी होती है। विनियोजन की यह स्थिति एक इतिहास है।

सार्त्र कहते हैं कि साहित्य की पूरी उपयोगिता एक वर्गहीन समाज में ही सम्भव है। वहाँ लेखक सबके लिए आत्म-चेतना का पैगम्बर बनेगा। ऐसे समाज में लेखक सामन्तवादी और सर्वहारा वर्ग के बीच बँटेगा नहीं। अपनी परिस्थिति से वह इनकार नहीं करेगा। उसे वर्तमान से पलायन नहीं करना पड़ेगा। चूँकि उसकी स्थिति सार्वजनिक होगी, इसलिए वह मानव-मात्र की आशाओं, उनके आक्रोश को अभिव्यक्त करेगा। इस प्रकार स्वयं अपने-आपको एक पूर्ण अभिव्यक्ति देगा। केवल वर्गहीन समाज में ही साहित्य जन-निर्णय के लिए समर्पित एवं आत्म-सजग, परावर्तित रूप से चेतन जगत का निर्माता होगा।

पूरी तरह प्रभावित होने के लिए लेखक को पूरी तरह गणतान्त्रिक समाजवादी समाज चाहिए। उसका लेखन उन पाठकों के लिए है, जिनमें सब कुछ बदल देने की क्षमता है।

सार्त्र के लिखे पर ग़ौर कीजिए :

''लेखक के लिए पलायन का रास्ता नहीं है। हम चाहते हैं कि वह अपने समय से जुड़ा रहे, यह उसके लिए अचूक अवसर है। इसका निर्माण उसी के लिए हुआ है और वह इसी के लिए बना है।''

1884 की क्रान्ति के प्रति बालज़ाक की उपेक्षा और फ्लॉबर्ट की फ्रांसीसी परगने के प्रति तटस्थता पर ख़ेद प्रकट किया जाता है। अफ़सोस उनके लिए होता है। कुछ था, जिससे वे हमेशा के लिए वंचित रह गये। हम अपने समय की किसी भी बात से वंचित नहीं रहना चाहते। हो सकता है इससे भी सुन्दर कुछ हो; लेकिन यह हमारा अपना है। इस युद्ध, इस क्रान्ति के बीच यही एक समय हमें जीने के लिए मिला है। हमें इस नतीजे पर नहीं पहुँचना चाहिए, जहाँ हम किसी तरह के जनवाद की बात कर सकें। बात इसके बिल्कुल विपरीत है। जनवाद किसी बुज़ुर्ग और अन्तिम यथार्थवादी अभिभावक की सुस्त सन्तान है। खेल से बचकर निकल भागने का यह एक दूसरा प्रयास है। हमें अब विश्वास हो गया है कि बिना प्रभावित हुए बचकर कोई नहीं निकल सकता। तो क्या हम पत्थर की तरह स्थिर-शान्त बन जायें? नहीं, हमारी तटस्थता भी एक क्रिया साबित होगी। उस व्यक्ति की निवृत्ति, उसके वैराग्य की तरह, जिसने अपना पूरा जीवन प्राचीन

सभ्यताओं में से किसी एक के बारे में उपन्यास लिखकर बिता दिया। अपने में यह भी एक स्थिति को ग्रहण करना है। लेखक अपने समय में स्थापित रहता है। प्रत्येक शब्द का एक परिणाम होता है। प्रत्येक मौन का एक नतीजा निकलता है। दमन के लिए मैं फ्लॉबर्ट और कौंकर्ट को उत्तरदायी मानता हूँ, क्योंकि उन्होंने इसके ख़िलाफ़ एक पंक्ति भी नहीं लिखी, न कोई विरोध किया। आप यह कह सकते हैं कि क्यों लिखते, क्यों विरोध करते, भला इससे उनका सरोकार क्या था? लेकिन फिर कालास के ट्रायल से वाल्तेयर का क्या सरोकार था? जोला के ड्रेफ्रुजने या कांगो के प्रशासन को ज़ीद ने क्यों रद्द कर दिया? इन सभी लेखकों ने अपने-अपने जीवन की प्रमुख परिस्थितियों में लेखक की हैसियत से अपना उत्तरदायित्व आँका। अधिकृत फ्रांस ने हमें हमारा दायित्व सिखाया। व्यवसाय की नियमित वृत्ति ने हमें हमारा दायित्व सिखाया। चूँकि हम अपने काल में अपने अस्तित्व द्वारा सक्रिय रहते हैं, इसलिए यह निर्णय ले लेते हैं कि हमारी लेखन-क्रिया सोद्देश्य होगी।

राजनीतिक प्रतिबद्धता इतने पक्षपात के बावजूद कोई गहराई नहीं पकड़ पायी, न ही 'बीइंग एंड नथिंगनेस' के घोर संकट को ही कम कर सकी। तब सार्त्र की इस नयी स्थिति को बौद्धिक रूप से प्रयोग में कैसे स्थापित किया जाये? 'पी॰ सी॰ एफ॰' के लिए हम उनकी प्रारम्भिक सहानुभूति देख चुके हैं और समाजवाद की विचारधारा भी हमने देखी है; किन्तु सामाजिक परिवर्तन के प्रति उनका व्यक्तिगत भय, सैद्धान्तिक 'गाइड' के रूप में मार्क्सवाद के प्रति तटस्थता भी हम देख चुके हैं।

मुक्ति के तत्काल बाद अब वे एक सिद्धान्त और एक आन्दोलन के रूप में मार्क्सवाद से क्या समझते हैं? उनका दृष्टिकोण विरोधाभासी था। कुछ साल बाद 1950 के क़रीब, उन्होंने स्वीकार किया कि 1930 से वे मार्क्सवाद की ओर आकर्षित होते रहे थे। युद्ध के दौरान यह स्पष्ट होता गया कि वह व्यक्तिगत आकर्षण था या दार्शनिक दृष्टिकोण अथवा राजनीतिक आन्दोलन या फिर तीनों का अद्वितीय मिश्रण। वे कहते हैं :

"मैं फिर कहता हूँ, यह विचारधारा नहीं थी, जिसने हमें विस्थापित कर दिया। न वह मज़दूर की स्थिति थी, जिसे हम अमूर्त रूप से जानते थे;

लेकिन उसका हमें कोई अनुभव नहीं था, बल्कि वह एक संयुक्त रूप था, जिसे हमने बड़े आदर्शवादी ढंग से कहा होता। हालाँकि हम आदर्शवाद से छिटकते जा रहे थे—एक चिन्तन के माध्यम से, जो सर्वहारा वर्ग को मूर्तिमान करता है।"

दूसरे शब्दों में, पार्टी और मज़दूर आन्दोलन, इन मुद्दों पर वास्तविक राजनीतिक शक्तियों की अपेक्षा सिद्धान्त ने ही उन्हें प्रभावित किया। एक दार्शनिक के रूप में हम जानते हैं उन्हें किसी ठोस आधार की तलाश थी। युद्ध, आजीविका और सत्याग्रह उन्हें उस ओर ले गये। इससे उनका चिन्तन उलट-पुलट हो गया। मार्क्सवाद का दावा रहा है कि इतिहास का सत्य अमूर्त चिन्तन के बाहर है, संघर्ष में और अन्ततः सर्वहारा की विजय में।

"हम मज़दूर वर्ग के कन्धे से कन्धा भिड़ाकर लड़ना चाहते थे और हमने अन्त में समझा कि इतिहास ठोस द्वन्द्वात्मक गतिविधियों का परिणाम है।" अब यह स्पष्ट होता गया कि जिस यथार्थ को सार्त्र अपने प्रारम्भिक काल में तलाशते रहे, वह उन्होंने सक्रिय होकर हासिल कर लिया है।

1941 में सार्त्र को राजनीति से अलग होना पड़ा, क्योंकि एक आम मोर्चा स्थापित करने के अपने एकाकी प्रयास में वे विफल हो गये। युद्ध के दौरान सार्त्र क्रान्ति और समाजवाद के सक्रिय समर्थक बन गये।

'पी॰ सी॰ एफ॰' मुक्तिकाल के दौरान फ्रांस की सबसे बड़ी समाजवादी और क्रान्तिकारी पार्टी थी; लेकिन सत्याग्रह की भावना जैसे-जैसे कम होने लगी, 'पी॰ सी॰ एफ॰, ने सार्त्र का नया दर्शन युवा बुद्धिजीवियों के बीच अपने एक प्रतियोगी के रूप में लिया। इसके समर्थकों ने सार्त्र पर हेडेगर का शयन-कक्षीय होने का आरोप लगाया। हेडेगर एक नाज़ी विचारक था, निराशा और निषेधवादी, लेखक की हैसियत से मानवीय चातुरी और गन्दगी में डूबा हुआ।

दिसम्बर 1944 में 'एक्शन' साप्ताहिक में सार्त्र ने अपने ऊपर हुए प्रहारों के उत्तर दिये। इस निबन्ध में सार्त्र ने समाजवाद के कुछ मूलभूत मतों का समर्थन किया। 'पी॰ सी॰ एफ॰' की तरह वे भी क्रान्ति के लिए संघर्ष कर रहे थे। उन्होंने वर्ग-संघर्ष को अपनी पूरी स्वीकृति दी और पूँजीवादी समाज की सुविधाओं के अन्त की कामना की। इसी समय सार्त्र ने मार्क्स के साथ

अपने विश्वासों को भी जोड़े रखा कि मानव ने स्वयं को बनाया, किसी पूर्व निश्चित, किसी सार की परितुष्टिस्वरूप उसकी रचना नहीं हुई। इससे भी आगे बढ़कर पूरी आत्मदृढ़ता के साथ उन्होंने क्रान्ति के लिए अपना दर्शन, भौतिकवाद से अधिक उपयुक्त बताया, क्योंकि इसमें मानव अपने लिए उत्तरदायी है। उसमें अपने को बदलने की क्षमता है। अस्तित्ववाद इस प्रकार से कोई शोकाकुल अतिरेक नहीं था, बल्कि क्रिया, प्रयास, स्पर्द्धा और समाजबन्धन से युक्त एक मानवीय दर्शन था।

इसी मानसिक स्थिति में सार्त्र ने 'मैटीरियलिज़्म एंड रिवोल्यूशन' लिखा, जिसमें मार्क्सवाद के क्रान्तिकारी विकल्प के रूप में उन्होंने अपना एक दर्शन सामने रखने का प्रयास किया है। उनका केन्द्रीय कथ्य था, मानवीय संवेगों को मुक्ति के संवेग में बदल देना या एक क्रान्तिकारी दृष्टिकोण से उसका सृजन करना। उनके अनुसार मार्क्सवाद में यही कमी थी, जिसे वे दूर कर देना चाहते थे। इस निबन्ध से मार्क्सवाद के सन्दर्भ में सार्त्र के विकास का पता चलता है। क्रान्तिकारी विचारों पर यह एक अमूर्त निबन्ध था, इसमें ऐतिहासिक और सामाजिक विश्लेषण का नितान्त अभाव था। एक निबन्धकार की हैसियत से राजनीति को अपने लेखन का विषय बनाकर सार्त्र ने अपने समय में अपना स्थान बना लिया था; लेकिन एक दार्शनिक के रूप में वे ऐतिहासिक और सामाजिक आयामों से अनभिज्ञ रहे। मार्क्स के लेखन से भी उन्हें लगाव था ऐसा कोई प्रमाण नहीं मिलता।

अतः 1940 से 50 तक की अवधि में सार्त्र का जो लेखन हमारे सामने आता है, वह मार्क्सवाद से अधिक प्रगतिशील और एक नया मानववादी-दृष्टिकोंण लिए था। अधिकतर आलोचक सार्त्र की अपनी इस स्वयंसिद्ध व्याख्या से सहमत नहीं थे। सार्त्र के विचारों में आत्मवाद, शून्यवाद और देकार्ते की अहंवादी अवधारणा के प्रति पूरा झुकाव देखा गया। इन सारी व्याख्याओं में सार्त्र एक घोर व्यक्तिवादी एवं मनुष्य-मात्र के लिए एक बड़ा निराशाजनक दृष्टिकोण अपनाये हुए थे। वे हर दूसरे आदमी को नरक की संज्ञा दे रहे थे तथा प्रत्येक मानवीय क्रियाकलाप को व्यर्थ का उन्माद कहते हुए दिखलाई पड़ते थे। समाजशात्रियों को उनकी यह अतार्किकता बड़ी बेतुकी लगी। उनके दृष्टिंकोण में सार्त्र का लेखन जनवादी नहीं था।

सार्त्र के विरोधी 'स्व' की इस खोज एवं अन्वेषण को आत्मरति की संज्ञा दे रहे थे। बुर्जुवा परिवेश में पले हुए सार्त्र, मार्क्स के ऐतिहासिक दृष्टिकोण एवं सर्वहारा की क्रान्तिकारी भूमिका से सर्वथा अनभिज्ञ थे।

इन आलोचनाओं के प्रत्युत्तर में सार्त्र अपने अस्तित्ववाद को मानववाद की संज्ञा देते हैं। उन्होंने अपना समग्र परिवर्तनवादी रुख़ बदला नहीं, बल्कि 1940 के बाद सार्त्र ने अपना काफ़ी समय 'बीइंग एंड नथिंगनेस' में व्याख्यायित अवधारणाओं की अन्तर्निहित सम्भावनाओं के स्पष्टीकरण में बिताया। सार्त्र की स्वतन्त्रता की अवधारणा, जहाँ तक मैं सोचती हूँ, मार्क्सवाद में एक नये सुधार की सम्भावना लिए हुई थी। सार्त्र के कारण बौद्धिक जगत में जो हलचल मची और 1940 के दौरान जो समुदाय उनका समर्थक बना, बहुधा मार्क्सवादी उन समर्थकों की प्रामाणिकता के बारे में प्रश्न उठाते हैं। ये समर्थक थे फ़ैशनेबल युवक, बुर्जुवा वर्ग जो सिर्फ़ कैबरे और शराबखानों की बहसों में अपना समय बिताते थे और भोग तथा विलासजनित मानसिक समस्याओं को 'अस्तित्व की त्रासदी' कहकर चर्चा का विषय बनाते थे। इनके पास न तो कोई मूल्य-बोध था, न संघर्ष की क्षमता थी और न ही किसी प्रतिबद्धता की चाह। दार्शनिकों की दृष्टि में शास्त्रीय विचारों का इतना फ़ैशनेबल रहना ही इनके छिछोरेपन का पूरा प्रमाण था।

लेकिन इसी बात को हम यदि दूसरे दृष्टिकोण से देखें, तो सार्त्र के विचार अपने-आप में एक बहुत बड़ी मानवीय अपील लिए हुए थे। अस्तित्व और उससे जनित समस्याएँ, ऊब और उदासी, लक्ष्यहीनता, मूल्यों का लचीलापन, सन्ताप आदि सारे मुद्दे केवल दार्शनिक एवं पण्डितों की ही थाती नहीं रह गये थे, बल्कि अब तो ये एक आदमी के जीवन में, उसके विचारों में चुनौती के रूप में आ खड़े हुए थे। सार्त्र के विचारों ने शास्त्रीय दर्शन एवं समकालीन समाज के बीच एक सेतु का काम किया। उनकी अवधारणाओं का यह ज़िक्र, उनके चिन्तन पर बहस, केवल विश्वविद्यालयों की कक्षाओं तक ही सीमित नहीं रह गयी। पेरिस में ही नहीं लन्दन, न्यूयॉर्क तथा दूरदराज देशों में कॉफ़ी हाउस, ब्रेकफास्ट टेबल एवं राह चलते लोगों में भी यह चर्चा फैलती चली गयी।

अस्तित्ववाद एक प्रतीक बन गया था, बातचीत के लहजे में रख-रखाव

तथा पहनावे में एवं आम आदमी की ज़िन्दगी के नज़रिये पर वह बुरी तरह छा गया था। कैथोलिक धर्मशास्त्री गिल्सन कहते हैं, "अस्तित्ववाद की सफलता का कारण इसका फ़ैशनेबल होना है कि यह अभिजनों की सनक-भर है।"

लेकिन जहाँ तक मैं सोचती हूँ कि पहली बार दर्शन ने इतने गम्भीर मसले को आम आदमी की ज़िन्दगी में उठाया। यह सच है कि बहुत-से स्वतः आरोपित अस्तित्ववादियों ने 'बीइंग एंड नथिंगनेस' को न तो पढ़ा है और न ही समझा है। वे सार्त्र के दर्शन की परिधि पर ही घूमते रहे हैं। ज़्यादा से ज़्यादा उन्होंने कुछ उपन्यास एवं नाटक, विशेष रूप में सार्त्र का मशहूर उपन्यास 'नौसिया' एवं 'नो एक्जिट' जैसे उपन्यास एवं नाटक पढ़े हैं। मैं बस इतना ही कहना चाहती हूँ कि अस्तित्ववाद मात्र एक बुर्जुवा प्रतिक्रिया नहीं, बल्कि जीवन का कुछ गम्भीर मसला लिए हुए है।

सार्त्र के ऊपर दूसरा आरोप उनके जीवन-दृष्टिकोण को लेकर है। पारम्परिक बौद्धिकता यह मानती रही है कि अस्तित्ववादी अन्तर्दृष्टि, कॉफ़ी हाउस के शराब और सिगरेट के धुएँ में धुँधली होकर रह गयी है। सार्त्र अपनी निम्न बुर्जुवा वर्ग की जीवन-शैली एवं परिप्रेक्ष्य से मुक्त नहीं हो पाये।

सार्त्र कहते हैं, ब्रूनश्वीग जैसे दार्शनिकों ने मार्क्स पर केवल तीन पृष्ठ लिखे। वे हमें वैज्ञानिक चिन्तन का इतिहास पढ़ा रहे थे; लेकिन मानवता को जोख़िम के बारे में कुछ भी कहने में वे असमर्थ थे। यह न समझ में आने वाला सांसारिक कोलाहल उनके अनुसार, दार्शनिकों के ध्यान देने के योग्य बात नहीं थी। फ्रेंच आदर्शवाद की यह अयोग्यता, सार्त्र के अपने चिन्तन को एक और नयी दिशा खोजने पर मजबूर कर रही थी। सार्त्र आदर्शवाद का अन्दरूनी खोखलापन समझ रहे थे। इतिहास से कटकर तर्कों की युक्तिसंगत दुनिया उनकी नज़र में बड़ी अमूर्त हो चुकी थी; किन्तु मार्क्स को पढ़ने से पहले सार्त्र 1933-34 ईस्वी के दौरान जर्मन दार्शनिक 'हुसैर्ल' तथा 'हेडेगर' के सम्पर्क में भी आ चुके थे। अस्तित्ववादी दीक्षा के दौरान सार्त्र ने राजनीति और समाज के बारे में अधिक गहराई से सोचना शुरू कर दिया।

सार्त्र यह ऐलान करने में समर्थ होते हैं कि 'इतिहास का गुप्त सत्य' कुछ नहीं केवल एक पूर्ण 'स्वतन्त्रता' की अवधारणा है और वे स्वयं इसी

अवधारणा का विकास करना चाहते हैं। अपनी आत्मकथा 'प्राइम ऑफ़ लाइफ़' में सिमोन द बोउआर कहती हैं कि ''सामूहिक पागलपन को ख़त्म करने का एक ही तरीक़ा हम समझ रहे थे और वह था सत्ता वर्ग का उन्मूलन। एक पूरे आवेश के साथ हम एक ही विश्वास रख पा रहे थे कि स्वातन्त्र्य प्रत्येक मानवीय खोज का अपरिमित स्रोत हैं तथा हम जितना ही इस स्वातन्त्र्य को विकसित होने का समय एवं स्थान देते हैं, मानव जीवन उससे उतना ही समृद्ध होता है।''

युद्ध के समय सार्त्र जब 'बीइंग एंड नथिंगनेस' लिख रहे थे, तब उनकी राजनीतिक प्रतिबद्धता और भी अधिक घनीभूत हुई। उसी समय वे राजनीति में अस्तित्ववाद, जीवन में विचार एवं इतिहास में तर्क का स्थान भी खोजने लगे थे। द्वितीय विश्वयुद्ध के समय राजनीति स्थिर गति से वामपन्थी होती जा रही थी। 1941 में जब सार्त्र नाज़ियों का विरोध कर रहे थे, तो उन्होंने अपनी स्थिति यह कहकर स्पष्ट की कि वे एक व्यवस्था-विरोधी समाजवादी हैं, जो व्यक्ति के मौलिक स्वातन्त्र्य के घोर पक्षधर हैं। स्वातन्त्र्य की यह अवधारणा न तो सोवियत समाज एवं न ही बुर्जुवा समाज के गले उतर सकती थी। नाज़ियों का विरोध करते समय सार्त्र ने अपनी स्थिति को 'सोशलिज़्म एत लिबर्टी' की संज्ञा दी थी। 20 साल बाद जब उनके राजनीतिक दर्शन का रूपान्तर होता है, तब उनका यह वैचारिक बीज 'लिबर्टी' 1943 में 'अस्तित्ववाद' हो जाता है तथा 1957 में उनका समाजवाद हो जाता है, अस्तित्ववादी मार्क्सवाद। 1940, 1950 तथा 1960 में सार्त्र के लेखन में उनका केन्द्रीय मुद्दा था, दर्शन तथा राजनीति का संश्लेषण एवं मार्क्सवादी समाज में अस्तित्ववादी स्वतन्त्रता का संस्थायन।

अतः सार्त्र की 1930 की स्वतन्त्रता की अवधारणा एक बुर्जुवा का निजीकृत व्यक्तिवाद नहीं था तथा न ही यह कोई बोहेमियन बौद्धिकी का चकाचौंध करने वाला सौन्दर्यशास्त्र था। यह कोई रूमानी विद्रोह नहीं था, बल्कि स्वतन्त्रता की एक ऐसी अवधारणा थी, जो अपने आमूल परिवर्तनकारी दृष्टिकोण के कारण नववामपन्थी होती जा रही थी। कॉफ़ी हाउस में समय बिताने वाले, स्वतन्त्रता की अवधारणा पर लम्बी-लम्बी बहसें करने वाले, वे यही सार्त्र थे, जो अल्जीरियाई युद्ध के विरोध में खड़े

हो सके और जो आगे चलकर व्यवस्था के ठेकेदारों द्वारा दिया गया नोबल पुरस्कार ठुकरा सके। ये वही सार्त्र थे, जो माओवादी पत्रिकाओं के सम्पादन में लगकर अपनी विश्व ख्याति को वर्जनाओं एवं आलोचनाओं की आग में झोंक सके। 1930 की सार्त्र की स्वतन्त्रता की जो अकेली खोज थी, वही 1960 में जाकर आगामी पीढ़ी की पथ-प्रदर्शक बनी। सार्त्र की सारी चेष्टा थी, व्यक्ति तथा समाज के एक ऐसे सिद्धान्त की खोज, जो तकनीकी समाज में आदमियत को विनियोजित कर सके।

आइए, हम सार्त्र की दार्शनिक अवधारणाओं का अवलोकन करें कि ऐतिहासिक विकास के दौरान कैसे उनके विचारों का स्वरूप बदलता गया।

व्यक्ति स्वतन्त्रता

यह एक बड़ी अजीबोगरीब दास्तान है कि सार्त्र का पूर्ण स्वतन्त्रता का सिद्धान्त यूरोप के सबसे अधिक संक्रान्तिकालीन क्षणों में प्रकट हुआ। पूँजीवादी दुनिया दो महायुद्धों को झेल चुकी थी और आर्थिक डिप्रेशन को भी भोग चुकी थी। समाज के पास ऐसा कोई विश्वास बाक़ी नहीं रह गया था, जो विज्ञान एवं नैतिकता की तकनीक एवं स्वतन्त्रता का संश्लेषण प्रस्तुत कर सके। समाजशास्त्री इस ख़याल से क़तई सहमत नहीं थे कि आदमी अपनी नियति का निर्माता स्वयं है और इस नियति के निर्माण हेतु वह स्वतन्त्र भी है। 1943 के ऑक्यूपाइड पेरिस में बैठकर सार्त्र लिखते हैं, ''सार तत्त्व से पहले अस्तित्व है। यह मानवीय स्वतन्त्रता ही है, जो आदमी की आदमियत को सम्भव करती है। अतः हम जिसे स्वतन्त्रता कहते हैं, मानवीय वास्तविकता से अलग नहीं। यह सच नहीं कि आदमी पहले अवस्थित होता है और बाद में क्रमशः स्वतन्त्र होता है। आदमी के होने में और उसके स्वतन्त्र होने में कोई भेद नहीं है।''

मानवीय अस्तित्व के केन्द्र में सार्त्र ने उसकी स्वतन्त्रता को रखा। स्वतन्त्रता आदमी की कोई विशेष सुविधाजनक स्थिति नहीं है और न ही उसे स्वतन्त्रता हासिल करनी है, न ही उसे आत्म-संयम और आत्म-नियन्त्रण के कठोर अभ्यास द्वारा स्वतन्त्रता का विकास करना है। चाहे वह स्त्री हो अथवा पुरूष, बालक हो या वृद्ध, बुद्धिमान हो या सनकी, स्वतन्त्रता ही

उनके अस्तित्व की विशेषता है। यह उन अर्थों में आदमी का सारतत्त्व नहीं है, जिसे हम उसकी रोज़मर्रा की ज़िन्दगी से अलग करके देख सकें। यह मानव-वास्तविकता की संरचना के पीछे छिपा हुआ वह तत्त्व नहीं, जिसका अनावरण काल के दौरान करना होगा। यह कभी भी बाद में परिलक्षित-परिवर्द्धित होनेवाली गुणवत्ता नहीं है। साथ ही ऐसी कोई गुणवत्ता भी नहीं है, जो केवल बौद्धिक अभिजनों को प्राप्य हो या जन्मसिद्ध अधिकार के रूप में उसका प्रयोग हो।

सार्त्र के लिए स्वतन्त्रता पूर्ण रूप से गणतान्त्रिक है क्योंकि यह प्रत्येक क्षण, प्रत्येक व्यक्ति के औचित्य के साथ लिपटी हुई है। रोज़मर्रा की ज़िन्दगी में अनुभूत होनेवाली इस स्वतन्त्रता का सार्त्र ने अनूठा उदाहरण पेश किया है। एक कुलीन घराने की स्त्री अपनी खिड़की से बाहर राह चलते हुए आदमी को देखकर उत्तेजित हो जाती है। पहाड़ पर चढ़ता हुआ आरोही अचानक सुस्ताने की बात सोचने लगता है या ऊँचाइयों से झाँकता हुआ आदमी अचानक अपने गिरने की सम्भावना से चौंक उठता है। ये सारी मानवीय परिस्थितियाँ हैं। रोज़मर्रा की ज़िन्दगी है, जिसमें अन्तिम प्रश्न उठता है कि क्या आदमी स्वतन्त्र है? यह स्वतन्त्रता एक ऐसा आत्मअनुभव है, व्यक्ति का अपना एक ऐसा निजी क्षण है, जहाँ पर समाज का कोई प्रतिबन्ध लागू नहीं हो सकता।

मेरी वॉर्नाक अपनी पुस्तक 'सार्त्र न्यूयॉर्क 1971' में लिखती हैं, ''चेतना की वैयक्तिक विशेषता का सम्बन्ध वास्तविक जगत के साथ कैसे संस्थापित हो, सार्त्र इसी पर चिन्तन कर रहे थे। वे वैज्ञानिक ज्ञान-मीमांसा की तरह केवल बाह्य जगत को ही वास्तविकता की संज्ञा नहीं देना चाह रहे थे। सार्त्र का घटना-विज्ञान मानवीय वैयक्तिकता की वास्तविकता को स्वीकारता है। बाह्य जगत पर अपनी पकड़ पूरी तरह मज़बूत रखते हुए हुसैर्ल के घटना-विज्ञानवाद की ओर सार्त्र इसीलिए आकर्षित हुए, क्योंकि वे रोज़मर्रा की साधारण ज़िन्दगी के दर्शन पर चिन्तन करना चाह रहे थे।''

'प्राइम ऑफ़ लाइफ़' में सिमोन द बोउआर लिखती हैं, ''घटना-विज्ञान से सार्त्र का परिचय एक दिन 'नाइट क्लब' में उदार समाजवादी, दार्शनिक रेमण्ड ऐरन के माध्यम से हुआ। ऐरन सार्त्र से कहते हैं, 'बन्धु, यदि तुम

घटना विज्ञानवादी हो, तब तुम शराब के इस गिलास के बारे में भी बातें कर सकते हो और इस पर दर्शन भी लिख सकते हो।' उद्वेग से सार्त्र काँपने लगते हैं। वर्षों से वे जो खोज रहे थे, वह मानो उन्हें उसी क्षण प्राप्त हो गया। वे रास्ते में ही हुसैर्ल की पुस्तक ख़रीदते हैं और पन्ने पलटते हुए घर जाते हैं।''

अभाव

अभाव की अवधारणा में, जीव की घटना विज्ञान (फिनॉमिनोलॉजी) सम्बन्धी विवेचना करते समय सार्त्र वास्तविकता के जिन मुख्य गुणों की खोज करते हैं, वे हैं जीव का होना तथा न होना, मानवीय अस्तित्व एवं अनस्तित्व तथा भाव एवं अभाव अर्थात् जीव का अपने में होना तथा जीव का अपने लिए होना। जीव अपने में अभेदक, पूरी तरह अपारदर्शी तथा ठोस है। अजीब यानी अनस्तित्व खाली है, अपने स्वयं का निषेध है। यह जीव के हृदय में स्थित दरार है। जीव अपने में 'बीइंग इन इटसेल्फ़' में 'जो' था, वह 'वही' है, किन्तु जीव अपने लिए 'जो' नहीं था 'यह' है। अपने लिए होना चेतना का होना है, यानी सचेत होना है। घटनाक्रमों की क्रिया परिधि में चीज़ें सामने भरी-पूरी आती हैं। जो कुछ भी है, जैसा भी है, वैसा ही हमारे सामने आता है; लेकिन चेतना वस्तु नहीं है, अपितु चेतना किसी वस्तु की चेतना है। अतः चेतना की संगठनात्मक संरचना अनुभवातीतता एवं अतिक्रमणीयता से निर्मित है। चेतना उसी समय जन्मती है, जब वह जीव होना चाहती है, जो वह अपने-आप में नहीं है। सार्त्र ने चेतना के प्रति हुसैर्ल के दृष्टिकोण का पूरा लाभ उठाया। चेतना वह है, जो हमेशा अभिप्रेत है, अपने से बाहर झाँकती हुई और दिशा की ओर, अपने से बाहर किसी वस्तु की ओर संकेत करती हुई और चूँकि चेतना हमेशा अभिप्रेत रहती है, इसीलिए सार्त्र ने यह माना कि इसकी संरचना में एक निषेध हमेशा निहित है अर्थात् यह हमेशा 'वह' होना चाहती है, 'जो' यह कभी नहीं है।

अतः मानवीय वास्तविकता एवं मानवीय चेतना की परिभाषा करते हुए सार्त्र लिखते हैं :

"चेतना वह जीव है, जो अपने होने के बारे में प्रश्न करती है और उसके इस प्रश्न में उससे इतर कुछ और ही निहित होता है।"

मानवीय वास्तविकता को केवल उसकी स्वतन्त्रता के द्वारा ही समझा जा सकता है, क्योंकि चेतना एक निषेध है। यह अपने जीव होने में कभी नियन्त्रित नहीं होती। नियतत्व इसका धर्म नहीं। इसकी संरचना से इसकी परिभाषा, इसका ठोस अस्तित्व का एवं जगत में इसका होना परिभाषित नहीं किया जा सकता। अपने-आपको जगत में अवस्थित करते हुए भी यह हमेशा अपने से परे चली जाती है। अतः बिना किसी गुणवत्ता के, बिना किसी सारतत्त्व के चेतना एक खाली निषेध की तरह अवस्थित होती है। अपने-आप में यह एक अनियत एवं अविधेयक खुलापन है। जगत के साथ मनुष्य चेतना के संयोग से जो विशिष्ट सम्बन्ध बनते हैं, उन्हीं ठोस परिस्थितियों से मूल्य एवं अर्थ उद्भासित होते हैं। जब आदमी अपने-आपको अपनी चेतना के जगत में फेंक देता है तब, 'इस' या 'उस' व्यक्ति या वस्तु के साथ सम्बन्धित होने की उसकी अपनी स्वतन्त्रता से उसके जीवन में अर्थ पैदा होते हैं एवं मूल्यों का स्वरूप उभरता है। "मेरे मूल्यों का एकल आधार मेरी स्वतन्त्रता है। निरपेक्ष रूप से कहीं भी ऐसा कुछ नहीं, जो मेरे चुनावगत विशिष्ट मूल्यों का समर्थन करे। मैं वह जीव हूँ, जिसके द्वारा मूल्य अर्थ ग्रहण करते हैं। मैं वह आधार हूँ, जिस पर मेरे जीवन का सारा मानकीकरण आरोपित है, जो अपने-आप में पूरी तरह निराधार है। स्वतन्त्र होने का यह सन्ताप अपने मूल्यों का आधार है, फिर भी स्वयं आधारहीन होना मेरे अस्तित्व की त्रासदी है।" सार्त्र ने आदमी को एक बन्द डब्बे की तरह नहीं देखा। आदमी प्रत्येक क्षण अपने-आप में श्रमजीवी सम्भावनाओं को लिए हुए जीता है एवं साथ ही उसका प्रत्येक अनुभव सन्ताप और चिन्ता से ग्रसित भी रहता है। "हम अपना निर्माण स्वयं करते हैं और जो हम हैं, वह अपने ही चुनाव के कारण हैं।" अस्तित्ववाद का यह साधारण तकिया कलाम पढ़िए, "अस्तित्व सार से पहले होता है।"

स्वतन्त्रता अपने-आप में पूर्ण है और हम अपना निर्माण स्वयं करते हैं। स्वतन्त्रता अपने उच्च उद्वेग तथा चिन्ता में प्रकट होती है, उस सन्ताप में, जहाँ एक स्वतन्त्र व्यक्ति होने के नाते व्यक्ति पर निरन्तर अपना निर्माण

करते रहने की बाध्यता होती है। आदमी जानवर से इसीलिए भिन्न है, क्योंकि उसके पास उसकी स्वतन्त्रता है, जिससे वह अपने मानवीय अस्तित्व की रचना कर सकता है। इस सम्बन्ध में सार्त्र का यह कथन अत्यन्त महत्त्वपूर्ण है कि आदमी का विकास, व्यक्तिगत तथा सामुदायिक रूप से उसके अपने हाथ में है, वह प्रकृति के अन्धनियमों के अधीन नहीं।

अपनी इस घटना विज्ञान प्रणाली (फिनोमेनोलॉजिकल मैथड) में सार्त्र स्वतन्त्रता की ऐतिहासिकता एवं विशेषत्व पर ज़ोर न देकर मानवीय स्थिति के प्राकृतिक परिप्रेक्ष्य में उसे एक सार्वभौमिकता प्रदान करते हैं। प्रत्येक सामाजिक स्थिति में प्रत्येक व्यक्ति की स्वतन्त्रता के साथ सन्ताप एवं दुश्चिन्ता जुड़ी हुई है। हीगेल की 'दुखी चेतना' को मद्देनज़र रखते हुए हम कह सकते हैं कि सार्त्र का 'आदमी' जगत से अपना अलगाव पूरी तरह महसूस करता है। जहाँ आत्म के तार्किक एवं ऐतिहासिक विकास में हीगेल की 'दुखी चेतना' एक क्षण या एक स्थिति की द्योतक है, वहीं सार्त्र की मानवीय स्वतन्त्रता की दुश्चिन्ता एवं सन्ताप केवल एक स्थापित गुणवत्ता है। आत्म-नियन्त्रण करने की यह स्वतन्त्र क्षमता अपने-आप में एक बड़ी ही परेशान स्वतन्त्रता है। यह एक ऐसी स्वतन्त्रता है, जिसे रोज़मर्रा की ज़िन्दगी में आदमी को झेलना पड़ता है। वह अच्छा करे अथवा बुरा; पर वह कुछ-न-कुछ करते रहने के लिए हमेशा बाध्य है, अतः वह स्वतन्त्र है। 1947 में 'बीइंग एंड नथिंगनेस' के प्रकाशन के पाँच वर्ष बाद सन्ताप एवं दुश्चिन्ता की सार्वभौमिकता पर विचार करते हुए सार्त्र अपने इस विशिष्ट अनुभव को एकवर्गीय जामा पहनाते हैं। सार्त्र कहते हैं, "हम बुर्जुवा हैं, इसलिए बुर्जुवा दुश्चिन्ता को जानते हैं।"

हालाँकि सार्त्र की दुश्चिन्ता का ख़याल, जो उसके वर्गीय अनुभव की सार्वभौमिकता को स्वीकारता है, अपने-आप में समकालीन समाज का एक बहुत बड़ा सच लिए हुए है। बुर्जुवाजी सामाजिक संरचना में प्रामाणिक स्वतन्त्रता के लिए एक ज़बर्दस्त विरोध एवं दुश्मनी निहित होती है। अपने आत्म-परिवर्तन की सम्भावनाओं के बारे में प्रश्न करने का व्यक्ति को अधिकार कम दिया जाता है। संग्रह की वृत्ति को औचित्य प्रदान करने के कारण व्यक्ति की नैतिकता अवसरवादी तथा बाह्य सिद्धान्तों एवं नियमों

पर आधारित होती है। पूँजीवादी समाज में समूह और समुदाय को तोड़कर व्यक्ति का आणवीकरण कर दिया जाता है और सामाजिक सम्बन्धों में होड़ एवं प्रतियोगिता की वृत्ति को बढ़ावा मिलने के कारण सार्त्रीय स्वतन्त्रता में बाधा उपस्थित होती है। स्वतन्त्र होने का मतलब है, दूसरे व्यक्ति के सामने वैसा ही मौजूद होना, जो हम हैं; किन्तु आधुनिक समाज में इस प्रकार के प्रामाणिक रिश्ते नहीं होते।

सार्त्र के विचारों में स्वतन्त्रता के साथ जुड़ा जो सन्ताप है, उसमें हम दो पारम्परिक ख़यालों का मिश्रण पाते हैं। एक वह जो नियति के सामने घुटने टेक दे। आदमी बेसहारा और भाग्यवादी हो जाये। उसे जैसा भी जो भी मिलता है, वह उसे स्वीकार ले। दूसरा गीता में दिया गया श्रीकृष्ण का उपदेश, "हे, अर्जुन! तू उठ और युद्ध कर।" सार्त्र की अवधारणा प्रत्येक विशिष्ट प्रभुता को चुनौती देती हुई, पारम्परिक ज्ञान को नकारती हुई, आदमी को एक ऐसे निषेध के रूप में रखती है, जहाँ उसका पहला काम है, बिना किसी सीमा को माने हुए अपने-आप को, अपनी नियति को बनाना। अतः यह एक ऐसी अवधारणा है, जो स्वतन्त्र व्यक्ति को कभी भी यथास्थिति स्वीकारने नहीं देती। यह उसे चैन से नहीं बैठने देती है, न ही उसकी कठिनाइयों का सरल निदान खोजने देती है और न ही उसे कभी स्वर्ग मिल सकता है। उसे तो बस निरन्तर युद्धरत रहना होगा, संघर्ष करना होगा। जीवन की अपरिमित सम्भावनाओं में से निरन्तर किसी-न-किसी सम्भावना का चुनाव करते रहना होगा। बिना किसी मिथक के, बिना किसी स्वर्ग में रहने वाले देवता के संरक्षण के तथा बिना किसी आधार के। वह महज़ एक टपकी हुई बूँद है, जो न ही आसमान में है और न ही धरती पर पहुँची है। जो अपनी दुविधाओं और दुश्चिन्ताओं में जगत के सारे व्यापारों के बीच महज़ एक उड़ता हुआ सूखा पत्ता है। "आदमी वह जीव है, जो 'वह' नहीं है और 'जो' वह नहीं वह 'वह' है।" इस चक्राकार तर्कीय प्रणाली में इतने शब्दों का आडम्बर सार्त्र इसीलिए रचते हैं, क्योंकि वे अपनी अन्तर्दृष्टि के दोनों छोरों को पकड़े रहना चाहते हैं। वे स्वतन्त्रता को इतना सरल, आशावादी सिद्धान्त भी नहीं बनाना चाहते, जो एक ही झटके में सारी समस्याओं का निदान कर दे। न ही वे अपनी नियति का छोर स्वर्ग में बैठे ईश्वर के हाथ में देना चाहते हैं।

इस दृष्टि से सार्त्र का स्वतन्त्रता का सिद्धान्त, मार्क्सवादी एवं ईश्वरवादी कैथोलिकों, इन दोनों ही खेमे के लोगों को परेशान करता है। दुराग्रही मार्क्सवाद, जहाँ स्तालिन से लेकर बन्दी शिविर और फाँसी के फन्दों को स्वीकारना चाहता है, वहीं दूसरी ओर ईसाई धर्मशास्त्री ईसाइयत के नाम पर शोषण तथा ग़रीबी को गले से उतारना चाहता है। दोनों ही खेमे बात तो आदमियत की करते हैं; लेकिन ठोस वास्तविक जगत के आदमियों की क़ब्र पर खड़े होकर सार्त्र एक तीसरा रास्ता खोजना चाहते हैं। यह वह रास्ता है, जो आदमी को आत्म-नियन्त्रण की पूरी सुविधा प्रदान करना चाहता है। वह रास्ता विकसित और तकनीकी खुले समाज में अन्तर्निहित सारी सम्भावनाओं को आदमी की सुविधा के लिए सम्भावित करने की चेष्टा भी प्रस्तुत करता है, सार्त्र चिन्ता, उद्वेग, ऊब का पूरा मानवीकरण करना चाहते हैं, वे इसे एक मानवीय समझ प्रदान करना चाहते हैं, ताकि हम अपने जीवन में अपने ही निषेध और दोगलेपन से परिचित हो सकें। अभिप्रेत चेतना अपने-आपको जगत में फेंकती है। वह मूल्यों को जन्म देती है; किन्तु अपने अस्तित्व के होने की बाध्यता से मुक्त नहीं हो पाती। इसके बावजूद सार्त्र की स्वतन्त्रता की अवधारणा जगत में व्याप्त अप्रामाणिक स्वतन्त्रता की व्याख्या करने में सर्वथा असमर्थ रही है। उनके विचारों में स्वतन्त्रता की जो तस्वीर है, जिस स्वतन्त्र मनुष्य की वे कल्पना या परिकल्पना करते हैं, वैसा मनुष्य हम इस जगत में नहीं देखते। वास्तविक समाज और दुनिया में यदि देखा जाये, तो आदमी के जीने का तरीका एकदम दूसरे ही तरह का है। अतः 'बीइंग एंड नथिंगनेस' में सार्त्र जिस स्वतन्त्रता का चित्रण करते हैं, सामाजिक सिद्धान्त के दृष्टिकोण से यह स्वतन्त्रता अपने-आप में एक विरोधाभास है।

व्यामोह की सार्त्रीय अवधारणाओं को ऐतिहासिक परिप्रेक्ष्य में देखना ज़रूरी हो जाता है। अब तक रेनैसाँ के बाद जितने भी बौद्धिक आन्दोलन हुए वे सब कमोबेश रूप से मानवीय वास्तविकता के उद्गम, स्वभाव एवं विरूपण के विवेचन पर ही आधारित थे। अब तक दर्शन में आदमी की कमियों पर जो थोड़ा-बहुत अन्वेषण होता रहा था, वह भी इस दृष्टिकोण से होता था कि आदमी युक्तिसंगत तरीके से अपनी संकल्प-शक्ति द्वारा

किस प्रकार उन पर विजय पाये। इतिहास में अपूर्णता की अवधारणाएँ अब अधिक मानवीय सन्दर्भ में देखी जाने लगीं। मानवीय दुख और सन्ताप का कारण न उसका अपना पाप-कर्म है और न ही ईश्वर-प्रदत्त पापों की सज़ा। यह केवल एक सामाजिक घटना है। 19वीं सदी में कार्ल मार्क्स एवं अन्य समाजशास्त्रियों ने सामाजिक अन्तःक्रिया की प्रणालियों का जो सामाजिक विश्लेषण किया उससे अन्ततोगत्वा यही निष्कर्ष निकला कि आदमी के कष्ट एवं सन्ताप का कारण केवल सामाजिक शोषण एवं अलगाव है। अन्त में परिवार, जिसे सभ्यता के आदिकाल से इतनी पवित्र व्यवस्था माना जाता रहा है, उस पर सबसे बड़ा आघात फ्रायड के अवचेतन मस्तिष्क की अवधारणा से पड़ा, जहाँ परिवार के दमन के कारण व्यक्ति-मानव को बहुत दुख एवं कष्ट झेलने पड़े। इन सिद्धान्तों से अन्वेषणात्मक तुलनाएँ सम्भव हो सकीं और सामाजिक चेतना पहले से काफ़ी अधिक विकसित हुई। अयुक्तिपरकता, अलगाव, न्यूरासिस, यह अचेतन मस्तिष्क की साधारण विशेषताएँ हैं, जो आदमी के सही आत्म-ज्ञान में अवरोधक सिद्ध होती हैं। ये आदमी के मानवीय स्वरूप को उजागर न करते हुए उसके वहशीपन को ही अधिक प्रेषित करती हैं। व्यामोह की अवधारणा भी इसी दृष्टिकोण से ली गयी है।

व्यामोह क्या है? इसका कारण है, व्यक्ति की अपूर्णता, स्वतन्त्र निर्णय लेने की अयोग्यता एवं उसमें प्रामाणिकता का अभाव। व्यामोह एक प्रकार से प्रामाणिकता का विरुद्धार्थी है। व्यामोह ज्ञान का वह आदेश है, जिसमें आदमी पूरी तरह से अपने में स्थित हो जाता है। व्यामोह में यह ज़रूरी हो जाता है कि हम जो हैं, वही बने रहें, कहीं कोई बदलाव की सम्भावना तक न हो। व्यामोह में व्यक्ति अपने-आप को अन्तिम स्थिति में मान लेता है, जबकि व्यक्ति का वास्तविक स्वभाव है सदैव अपने से बाहर अतिक्रमण करना। अनुभवातीत अनुभवों को पाने की चेष्टा उसके अस्तित्व में निहित है। दूसरी ओर व्यक्ति स्वयं अपने भीतर सिमट जाता है। वह नये अनुभवों के लिए तैयार नहीं रहता, बल्कि वस्तुपरक रूप से अपने ही अहं में बन्द वह जड़ हो जाना चाहता है। अतः आदमी को 'वह' होने पर मजबूर करता है, 'जो' वह नहीं है। मसलन आदमी जब पूरी ईमानदारी का दावा करता है,

तो अपनी इस परिचेष्टा में वह स्वयं ही इस दावे से बाहर हो जाता है, क्योंकि चेतना का धर्म है, स्वभाव है, अपने से परे जाने का 'वह होना', जो वह नहीं है। वह आदमी होने की यथास्थिति को निरन्तर चुनौती देती रहती है, जबकि ईमानदारी, यथास्थिति को बनाये रखना चाहती है। वह चेतना के प्रत्येक प्रश्न पर एक स्थितिगत स्थिरता की दीवार खड़ी कर देना चाहती है। उदाहरणार्थ, कॉफ़ी हाउस में काम करते हुए बैरे को देखिए। अपनी भूमिका को उसी प्रकार आत्मसात् कर लिया है, जिस प्रकार एक टेबल केवल टेबल है। उसका विनियोजन केवल टेबल होने में ही प्रयुक्त हो सकता है। टेबल, अपने टेबल होने की भूमिका से बाहर और कुछ नहीं। वह चेयर नहीं हो सकता; किन्तु एक आदमी यदि केवल वेटर की भूमिका से ही अपना तादात्म्य कर ले और अपने होने की किन्हीं और सम्भावनाओं की ओर झाँककर भी न देखे, तो यह उसका व्यामोह है। 'कुछ और' होने की जो सम्भावना है, उसी सम्भावना में उसकी स्वतन्त्रता निहित है; लेकिन अपनी भूमिका की जड़ स्वीकृति के कारण वह आदमी स्वयं अपनी स्वतन्त्रता का निर्णय कर रहा है। यह आदमी टेबल की तरह ही, एक चीज़ बनकर प्रयुक्त होना स्वीकार करने लगता है।

इसी प्रकार सार्त्र एक बुर्जुवा स्थिति का उदाहरण देते हैं, जो अपनी सम्भावनाओं से परिचित होते हुए भी वरण की स्वतन्त्रता को अस्वीकृत करती है। एक युवती का प्रेमी जब उसका हाथ अपने हाथों में लेता है, प्रेम से उसकी ओर देखता है, तब आगे घटनेवाली सारी सम्भावनाओं को समझते हुए भी वह अपना हाथ नहीं हटाती। स्थिति को देखकर भी वह अनदेखा करती है। न तो हाथ हटाकर सम्बन्ध ख़त्म करती है और न ही उसके प्रेम को वह स्वीकार करती है। अपितु इसके बदले अन्य उदास रूमानी मसलों पर वह बात करने लग जाती है। यह एक बड़ा ही जीवित उदाहरण है। प्रायः हम ऐसे लोगों के सम्पर्क में आते हैं, जो अपने जीवन में किसी भी बात का या सम्भावना का चुनाव नहीं करते, हालाँकि वरण की स्वतन्त्रता अस्तित्व के साथ जुड़ी हुई है। अस्तित्व है अपनी अनन्त सम्भावनाओं को लिए हुए। आदमी है, जिसे अपनी उन सम्भावनाओं में से किसी एक का चुनाव करना है, किन्तु व्यामोह में फँसा हुआ आदमी

अपने-आप को वस्तुरूप में देखने लगता है। यदि कभी-कभी उसकी चेतना किसी क्षण अपने प्रति सचेत होकर कोई चुनाव करती भी है, तो वह एक कुण्ठित एवं पंगु वरण ही होता है।

'बीइंग एंड नथिंगनेस' में व्यामोह की जो अवधारणा सार्त्र हमारे सामने रखते हैं वह कई अर्थों में अस्पष्ट रह गयी है। अपूर्णता की सारी ज़िम्मेदारी सार्त्र ने आदमी पर डाल दी है और यह आदमी ही है, जो अपने-आप को व्यामोह में फँसाये रखता है। हम यहाँ यह तर्क दे सकते हैं कि कॉफ़ी हाउस में काम करता हुआ वेटर सिर्फ़ वेटर की भूमिका ही निभा सकता है। इसके अलावा अपने कार्य के दौरान वह कोई अन्य चुनाव करने में परिस्थितिगत दृष्टि से अक्षम है। उसे रखा इसीलिए गया है कि वह वेटर की भूमिका अच्छी तरह निभा रहा है। यदि वह न निभा सके अथवा अपनी इस भूमिका हेतु प्रश्न करे, तो उसकी नौकरी ख़तरे में पड़ सकती है या फिर उस प्रेमिका की भूमिका ही है, जो उस औरत को वस्तुरूप में परिणत करना चाहती है। उसके प्रेमी का उससे सम्बन्धित सारा अभिप्राय इस बात का संकेतन है कि वह और अन्य कोई प्रामाणिक चुनाव न कर पाये; किन्तु सार्त्र इन बाहरी बाध्यताओं की प्रभाविता को नहीं स्वीकारते। उनका प्रत्युत्तर है कि अपनी सीमाबद्धता के बावजूद आदमी को चुनाव करना चाहिए। जहाँ तक हो सके उसे प्रामाणिक चुनाव ही करना चाहिए। आलोचक यह कह सकते हैं कि व्यामोह के अनेको उदाहरण देते हुए भी 'बीइंग एंड नथिंगनेस' में 100-200 पृष्ठों में कहीं भी हम प्रामाणिक स्वतन्त्रता का एक भी उदाहरण नहीं पाते। 750 पृष्ठों की इस पुस्तक में केवल एक ही जगह सार्त्र प्रामाणिक स्वतन्त्रता की बात उठाते हैं तथा कहते हैं, "व्यामोह में ढँका हुआ व्यक्ति भी अपनी प्रामाणिकता फिर से हासिल कर सकता है। उसका आत्म-जागरण सम्भव है।"

अतः प्रश्न यह उठता है कि जिस स्वतन्त्रता को चेतना इतना अधिक परिभाषित करती है, मानवीय दुनिया में हम उसी स्वतन्त्रता का उतना ही अधिक अभाव क्यों पाते हैं? आदमी के लिए आख़िर आदमी होना इतना कठिन क्यों है? यदि सार्त्र का विश्लेषण सही है और मानवीय वास्तविकता के केन्द्र में स्वतन्त्रता शुरू से ही अवस्थित है, तब क्या ऐसा नहीं कि प्रत्यक्ष

ज्ञानवाद में मानवीय सच्चाई के कुछ आयामों का वर्णन ही नहीं किया गया है। सार्त्र अपनी स्वतन्त्रता की अवधारणा एवं व्यामोह के साथ इस समझौते पर काफ़ी लम्बी बहसों के बाद पहुँचे हैं।

फ्रेंच मार्क्सवादियों के साथ यह लम्बी और मानवीय दृष्टि से बड़ी कसैली लड़ाई थी। 'बीइंग एंड नथिंगनेस' में अपने विश्लेषण का क्षेत्र उन्होंने केवल व्यक्ति तक सीमित रखा था। वे केवल व्यक्ति चेतना से ही प्रसिद्ध रहे। नियतत्ववाद (डिटर्मिनिज़्म) पर उनका तीखा प्रभाव पड़ा। अन्त में स्थितियों और उनसे पैदा होनेवाली सीमाओं को उन्होंने अनदेखा ज़रूर किया। यही कारण है कि 'बीइंग एंड नथिंगनेस' में व्यक्ति और समाज के बीच हम कोई मध्यस्थता नहीं पाते। जहाँ 1943 में सार्त्र मानवीय स्वतन्त्रता पर बोल रहे थे, वहीं 1968 में इसी मानवीय स्वतन्त्रता को समाज में विघटित होने से कैसे बचाया जा सके इस पर सार्त्र को काफ़ी सोचना पड़ा।

व्यामोह की अवधारणा के साथ ही व्यक्ति की स्थितिग्रस्तता की बात उठती है। आदमी जगत में स्थित है, यह जगत ही है, जो उसकी स्वतन्त्रता का हिस्सा है और यदि स्वतन्त्रता है, तो वह इस जगत में ही सम्भव हो सकती है। सड़क चलता हुआ आदमी, जगत के साथ सम्बन्धित है, वह हवा में तैरता हुआ अणु नहीं है। आदमी का होना, उसके साथ सम्बन्ध होने में ही निहित है। आत्म और जगत के द्वैत को सार्त्र पूरी तरह ख़ारिज कर देते हैं, "स्वतन्त्रता की राह में वस्तु जगत से जो भी अवरोध पैदा होते हैं उनसे स्वतन्त्रता को कोई ख़तरा नहीं, बल्कि इन टकराहटों के कारण स्वतन्त्रता और भी अधिक उदीयमान होती है। आदमी अवरोधक जगत में ही अभिनियोजित होकर अपने लिए स्वतन्त्र हो सकता है। इस नियोजन से बाहर स्वतन्त्रता का ख़याल अपना सारा अर्थ खो देता है।"

सार्त्र वैयक्तिक चेतना का पूरा विरोध करते हैं। वे यह नहीं स्वीकारते कि व्यक्ति केवल अपने विचारों और भावनाओं के अभ्यन्तर जगत में ही स्वतन्त्र हो सकता है और जैसे ही वह अन्य व्यक्तियों या वस्तुओं के सम्पर्क में आता है, वैसे ही उसकी स्वतन्त्रता अधोगति की ओर प्रवाहित हो जाती है। यहाँ पर अस्तित्ववादी व्यक्ति किसी भी ऐसे क्षुद्रतम क्षण की कामना नहीं करता, जो उसकी निजीकृत चेतना बनकर रह जाये।

उसका अपना विचार या उसका भगवान या फिर उसके मानस के आभ्यन्तर जगत का जागतिक सम्बन्ध ज़रूरी है। मार्क्सवाद की तरह अस्तित्ववाद भी रोज़मर्रा की ज़िन्दगी में प्रामाणिक स्वतन्त्रता को, वस्तुओं तथा व्यक्तियों के बीच ही देखना चाहता है।

उपर्युक्त चिन्तन का यह निहितार्थ समझने के लिए हमें देकार्ते से सार्त्र की तुलना करनी होगी। 'कार्तेशियन काजिटो' यानी 'ईगो' उन बुर्जुवाओं की ज़रूरत को पूरा कर रहा था, जो अपने बुद्धिबल से वैश्विक व्यापार का निर्माण कर रहे थे। यह औद्योगिक क्रान्ति का पहला चरण था। इस समय ऐसे दर्शन की ज़रूरत थी, जो व्यक्ति की संग्रही वृत्ति को परिपुष्ट करे। अपनी अहमिका की ज़रूरत के लिए आदमी हर दूसरे आदमी को अपने कौशल से चलाना चाहता था। तर्कीय विश्लेषण पर आधारित इस 'प्रामेथियन' व्यक्ति की पूरी चेष्टा अपने-आपको जागतिक प्रलोभनों से दूर करने की थी, ताकि अलग रहकर बाहर से वह प्रकृति को, अपने कौशल से अपने व्यक्तिगत उद्देश्यों हेतु विनियोजित कर सके।

'मैं सोचता हूँ' इसीलिए मेरा चिन्तन तथा मेरी सोच, मेरे अस्तित्व से पहले ही उपस्थित है। बौद्धिकता तथा चिन्तन को जो प्रधानता इस युग में मिली, उससे नये अन्वेषण के क्षेत्रों में अपार लाभ हुआ; किन्तु इतिहास के क्रमिक विकास के दौरान इससे ज़बर्दस्त हानियाँ भी सामने आने लगीं। जनता की यह उपकरणवादी अवधारणा तथा प्रत्येक दूसरे व्यक्ति को अपने स्वार्थ एवं अवसरवादिता में अभिनियोजित करने की इस क्षुद्र इच्छा ने आदमी को शैतान बना दिया। दो-दो विश्वयुद्ध इस बात के साक्षी हैं। अतः अस्तित्ववादी उस स्थिति की विवेचना नहीं करते जिसका तकनीकी निदान सम्भव हो सके। इस प्रकार, सार्त्र उस साधारण दृष्टिकोण को भी ख़ारिज करते हैं, जिसके अनुसार आदमी की स्वतन्त्रता उसकी सफलता की द्योतक है। स्वतन्त्रता का अर्थ सार्त्र की नज़रों में किसी एक आदमी की दूसरे आदमी पर विजय नहीं, सांसारिक बुर्जुवा की अपार संग्रही वृत्ति भी नहीं, बल्कि एक ऐसा प्रामाणिक आत्म बोध है, जिससे आदमी अपने-आपको एक आदमी की तरह ही समझे और चीज़ को चीज़ की तरह।

तथ्यता, स्थितिग्रस्तता या जो कुछ भी दिया हुआ है, वह कभी भी व्यक्ति की स्वतन्त्रता का नियामक तथ्य नहीं हो सकता। न वह आदमी को मिटा सकता है और न विकास की ओर स्वतन्त्रता धकेल सकता है। स्वतन्त्रता में निहित कोई भी तत्त्व आदेशात्मक नहीं है। कोई भी तथ्यगत स्थिति (चाहे वह समाज की राजनीतिक या आर्थिक संरचना ही क्यों न हो) अथवा फिर कोई मानसिक अवस्था आदि, आदमी के किसी भी कार्य-व्यापार का प्रेरक स्रोत नहीं हो सकती। चाहे वह मार्क्सवाद का आर्थिक आधार हो या फिर फ्रायड का लिबिडो (रतिसुख), सार्त्र किसी भी तरह के नियन्ता द्वारा व्यक्ति के क्रियाकलापों की व्याख्या नहीं करते, क्योंकि सार्त्र के दृष्टिकोण में यह व्यक्ति ही है, जो अपने स्वयं के होने की प्रक्रिया के दौरान चुनाव करता है। पहले व्यक्ति की व्याख्या ज़रूरी है। उसे मूल्य-बोध प्रदान करना होगा। उसे एक ऐसी बोधगम्य समष्टि में संगठित करना होगा, जो हमारे अभिप्रायों का संकेत न साबित हो सके। क्रियाशीलता तभी सम्भव है। चूँकि 'मौलिक रूप से स्वतन्त्रता किसी दी हुई स्थिति से सम्बन्धित है', अतः जो भी दिया हुआ है और स्वतन्त्र है, जो बाहर है और आभ्यन्तर जगत में है, जिसे हम समाज कहते हैं और जो व्यक्ति है, वे सब आपस में एक पारस्परिक द्वन्द्वात्मक तनाव के बीच में जाहिरा तौर पर एक-दूसरे का नियन्त्रण करते रहते हैं।

स्वतन्त्रता का दूसरों के साथ सम्बन्ध

सार्त्र ने 'बीइंग एंड नथिंगनेस' लिखते समय वैयक्तिक सम्बन्धों की ऐसी कोई भी अवधारणा विकसित नहीं की, जिससे स्वतन्त्रता तथा स्थितिग्रस्तता का विश्लेषण सम्भव हो सके। व्यक्ति-चेतना की परिधि पर, एक दी हुई परिस्थिति में दूसरों के साथ उसका सम्बन्ध स्थित था। इससे व्यक्ति और जगत के द्वैत को ख़त्म करने की सार्त्र की परिचेष्टा और भी असफल होकर उभरती है। सार्त्र जहाँ अहंमात्रवाद को ख़ारिज करते हैं और अपने विश्लेषण को एक नयी दिशा देने का प्रयास करते हैं, वहीं वे 'अदर माइंड्स' यानी अन्य व्यक्तियों की स्थापना को सही तरह सुलझा नहीं पाते, जबकि उनके अनुसार व्यक्ति-चेतनाओं का होना बहुत ज़रूरी होता है। "यह दूसरा ही है, जो मेरे और जगत के बीच एक अनिवार्य मध्यस्थ की तरह अवस्थित है।"

किन्तु सार्त्र पुनः अहंमात्रवाद की तरफ़ झुक जाते हैं। जहाँ दूसरे के दृष्टिपात 'द लुक' द्वारा व्यक्ति मौलिक रूप से दूसरे के लिए 'बीइंग फॉर अदर्ज़' हो जाता है। अतः दूसरे की अस्तित्व की समस्या उत्पन्न होने के बाद एक मौलिक पूर्वनिर्धारित अवधारणा उपस्थित होती है। वह यह है कि प्रत्येक दूसरा वह दूसरा है, जो कि मैं नहीं हूँ। अतः 'इस दूसरे' के अस्तित्व के सम्बन्ध में प्रश्न उठता ही नहीं। यह 'दूसरा' सत्ता-मीमांसा (ऑनटोलॉजी) के दृष्टिकोण से मेरी चेतना के साथ जुड़ा हुआ है; किन्तु फिर भी सार्त्र 'दूसरे के लिए होने' का जो कुछ भी उदाहरण देते हैं, वह उनके बुर्जुवा उदाहरणों से ही अवतरित है। बुर्जुवा प्रतियोगिता का सिद्धान्त, सार्त्रीय व्यक्तियों के आपसी सम्बन्धों में पूरी तरह लागू होता है। सार्त्र की दुनिया में प्रत्येक आदमी का दूसरे आदमी के साथ सामना एक चुनौती के रूप में, एक धमकी-भरे आतंक के रूप में होता है। जैसा कि वे एक जगह लिखते हैं, "मैं सार्वजनिक पार्क में हूँ, वहाँ दूर घास के मैदान में कुछ बेंचें पड़ी हैं। एक राहगीर उन बेंचों के पास से गुज़रता है, मैं उस आदमी को देखता हूँ। उसे आदमी की तरह से देखते हुए भी मैं उसका अवबोध एक वस्तु-रूप में ही करता हूँ। इसका संकेत क्या है? जब मैं कहता हूँ कि यह आदमी एक वस्तु है, तब इसका क्या अर्थ है? यहाँ पर दूसरे व्यक्ति के साथ सामना सार्त्र उसी तरह करते हैं, जैसे बाज़ार में दो व्यापारी बड़े ठण्डे, नियन्त्रित एवं असहज रूप से एक-दूसरे का सामना करते हैं। जहाँ तक सार्त्र का सवाल है, वे अपने-आप को व्यक्ति की तरह ही समझ रहे हैं। उनकी अभिप्रेत चेतना अपनी है और वह दूसरे को भी वैसे ही चैतन्य रूप में देखना चाहते हैं। कम-से-कम इसके लिए उनकी प्रस्तुति तो है; किन्तु, दूसरे व्यक्ति से वह एक हाथ की दूरी पर बड़े औपचारिक तथा ठण्डे तरीक़े से ही मिल पाते हैं; किन्तु फिर भी सार्त्र इस सम्बन्ध में किसी और हेतु का निमित्त नहीं मानते न ही वे व्यक्ति को एक चीज़ की तरह विनियोजित करना चाहते हैं। सार्त्र ऐसा इसीलिए नहीं समझ सकते, क्योंकि दूसरा भी उन्हें वस्तु-रूप में प्रयुक्त करने के लिए स्वतन्त्र है। "मेरा अपना कोई स्वयं का आधार नहीं, जो मेरा होना सिद्ध कर सके। मैं स्वयं अपने निर्णय का आधार हूँ। मैं हूँ केवल दूसरे के लिए एक शुद्ध सन्दर्भ।"

बुर्जुवा समाज के 'कैनवस' पर यह जो चित्र उभरता है, वह आपसी सम्बन्धों की एक ठण्डी बर्फ़ीली धुन्ध में लिपटा हुआ सम्बन्ध है। इसमें होड़ है और है प्रतियोगिता। मैं दूसरों के लिए एक शुद्ध सन्दर्भ हूँ और दूसरा मेरे लिए सन्दर्भ है। अतः आपस में प्रेम और साझेदारी के बदले, आपसी समझ के बदले, जो तथ्य उभरता है, वह है संघर्ष का। सार्त्र लिखते हैं, "दूसरे के साथ मेरा सम्बन्ध तभी स्थापित हो सकता है, जब मैं उसकी नज़र में अपना वस्तु होना स्वीकार करूँ यानी दूसरे की स्वतन्त्रता को स्वीकार करने के लिए मेरा स्वयं से अलगाव एक वस्तु रूप में होना अवश्यम्भावी हो जाता है। यदि वह व्यक्ति है, तो मैं उसकी नज़र में एक वस्तु मात्र हूँ। अतः प्रत्येक मानवीय सम्बन्ध सार्त्र की नज़र में संघर्ष का सम्बन्ध है। प्रेम जैसी महती भावना भी एक रण-प्रतिक्रिया है। ज़िन्दगी युद्ध का मैदान है, जहाँ परपीड़न तथा स्वपीड़न, रति है। अर्थात् दूसरों के साथ वह ठोस सम्बन्ध भी सार्त्र की नज़र में अलगावित अन्तःक्रिया है जिसमें प्रेम सम्बन्ध हो ही नहीं सकता, क्योंकि प्रत्येक सम्बन्ध बाज़ार की प्रतियोगिता से उत्पादित होता है। अहंमात्रवाद से सार्त्र बस इतना ही कह सके हैं कि उन्होंने स्वयं की चेतना को दूसरी चेतना (अदर कॉन्शसनेस) की एक सत्तामीमांसीय स्थिति प्रदान की है; किन्तु, जहाँ तक सामाजिक क्षेत्र में चेतना की संरचना का सवाल है, वहाँ अनन्योन्याश्रित एवं दूसरे के साथ पैदा होनेवाला प्रत्येक सम्बन्ध एक धमकी-भरा संघर्ष मात्र है। दूसरे करी स्वतन्त्रता को सार्त्र चुनौती और संघर्ष की इस क़ीमत पर ही बचा पाते हैं। अपने-आप में मानवीय प्रेम की यह अवधारणा बड़ी पीड़ा लिए हुए है।

सार्त्र जब जगत में दूसरों के साथ होनेवाली वास्तविक अन्तःक्रिया (मिट्सीन) का विवेचन करते हैं, तब वे केवल इसे अस्तित्व की एक मनोवैज्ञानिक अनुघटना मात्र ही कह पाते हैं। दो व्यक्तियों के बीच जो वास्तविक रिश्ते होते हैं, सार्त्र उनकी एक धूमिल तस्वीर ही खींच पाये हैं। आदमी फिर यहाँ अपनी चेतना (कॉजिटो) में सीमाबन्द परमाणु की तरह हवा में तैरने लगता है। सामाजिक सम्बन्ध परमाणुओं में अन्तर्वर्ती न होकर बाह्य बन्धनों में पूरी तरह शृंखलाबद्ध हो जाते हैं। अतः मानवीय रिश्ते आभ्यन्तर जगत में प्रवेश नहीं कर पाते तथा न ही उनसे हमारा कोई परिवर्तन होना सम्भव है।

दूसरे के साथ होनेवाली अवधारणा को सार्त्र द्विभाजित करते हैं। एक तो 'हम वस्तु' (अस सब्जेक्ट) और दूसरा 'हम लोग' (वी सब्जेक्ट)। उसमें पहला तो वस्तुरूपी पारस्परिकता एवं दूसरा पारस्परिक अन्तःक्रिया रूपी पारस्परिकता को प्रस्तुत करता है, किन्तु दोनों ही परिस्थितियों में दूसरे के साथ होने के लिए, होने का आधार बने रहने के लिए, अपने-आपको दूसरे की नज़र में वस्तु-रूप में परिणत करना ज़रूरी हो जाता है। हम सर्वहारा का उदाहरण लें। उनकी वर्गीय चेतना फैक्ट्री में काम करते हुए उस समय उभरती है, जब उनका मालिक एक तीसरे व्यक्ति की तरह सामने होता है। मालिक अपने दृष्टिपात से प्रत्येक श्रमिक को वस्तुरूप में न्यूनीकृत कर देता है। इसका फल यह होता है कि प्रत्येक श्रमिक अपना वस्तु भाव दूसरे श्रमिक के चेहरे पर लिखा हुआ पढ़ पाता है। यह आपसी संगठन और समझौता (सर्वहारा का वस्तुरूप में परिणत होना) मालिक के द्वारा ही सम्भव हो सकता है। यह तो हुआ सार्त्र का हम वस्तु लोग।

अब आइए, सार्त्र की 'वी सब्जेक्ट' की तस्वीर पर। यह मार्क्स की सामाजिक साम्यवादी सम्बन्धों की चित्रण-सम्बन्धी विचारधारा से काफ़ी मिलती-जुलती है। यहाँ पर समूह के द्वारा ही सामूहिक अनुभव उत्पन्न होता है। किसी तीसरे के दृष्टिपात की ज़रूरत नहीं है। यह एक प्रकार की 'सामूहिक अनुभाविता' (परियोजना) का अनुभव है, जो कि अपने-आप में एकल उद्देश्य है; किन्तु मैं इस अनुभवातीत अनुभव में एक अल्पकालिक विशिष्टता-भर हूँ। मैं अपने-आप को महान मानवीय धारा में प्रवाहित कर देता हूँ। इसके लिए सार्त्र सब-वे स्टेशन का उदाहरण देते हैं, फिर सार्त्र ज़ोर देकर कहते हैं कि हम लोगों की संयुक्त परिकल्पना मानव-समाज का संगठन नहीं करती। किसी भी प्रकार से यह अपने लिए (फॉर इटसेल्फ़) है। सार्त्र हम लोगों को एक मनोवैज्ञानिक तथ्य तो देते हैं; किन्तु सत्ता-मीमांसा या सत्तात्मक तथ्यता प्रदान नहीं करते। सार्त्र कहते हैं कि 'हम लोगों' का अनुभव एक मनोवैज्ञानिक अनुभव है। यह हमारी चेतना की संरचना के आन्तरिक रूपान्तरण से सम्बन्धित है; किन्तु जगत में यह दूसरों के साथ ठोस सत्तात्मक सम्बन्धों का आधार बनकर प्रकट नहीं होता। यह केवल दूसरों के बीच में स्वयं को महसूस करने का प्रश्न-भर है।

यहाँ पर हम देखते हैं कि सार्त्र सम्बन्धों की जो संरचना सामने रखते हैं, वह सत्ता-मीमांसा की स्थिति एवं अवस्था का कोई सन्तुलित आधार प्रदान नहीं कर पाता। जैसा कि सार्त्र लिखते हैं, "यह जगत में कुछ विशिष्ट संगठनों के ऊपर आधारित होकर प्रकट होता है और इन संगठनों के ख़त्म होने के साथ 'हम लोग' की चेतना का विलयन हो जाता है।" सार्त्र यहाँ पूँजीवादी समाज में प्रकट होनेवाले अलगावित सम्बन्धों की सार्वभौमिकता पर प्रकाश डालते हैं। वे कुछ अस्पष्ट इसीलिए प्रतीत होते हैं, क्योंकि पहले तो वे व्यक्ति को जगत में स्थित बतलाते हैं। यह ऐसा जगत है, जिसमें कुछेक मानवीय संगठनों में 'हम लोग' का उदय होना अपने-आप में बड़ा सीमित दृष्टिकोण लिए हुए होता है, क्योंकि इन संगठनों में जहाँ व्यक्ति एक-दूसरे से सम्बन्धित होते हैं, वहीं उनकी पारस्परिकता प्रतिफलित होती है। यहाँ व्यक्ति अपने से बाहर किसी और दूसरी चीज़ पर निर्भरशील हो जाता है। सार्त्र की स्थिति का आन्तरिक विरोधाभास यहाँ स्पष्ट रूप से उभरकर सामने आता है।

सार्त्र का 'वी सब्जेक्ट' सत्ता-मीमांसा के दृष्टिकोण से अनामक एवं निर्वैयक्तिक हो गया है, क्योंकि यहाँ 'हम लोग की चेतना' की मध्यस्थता वस्तु एवं संस्थाओं के द्वारा होती है। यह चेतना उभरती है भीड़ में, लोगों की लम्बी क़तार में या बाहर निकलने के संकेतन में। अतः 'हम लोग की चेतना' में व्यक्तिगत अन्तःक्रिया मौजूद नहीं है और न ही वहाँ कोई स्वतन्त्र अन्वेषण है। सार्त्र जहाँ 'हम लोग' के सम्बन्ध को सामाजिक बतलाते हैं, वहीं इन सामाजिक रिश्तों की ऐतिहासिक संरचना को कोई महत्त्व देने से इनकार करते हैं। शायद इसीलिए कि ऐसा करने से व्यक्ति स्वतन्त्रता एवं सामाजिक रिश्तों के सम्बन्ध में परिसीमित होकर न रह जाये। जहाँ पर सार्त्र का 'अस सब्जेक्ट' अस्तित्व का एक वास्तविक आयाम है वहीं 'वी सब्जेक्ट' एक ऐसा मनोवैज्ञानिक अनुभव है, जो कार्य-जगत में अर्थ-तन्त्र पर आधारित समाज में ऐतिहासिक व्यक्ति अनुभव करता है।

यहाँ पर हम देखते हैं कि इतिहास एवं तर्क, प्रतिपक्षी होकर रह जाते हैं। ऐतिहासिक व्यक्ति समाज में एक विशिष्ट आर्थिक प्रकार का होकर रह जाता है, जो शुद्ध रूप से वैयक्तिक है और इससे बाहर उसका अन्य

कोई विशिष्ट अभिप्राय नहीं है। अन्त में सार्त्र के सामने दूसरा व्यक्ति एक द्विविधा बनकर ही रह जाता है। वे कहते हैं, "या तो हम दूसरे का अतिक्रमण करें और या दूसरे को अपना अतिक्रमण करने की अनुमति दें। अतः चेतनाओं के सम्बन्धों का सार संघर्ष में है, 'मिट्सीन' में नहीं।"

स्वतन्त्रता का वस्तु-जगत के साथ सम्बन्ध

परिस्थितियों का दूसरा पक्ष वस्तु-जगत यानी चीज़ें हैं, जिन पर या तो हमारा स्वामित्व हो सकता है या जिनसे हम खेल सकते हैं। सैद्धान्तिक रूप से सार्त्र इसे वस्तुओं का विनियोजन कहकर रखते हैं, यह भाव देते हुए कि आदमी के लिए समकालीन समाज में वस्तुओं से सम्बन्धित होना स्वाभाविक है।

वस्तुओं की कामना यानी चाह की अवधारणा से आदमी का सम्बन्ध वस्तु से कैसे हो सकता है? सार्त्र इसकी विवेचना करते हैं। हीगेल की तरह वे भी मौलिक स्वतन्त्रता के पक्ष में प्रत्येक नियन्त्रणकारी व्याख्या को नकार देते हैं। वस्तुओं से सम्बन्धित होकर आदमी अपने होने का तरीक़ा चुनता है। उसके होने की इच्छा और उसके अस्तित्व का अभाव दोनों ही वस्तुओं के माध्यम से प्रकट होता है। 'चाह की अवधारणा' यहाँ पर मार्क्स की 'ज़रूरत की अवधारणा' से मिलती है, जो वस्तु से सम्बन्धित व्यक्ति को जगत में एक स्वतन्त्र परिकल्पना की तरह नियत करती है। सार्त्र यहाँ पर चाह की कोई बाह्य सीमा को नहीं स्वीकारते और न ही कोई वस्तुपरक परिसीमा की बात उठाते हैं। यह फिर उनका स्वतन्त्रता-सम्बन्धी एकआयामी दृष्टिकोण प्रतिपादित करता है।

सार्त्र के अनुसार वस्तुओं से सम्बन्धित चाह के साधारण तरीके हैं :

(1) कुछ करना यानी 'डूइंग'

(2) कुछ पाना यानी 'हैविंग'

(3) कुछ होना यानी 'बीइंग'

सार्त्र यहाँ करने को और पाने को समेकित (इंटीग्रेट) करते हैं तथा पाने एवं होने में एक जटिल द्वन्द्वात्मकता की प्रतिस्थापना भी, जिससे यह समझ में आता है कि वे व्यक्ति के होने को, जो स्वतन्त्रता पर आधारित है, प्राथमिकता देना चाहते थे; किन्तु सार्त्र यहाँ पर फिर भी प्राप्ति यानी

उपलब्धि का ही ठोस वर्णन करते है। चूँकि आदमी अधिकतर व्यामोह में फँसा हुआ रहता है, अतः यह प्राप्ति का ही चुनाव करता है तथा अपने आपको पायी हुई चीज़ों में खो देता है।

यहाँ पर वस्तुओं के स्वामित्व का जो जड़ पूजा भाव है, उससे अलग वस्तुओं के साथ संवेदी सम्बन्ध की व्याख्या अधिक दृष्टिगोचर होती है। जैसा कि सार्त्र ने कहा :

"इस तस्वीर की चाह का अर्थ है कि मैं इसे ख़रीदना चाहता हूँ अर्थात् मैं इसको अपने लिए विनियोजित (एप्रोप्रियेट) करना चाहता हूँ। यहाँ पर तस्वीर की चाह, उसे देखने की या उससे आनन्दित होने की नहीं है, बल्कि उसका वरण एक सम्पत्ति के रूप में करने की है। वस्तुओं का धारण यानी प्राप्ति व्यामोह उस समय बन जाती है, जब हम वस्तु के स्वामित्व से उसके साथ एकात्मीयता की उपलब्धि करते हैं और अपने-आप का यानी अपने 'स्व' का विलयन वस्तु में कर देते हैं। अपनी चेतना के निषेध से (चेतना जोकि वस्तु नहीं होना चाहती) पलायन करते हुए हम वस्तु-जगत की गुणवत्ता को अपने 'स्व' में धारण कर लेते हैं। अतः वस्तु हमारा धारण उसी प्रकार करने लगती है, जिस प्रकार हम वस्तुओं को धारण करते हैं। वस्तु की प्राप्ति के सम्बन्धों का यह विवरण कुछेक समाजों में और विकास की कुछेक अवस्थाओं में और भी अधिक विशिष्ट होकर उभरता है..."
हालाँकि हम स्वामित्व की परिभाषा उसे एक सामाजिक क्रियाकलाप कहकर दे सकते हैं और समाज कुछ नियमों के अधीनस्थ हमें वस्तुओं को धारण करने का अधिकार प्रदान करता भी है; लेकिन इससे विनियोजन के सम्बन्ध का सृजन नहीं होता। ज़्यादा-से-ज़्यादा यह सम्बन्ध क़ानूनी और नैतिक होकर रह जाता है। निजीकृत सम्पत्ति का जो अत्यधिक महत्त्व हम बुर्जुवा समाज में पाते हैं, उसके बारे में पुनः सार्त्र कहते हैं :

"स्वामित्व को हमें पवित्रता की उस सीढ़ी पर रखना होगा, जहाँ पर ठोस वस्तु का 'अपने में' और व्यक्ति का 'अपने लिए में' का सहज सम्बन्ध वह स्थापित कर सके। वस्तु और व्यक्ति के बीच का वह आन्तरिक बन्धन जो कि सहज सम्बन्ध का द्योतक है, यहाँ पर मेरी अस्तित्वगत संरचना पर आधारित है। आदमी इस सम्बन्ध में कोई परिवर्तन नहीं ला सकता।

वस्तु और व्यक्ति के बीच यह एक ऐसा सम्बन्ध है, जिसे भविष्य में साम्यवादी समाज भी निजीकृत सम्पत्ति के उन्मूलन के बावजूद विस्थापित नहीं कर सकता।"

सार्त्र यहाँ पर एक ही वाक्य में पूरी बात का विमोचन करते हैं कि सामूहिक संगठन में भी वस्तु और व्यक्ति के बीच का निजीकृत सम्बन्ध तथा उसका विनियोजित बन्धन ख़त्म नहीं हो जायेगा। वस्तु के धारण में चीज़ें मेरी होने की गुणवत्ता को ले लेती हैं अतः व्यक्ति वस्तुओं से धारित हो जाता है। इस प्रकार सार्त्र की वस्तुओं की जो चाह है, वह इस या उस वस्तु की चाह नहीं, बल्कि एक ऐसी चाह है, जिसे न्यूनीकृत बतलाकर हम कह सकते हैं कि आदमी वस्तु के साथ एकात्म हो जाना चाहता है। वह एक ऐसी इकाई बन जाता है, जिसे हम 'पज़ेशन-पज़ेस्ड' कह सकते हैं। सार्त्र यहाँ पर साधारण रोज़मर्रा के अनुभवों की गहराई मापते हैं, जिससे वस्तु एवं व्यक्ति के बीच दो प्रकार के सम्बन्ध स्पष्ट होते हैं, एक तो प्रामाणिक सम्बन्ध, जिसमें वस्तुएँ वस्तु रह जाती है और व्यक्ति केवल व्यक्ति तथा दूसरा अलगावित व्यामोही सम्बन्ध, जिसमें व्यक्ति और वस्तु का अन्तर्वेधन हो जाता है। जहाँ पर वस्तुएँ सर्जक की तरह प्रतीत होती हैं और आदमी का निर्माण करने लगती हैं तथा सक्रियता के बदले व्यक्ति चीज़ों का निष्क्रिय भोक्ता बनकर रह जाता है। अर्थ पर चर्चा करते वक़्त इस सम्बन्ध में सार्त्र के सामने कुछ और उलझनें आयीं। पैसा वस्तु एवं व्यक्ति के बीच के सम्बन्ध में मध्यस्थता का काम करता है और व्यक्ति की धारण-शक्ति का द्योतक है।

जैसा कि सार्त्र ने लिखा, "पैसा मेरी शक्ति का प्रतिनिधित्व करता है; किन्तु साथ ही यह मेरी सर्जनात्मक शक्ति का द्योतक है। वस्तु का क्रय एक प्रतीक है, जिसका अर्थ होता है उस वस्तु का सृजन। इसी कारण पैसा शक्ति का पर्यायवाची है क्योंकि वास्तव में इसी के द्वारा हम अपनी इच्छित वस्तु को पा सकते हैं। ख़ासकर, यह मेरी इच्छाओं की प्रभाविताओं का परिचायक है।... पैसा, वस्तु और व्यक्ति के बीच तकनीकी सम्बन्ध का दमन करता है और साथ ही एक जादुई कहानी की इच्छापूर्ति की तरह हमारी चाहनाओं को क्रियान्वित करता है।

जहाँ सार्त्र पैसे के उस ख़याल का वर्णन करते हैं जिससे इच्छाओं की प्रभाविता विनियोजित होती है, वहीं मार्क्स ने अपनी पुस्तक 'ज्यूइश क्वेश्चन' में यह दिखाया है कि पैसा मानवीय इच्छाओं को विपरीत एवं अलगावित करते हुए स्वयं में एक उद्देश्य बन जाता है। किसी और वस्तु को पाने का वह हेतु नहीं बनता। आदमी सिर्फ़ पैसे के लिए ही पैसा बटोरने लगता है। सार्त्र की पैसे की जो अवधारणा है उसमें वे समकालीन सामाजिक सम्बन्धों को अवधारित करने में असफल होते हैं और अन्त में पाने (हैविंग) को होने (बीइंग) के साथ पूरी तरह विभ्रान्त करते हैं। जैसे ही वस्तुएँ, व्यक्ति के होने का संगठन करने लगती हैं, वैसे ही सार्त्रीय स्वतन्त्रता की अवधारणा की आलोचनात्मक शक्ति फीकी पड़ने लगती है। सार्त्र ने एक अन्य स्थान पर लिखा है, "जहाँ तक मेरा सवाल है, मैं विनियोजन के एकल सम्बन्ध द्वारा ही इन वस्तुओं का सृजन करता हूँ और ये वही वस्तुएँ हैं जो मैं हूँ। यह कलम और सिगार की पाइप, यह कुर्सी और यह मेज़, यह मकान और स्वयं मैं भी। मेरे धारण की समग्रता मेरे अस्तित्व की समग्रता को परावर्तित करती है। जो कुछ भी मेरे पास है, मैं वही हूँ।"

यहाँ पर यह वाक्य कि 'जो कुछ भी मेरे पास है, मैं वही हूँ', वस्तुओं एवं व्यक्तियों के बीच के प्रामाणिक सम्बन्ध का द्योतक है। अतः धारण का सम्बन्ध यानी कुछ पाने का सम्बन्ध, व्यक्ति के होने की परिकल्पना है। वह जगत में व्यक्ति के समस्त सम्बन्धों पर प्रकाश डालता है। वास्तव में जगत में कुछ पाने की इच्छा के माध्यम से, कुछ होने की इच्छा एक ही है, "वस्तु का विनियोजन प्रतीकात्मक रूप से जगत का विनियोजन है।" यह वाक्य वास्तव में संग्रही व्यक्ति की काल्पनिक उड़ान है पर सार्त्र यहाँ एक अप्रामाणिक जीवन-प्रणाली की चर्चा करते हुए उपर्युक्त कथन देते हैं। वस्तु से सम्बन्धित होने का एक यही तरीक़ा नहीं है कि हम वस्तु-जगत में विमर्श हो जायें। वस्तुओं से हम खेल भी सकते हैं। खेलने की इस प्रक्रिया में सार्त्र वस्तु एवं व्यक्तियों के बीच उन सम्बन्धों का वर्णन करते हैं जहाँ पर वस्तुएँ वस्तु रहती हैं और आदमी अपनी आदमियत की सत्ता को, अपने होने की स्वतन्त्र परिकल्पना को बनाये रखता है।

यदि आदमी अपनी स्वतन्त्रता का अर्थ समझता है और इस स्वतन्त्रता को प्रयुक्त करने की इच्छा प्रकट करता है, चाहे एक तरीक़े से यह उसके सन्ताप से ही प्रकट क्यों न हो, तब भी उसकी यह क्रिया एक खेल मानी जायेगी। जहाँ तक मैं समझती हूँ, सार्त्र यहाँ पर खेल को, वस्तुओं से खेलने की इच्छा को, एक लीला की तरह ही समझ रहे हैं। वस्तु-जगत है, चीज़ों का ढेर है, हम उन्हें भोगते भी हैं; किन्तु चीज़ें हमें नहीं भोग सकतीं। वे हम पर इतनी प्रभावी नहीं हो सकतीं कि हमारे 'स्व' का विसर्जन हो जाये और हम ख़ुद वस्तुओं के ढेर में महज़ एक वस्तु बनकर रह जायें। चीज़ों के भोग को सार्त्र यहाँ पर एक आनन्दमय दृष्टिकोण से लेते हैं और उस बुर्जुवा संस्कृति का खण्डन करते हैं, जो चीज़ों की पकड़ पर उन्हें अपने पास बनाये रखने में अपने जीवन का सारा सुख-चैन ख़त्म कर देती है। सार्त्र के अनुसार बुर्जुवा कुछ-न-कुछ पकड़ रखना चाहता है। कभी वस्तु है, तो कभी दूसरे व्यक्ति पर शक्ति, यहाँ तक कि ज्ञान भी उसकी संग्रही-वृत्ति में संग्रह बनकर रह जाता है। वह उसे छोड़ नहीं पाता। सार्त्र कहते हैं कि ऐसा इसीलिए होता है कि व्यामोह में फँसी हुई चेतना व्यक्ति के ऊपर वस्तु को प्राथमिकता देने लगती है; लेकिन जैसे ही हम खेल का दृष्टिकोण अपनाते हैं, वहीं हम अपने व्यक्तित्व की शक्ति को समझ जाते हैं। हम बड़े ही हलके-फुलके तरीक़े से वस्तु तथा व्यक्ति के बीच का सम्बन्ध अनुभव करने लगते हैं। वस्तु-जगत में स्वयं का विसर्जन किये बगैर वस्तुएँ हमारे लिए सृजनात्मक आनन्द का स्रोत हो जाती हैं। खेलनेवाला व्यक्ति प्रामाणिक रूप से, वस्तुओं के बीच फिसलता रह सकता है और उन सम्बन्धों का आनन्द ले सकता है, जिन्हें यह वस्तु बनाती है।

कला और विज्ञान, सार्त्र के दृष्टिकोण में इसी प्रकार के विनियोजन की प्रक्रिया है। हालाँकि इतना स्वतन्त्र विनियोजन, खेलने की इतनी सुविधा उसी व्यक्ति को मिल सकती है, जो रोज़मर्रा की ज़िन्दगी में उत्पाद एवं उपभोग से ग्रसित न हो। अपने-आपको बचाये रखने के लिए, पैसा बचाने की बाध्यता उस पर न हो। यानी कला और विज्ञान एवं वस्तुओं से खेल उसी सामाजिक परिवेश में सम्भन्व है जहाँ पर अभाव न हो।

वस्तुओं से खेलने के दृष्टिकोण के विषय में जब सार्त्र 'बीइंग एंड नथिंगनेस' में लिखते हैं, उस समय उनका सामना आज की सामाजिक समस्या से नहीं हुआ था। खेल की उनकी अवधारणा उस जगत का वर्णन करती है, जहाँ पर व्यक्ति का 'स्व' से अलगाव नहीं हुआ है और वस्तुओं के लिए जड़ पूजा का भाव उस पर हावी नहीं हुआ है, लेकिन सार्त्र वस्तुओं से सम्बन्धित होने की एक व्यक्तिगत परिकल्पना रखते हैं, जो अपने-आप में प्रामाणिक रूप से स्वतन्त्र है। यहाँ पर वे सामाजिक जगत की चर्चा कम करते हैं।

तृतीय अध्याय

सार्त्र का यह सिद्धान्त कि आदमी अपना एवं अपने जगत का निर्माण स्वयं करता है, मार्क्सवाद के लिए काफ़ी बड़ा अनुदान है, क्योंकि यदि मानवीय वास्तविकता को हम स्वतन्त्रता के दृष्टिकोण से समझें, तब यह भी सोच लेते हैं कि अलगावित श्रम का महत्त्व ख़त्म हो सकता है तथा साम्यवाद की स्थापना हो सकती है। अन्त में जहाँ सार्त्र समाज का व्यक्ति पर प्रभाव घटाकर देखते हैं, वहीं कम-से-कम कुछ हद तक व्यक्ति के सत्तात्मक रूप को जगत से जोड़ने में सफल भी होते हैं। हालाँकि मार्क्सवाद तथा अस्तित्ववाद का वास्तविक मिलन दो शताब्दियों के कड़वे वाद-विवाद के बाद ही सम्भव हुआ। मार्क्सवाद और अस्तित्ववाद या दोनों ही विचारधाराएँ चिन्तन के ऊपर मानव जीवन की प्राथमिकता को स्थापित कर सकीं।

दोनों ही दार्शनिक विचार एवं कर्म की पारस्परिकता को स्वीकारते हैं। क्रिया-कलापों के जगत की जो अवधारणा (प्रैक्सिस) मार्क्स सामने रखते हैं, उसमें वह सिद्धान्त एवं कर्म का एकीकरण करना चाहते हैं। सार्त्र के लिए भी अस्तित्व एवं उससे जनित क्रियाएँ अन्तःसम्बन्धित हैं; किन्तु दोनों ही दार्शनिक 'हीगेलियन व्यक्ति' की स्वायत्तता का आदर्श नहीं स्वीकार पाते। मार्क्स व्यक्ति को उसके सामाजिक अनन्योन्याश्रित क्रियाओं में परिभाषित

करते हैं और सार्त्र दृष्टिपात यानी 'लुक' एवं दूसरे के लिए होने (बीइंग फॉर अदर्ज़) को चैतन्य का पहला आयाम मानते हैं।

दोनों ही दार्शनिक स्वतन्त्रता को एक घनात्मक आत्म उपलब्धि के रूप में परिभाषित करते हैं। वे उदारवाद या आदर्शवाद की तरह स्वतन्त्रता को न तो मानवीय 'स्व' पर नियन्त्रण का अभाव मानते हैं और न ही शुद्ध तर्कणा के अभ्यास का परिणाम। अन्त में दोनों ही दार्शनिक मार्क्स एवं सार्त्र वास्तव को एक द्वन्द्वात्मक समग्रता की तरह पेश करते हैं, जहाँ पर पूर्ण का प्रत्येक अंश भी आपस में सम्बन्धित है। व्यक्ति या समाज अथवा एक की प्राथमिकता दूसरे के ऊपर, दोनों दार्शनिकों की नज़रों में सापेक्षणीय है। जहाँ मार्क्स अर्थ तथा श्रम को प्राथमिकता देते हैं वही सार्त्र अभिप्रेत चेतना की बात करते हैं, लेकिन दोनों ही दार्शनिक विश्लेषणात्मक युक्ति को चिन्तन का एकमात्र तरीका नहीं मानते और न ही इस प्रकार के तर्क से वास्तव को टटोलने का प्रयास करते हैं। इसके बदले वे वास्तव की संरचना का एक द्वन्द्वात्मक वर्णन देते हैं। अतः हम देखते हैं कि मार्क्स एवं सार्त्र के मौलिक सिद्धान्तों में काफ़ी समानता है।

उपर्युक्त समानताओं के होते हुए भी 1944 के 'मैन्युस्क्रिप्ट्स' तथा 'बीइंग एंड नथिंगनेस' में गहरी प्रतिद्वन्द्विता एवं विरोध है। सार्त्र की स्वतन्त्रता की अवधारणा अपने-आप में काफ़ी व्यक्तिपरक है और वह मार्क्सवादी नैतिक सिद्धान्त के विपरीत जाती है। दूसरी ओर मार्क्स की अलगाव की अवधारणा काफ़ी वस्तुपरक है और इसमें वह अलगाव को वस्तुपरक अनुभव के अधीनस्थ कर देते हैं। 1940-50 के दौरान मानवीय दृष्टिकोणों के कारण दोनों दार्शनिकों में जो सादृश्य एवं बन्धुता नज़र आ रही थी, वे 50 के दशक के बाद दो विरोधी खेमों के रूप में अपना पैंतरा बदल खड़े हो गये।

सार्त्र का मार्क्सवाद से सम्बन्ध 'रेजिस्टैंस' के दौरान हुआ। नाज़ियों का विरोध करते हुए सार्त्र मार्क्सवादियों के सम्पर्क में आये और बहुधा उन्होंने अपना सार्त्रीय दृष्टिकोण सामने रखा। स्वाधीनता के पश्चात सार्त्र का लेखन साम्यवादी अख़बार 'एक्शन' में प्रकाशित होने लगा। सार्त्र ने यह चेष्टा की कि उनके विचार मार्क्सवाद से मेल खायें। उन्होंने दो बातों पर मुख्यतः ज़ोर दिया।

एक तो यह कि मार्क्सवाद की तरह अस्तित्ववाद भी मानवीय स्वतन्त्रता की चाह रखता है और अस्तित्ववादी व्यक्ति अपनी नियति का निर्माण करता है तथा इस बात को स्वीकार भी करता है। दूसरे मार्क्सवाद की तरह अस्तित्ववाद भी विचार के ऊपर कर्म की प्रधानता को स्वीकार करता है तथा विचार की परिकल्पना एवं प्रतिबद्धता कर्म के माध्यम से सम्भव है, इसे वह परिभाषित भी करता है। सार्त्र के दृष्टिकोण में अस्तित्ववाद सन्ताप एवं औदास्य का दर्शन नहीं, बल्कि यह एक ऐसा आशावादी दर्शन है जो कर्म के उस मानवीय दर्शन पर ज़ोर देता है, जहाँ संघर्ष है, चेष्टा है और है, मानवीय संगठन की क्षमता। आदमी अपने 'अकेले' अँधेरे जगत में घुटकर नहीं रह जाता, बल्कि एक ऐसे उर्वर सन्ताप (वर्टिल एंग्ज़ाइटी) को महसूस करता है, जो अपने-आप में महत् है, अपरिमित है और मानवीय स्थितियों से जूझ पड़ने की 'प्रॉमेथियन आस्था' लिए हुए है। अधिकृत फ्रांस में जो क्रान्तिकारी वातावरण बना, वही वास्तव में अस्तित्ववाद का जनक रहा है। यह कहना ग़लत होगा कि अस्तित्ववाद पेटी-बुर्जुवा-बुद्धिजीवियों का महज़ एक ख़याल है, किन्तु 1944 के अन्त तक आते-आते साम्यवादी बौद्धिक जन सार्त्र के लिए आश्चर्यजनक रूप से कड़वे आलोचक बन गये। 'रेजिस्टैंस' के दौरान बौद्धिक अभिजनों में जो एकात्म स्थापित हुआ था उसका अचानक विच्छेद हो गया। सार्त्र अब पूर्ण रूप से समाजवादियों की आलोचना का विषय बन गये। सार्त्र का लेखन, उनकी अस्तित्ववादी पत्रिका 'ले तौं मोदेर्न', उनकी जीवन-शैली, सिमोन द बोउआर के साथ उनके सम्बन्ध, कामू से उनकी दोस्ती और कमोबेश रूप से मार्लो पोन्ति भी, जिनके अन्य कई साम्यवादी मित्र थे, कम्युनिस्ट तीरन्दाज़ों का निशाना बने।

एक तरफ़ जहाँ सार्त्र 'एक्शन' में प्रकाशित होते हैं, वही दूसरी तरफ़ साथ ही साथ उनके लेखन पर तीखे प्रहार भी शुरू हो जाते हैं। साम्यवादियों का यह क्रूर बौद्धिक खेल सार्त्र को भीतर तक हिला गया। जैसे ही कम्युनिस्टों को पता चलता है कि सार्त्र ने उनके पक्ष में कहीं भी कुछ कहा है, वहीं वे तुरन्त आपसी समझौते की बात उनसे उठाते हैं, किन्तु दूसरी और अपनी पत्रिका 'एक्शन' में सार्त्र को वह बागी कहने से भी नहीं चूकते। इस समय के सार्त्र के पूरे मानसिक ऊहापोह का चित्रण सिमोन द बोउआर

की आत्मकथा के द्वितीय भाग 'द फोर्स ऑफ़ सर्कमस्टान्सेज़' में मिलता है। कम्युनिस्टों की चेष्टा 1944 के दौरान यही रही कि सार्त्र पार्टी के मेम्बर बन जायें। 1950 में सार्त्र स्वयं भी समझौते की चेष्टा करते हैं और कुछ हद तक अपनी स्वतन्त्र स्थिति बनाये रखते हुए उनके खेमें में ठहर पाते हैं।

इस दृष्टिकोण के पीछे कम्युनिस्ट पार्टी का एक राजनीतिक प्रयोजन भी था। सार्त्र के अनुसार, पार्टी का अपना अस्तित्व ख़तरे में पड़ रहा था। कम्युनिस्ट लोग लिबरेशन के बाद वामपन्थियों के राजनीतिक संगठन में लगे हुए थे और किसी भी प्रकार के संशयात्मक तत्त्व को उखाड़ फेंकने के लिए तत्पर थे। सार्त्र का अस्तित्ववाद जहाँ व्यक्ति-स्वतन्त्रता की बात करता है वहीं दूसरे अस्तित्ववादी लेखक कार्ल जास्पर्स और गैब्रिएल मार्सल धार्मिक आस्थाओं की बात भी कर रहे थे। कम्युनिस्टों का सबसे बड़ा आक्रोश जर्मन दार्शनिक हेडेगर पर था, जोकि नाज़ियों के साथी रहे। अतः सार्त्र के इन संगी-साथियों अर्थात् एक ही झुण्ड की चिड़ियों को कम्युनिस्ट अपने पेड़ पर नहीं बैठने देना चाहते थे। फ्रांस का जो युवा वर्ग सार्त्र का अनुगामी होता जा रहा था, वह भी कम्युनिस्टों को नहीं सुहाता था। मार्क्स, लेनिन या स्तालिन के लेखन को पढ़ने के बजाय राह चलते युवकों के हाथ में अस्तित्ववादी पुस्तकें चमकती थीं। उस पर भी तुर्रा यह था कि स्वयं साम्यवादी खेमे का नव बौद्धिक वर्ग सार्त्र के विचारों से प्रभावित होता जा रहा था और ख़ासकर उनकी प्रतिबद्धता की अवधारणा की चर्चा स्वयं कम्युनिस्ट खेमे में भी ज़ोरों पर थी।

हम यह कह सकते हैं कि अस्तित्ववाद ने मार्क्स के विचार और कर्म के सम्बन्धों की अवधारणा में जान फूँक दी थी। वे विचारों की क्रियान्वितता और वैयक्तिक गुणवत्ता की प्रतिबद्धता पर ज़ोर दे रहे थे। व्यक्तिगत अनुभवों के इस प्रकाशन ने अस्तित्ववादियों को, कम-से-कम उन साम्यवादियों के समकक्ष लाकर खड़ा कर दिया, जिन्होंने व्यक्तिगत प्रतिबद्धता के कारण ही 'रेजिस्टैन्स' के आन्दोलन में हिस्सा लिया था। चूँकि पार्टी के अपने ही बीच सार्त्र के लेखन द्वारा दरार पैदा होती जा रही थी, अतः सार्वजनिक रूप से उन पर गाली-गलौज करना अनिवार्य हो गया था। देसान्ति, एर्ताद, कुर्वे जैसे बुनियादी या रेडिकल नवयुवक यह

कहने लगे थे कि मार्क्सवाद और अस्तित्ववाद में संगति सम्भव है। ये नये साम्यवादी लेखक उसी बुर्जुवा पृष्ठभूमि से आये थे जिसमें से सार्त्र स्वयं निकलकर आये और सार्त्र की तरह इन बौद्धिकों ने भी किसी कल-कारखाने में काम नहीं किया था। इन लोगों ने भी उन्हीं शिक्षा संस्थानों में शिक्षा पायी थी जहाँ पर मार्क्स और नीत्शे तथा फ्रॉयड को बहुत कम पढ़ाया गया था, किन्तु, स्तालिन की राजनीति की वजह से पार्टी में जिस रूढ़िवादिता एवं सोपानीकरण का समावेश किया गया, उसके कारण मार्क्सवाद एवं अस्तित्ववाद का संयुक्तीकरण होकर अस्तित्ववादी मार्क्सवाद के अभ्युदय में समय लगा। अतः इन राजनीतिक दाँव-पेंचों की कुछ वजह प्रमुख फ्रेंच मार्क्सवादियों को भी सार्त्र के अस्तित्ववाद के ख़िलाफ़ 1945 से 1950 तक एक संयुक्त मोर्चा बनाये रखना पड़ा। कम्युनिस्टों ने 'बीइंग एंड नथिंगनेस' का विशद् विवेचन किया तथा यह आलोचना की कि उनका यह लेखन अप्रगतिशील एवं आदर्शवादी है। जहाँ सार्त्र के 'सर्कल' में यह पूरी चेष्टा की जा रही थी कि वे मार्क्सवाद को और गहराई से पढ़ें तथा दोनों विचारधाराओं का एक नया संश्लेषण प्रस्तुत करें, वहीं साम्यवादी लेखकीय खेमा अस्तित्ववाद को पूरी तरह उखाड़ फेंकने के लिए जुट गया।

ल फेब्र ने सार्त्र पर यह आरोप लगाया कि उनका अस्तित्ववाद एक प्रायोगिक दर्शन (एक्सपेरिमेंटल फ़िलासफ़ी) मात्र है। अस्तित्ववाद की जड़ें उस बुर्जुवा ज़मीन से निकलीं, जहाँ पर उच्च वर्ग के मानव-मूल्य सड़ चुके थे। यह एक ऐसी सड़ाँध थी, जिसे विष्ठा समझकर त्याग दिया जाना चाहिए था। उसके बदले ल फेब्र के शब्दों में, कुछेक बुर्जुवा सितारों (टाइनी ग्रुप ऑफ़ स्टाज़्) ने अपने-अपने निजी अस्तित्व को लेकर बिला वजह इतना हो-हल्ला मचाया। उस पर भी मज़ा यह कि फ़ैशनेबल साहित्यिक दार्शनिकों का यह 'फैड' भी मौलिक नहीं था। ल फेब्र यहाँ सार्त्र के अस्तित्ववाद को विभक्त मनस्क चेतना यानी 'स्कीजोफ्रेनिया' की मनोव्याधि का नाम देते हैं। वे कहते हैं कि इस चेतना का जगत विलगाव पर आधारित है। यह अमूर्त संस्कृति की बात करती है। यह ज़िन्दगी और उसके सच से दूर हवालात में क़ैद रहती है। इसके अतिरिक्त यह सामान्य एवं उदासीन परिस्थिति पर जीनेवाले लोगों का दर्शन मात्र है।

ल फेब्र इस स्थिति से छिपकर अपने-आपको एक सच्चा मार्क्सवादी मानते हैं। वे अपने समकालीन फ्रेंच मार्क्सवादी, जैसे जॉर्ज पोलित्सर, नॉर्बर्ट गटरमान एवं पॉल निज़ा जैसे कई मार्क्सवादियों का नाम लेते हैं, जो संघर्ष में बड़े हुए, जिन्होंने व्यवस्था के ख़िलाफ़ विद्रोह किया और जिनके पास ज़िन्दगी जीने की ऐसी ज़िद थी, जिसमें वे बौद्धिकी परम्परा को उखाड़ फेंकने के लिए पूरी तरह कटिबद्ध रहे।

सार्त्र के जादुई करिश्मे की उद्‌बोधक तस्वीर ल फेब्र इस प्रकार रखते हैं, "सार्त्र तो सारी जटिलताओं को एक सहज जादुई तरीक़े से सपाटबयानी में व्यक्त करने बैठ जाते हैं। यह उनकी 'न्यूरॉटिक' एवं अपरिपक्व बौद्धिकता का परिचायक है। सार्त्र के दर्शन की कहानी जादुई है और तत्त्व-मीमांसा एक विष्ठा।" (इट इज़ द मैजिक एंड मेटाफ़िज़िक्स ऑफ़ शिट)

यहाँ तक कि रोज़ा गरोदि अपनी पुस्तक 'अस्तित्ववाद' में लिखते हैं कि प्रत्येक वर्ग का एक अपना साहित्य होता है। उच्च बुर्जुवा वर्ग या तो हेनरी मिलर के अश्लील एवं भद्दे साहित्य में रुचि रख सकता है या फिर सार्त्र के अस्तित्ववाद में, जोकि अपने-आप में एक बौद्धिक व्यभिचार (इंटेलेक्चुअल फॉर्निकेशन) है। गरोदि की पुस्तक का नाम है, 'लिटरेचर ऑफ़ द ग्रेवयार्ड।'[1]

कम्युनिस्ट बौद्धिकों के और नये आरोप देखिए, उन लोगों के अनुसार सार्त्र समाज की व्याधि तो समझते हैं, वे ऊब, सन्ताप, मोहासक्ति, संहार की ज़रूरत आदि वर्णनाओं से उसे प्रकट भी करते हैं, किन्तु इन व्याधियों का अत्यधिक वर्णन एक प्रकार की आत्मरति है। सत्य की खोज में सार्त्र का अन्वेषी लेखन अन्त में एक बीमार आत्मरतिग्रस्त चेतना को ही प्रस्थापित कर पाता है जो कि कैसा भी क्रान्तिकारी परिवर्तन कर सकने के लिए पंगु है।

सार्त्र को बदनाम करने में कम्युनिस्टों ने कोई भी कसर बाक़ी नहीं रखी। उनके लिए गन्दी से गन्दी गालियों का प्रयोग किया गया, ताकि प्रगतिशील

1. ट्रान्सलेशन, जे. बर्नस्टाइन, न्यूयॉर्क से 1948 में प्रकाशित।

युवा चिन्तकों के सामने उनकी भद्दी तस्वीर ही उभरे। कारण साफ़ था। सार्त्र बौद्धिकों में 'रेजिस्टैंस' आन्दोलन के सेनानी होते जा रहे थे।

इस लम्बी आलोचना को यहाँ लिखने का यही उद्देश्य है कि सार्त्र का प्रस्थान-बिन्दु चाहे मार्क्स से हो, किन्तु अन्त में दोनों की विचारधारा एक ही पड़ाव पर आकर रुकती है और वह है, आदमी का आदमी से सम्बन्ध। जहाँ मार्क्सवाद ने आदमी के बाह्य जगत की गहरी विवेचना की वहीं अस्तित्ववादी ने आदमी के आभ्यन्तर प्रदेश की पूरी समीक्षा प्रस्तुत करने की चेष्टा की। मार्क्सवाद का उद्देश्य चाहे प्रारम्भ में आदमी ही रहा हो; लेकिन यह दफ़्तरशाही मार्क्सवाद में आदमी को एक गुमशुदा तलाश बनाकर रख देता है। वहीं सार्त्र अपने लेखन में बड़े ही नाटकीय तरीक़े से आदमी के जीवन में होनेवाले द्वन्द्वों एवं विरोधाभासों का चित्रण करने में पूरी तरह सफल होते हैं। यह चित्रण इतिहास के क्रमिक विकास के साथ इतना सटीक उतर रहा था कि इसे केवल बुर्जुवा लोगों का आध्यात्मिक संकट नहीं कहा जा सकता था। आम आदमी की चर्चा करने हेतु मार्क्सवाद के लिए यह ज़रूरी हो रहा था कि वह चेतना के सिद्धान्त को नये सिरे से रखे। स्तालिन का मार्क्सवाद अब उस तालाब में आकर ठहर गया, जिसमें नयी क्रान्ति की कोई लहर नहीं उठ रही थी। ज़रूरत थी एक क्रान्तिकारी वर्ग की, जो समाज की दिशा को नयी अर्थवत्ता प्रदान कर सके। सचेत और सजग होने के लिए आवाज़ में वह बुलन्दी चाहिए थी, जो दफ़्तरशाही मार्क्सवाद के पास नदारद थी। अपने ही तर्कों के जाल में उभरे हुए मार्क्सवादी क्रान्तिकारी व्यक्ति की बात करने में सर्वथा असमर्थ थे।

सर्वहारा की चेतना की जो बातें उठ रही थीं अस्तित्ववादी उनका अध्ययन कर रहे थे। मुक्ति के दौरान आदमी की चेतना कैसे बदलती है, (ऐतिहासिक विकास का मानवीय चेहरा) इसके बारे में सार्त्र के पास गहरा अध्ययन होते हुए भी कम्युनिस्ट जगत उनसे हाथ मिलाने को तैयार नहीं था। सैद्धान्तिक और व्यावहारिक जगत की संरचना की आधारशिला और वैचारिक जगत का जो चिन्तन आदमी करता है, सार्त्र उसी की बात कर रहे थे। सार्त्र का कथन था कि आदमी अपना निर्माण करते हुए, वस्तुजगत का निर्माण करता है और इस निर्माण के लिए उसका स्वतन्त्र होना ज़रूरी है।

साम्यवादी लेखक लूकाच कहते हैं, "तीसरा रास्ता हो ही नहीं सकता या तो द्वन्द्वात्मक भौतिकवाद है या फिर आदर्शवाद का अमूर्त खेल, जो ज़िन्दगी की ठोस ज़रूरतों को पूरा नहीं कर सकता। यह बुर्जुवा आदर्शवाद केवल शान्ति के समय पनप सकता है; पर संघर्ष एवं क्रान्ति के दौरान बिल्कुल नहीं टिक सकता। अतः अस्तित्ववाद इतिहास का कूड़ाघर मात्र बनकर रह गया है।"

सार्त्र इतिहास एवं ऐतिहासिक परिवर्तनों की अनिवार्यता को सामाजिक तथा व्यक्तिगत दोनों ही स्तरों पर नकारते हैं। अतीत से अलग रहकर आदमी जो चुनाव करता है, वह व्यक्ति से समाज के वास्तविक सम्बन्ध को नकारता है। सार्त्र जगत को उन वस्तुपरक-सम्बन्धों से अलग करके देखते हैं, जो मानवीय हैं और मानवीय सम्बन्धों से केवल अलगावित व्यक्तियों के सम्बन्धस्वरूप ही समझते हैं। अतः इस प्रकार इस पर आधारित स्वतन्त्रता का नियतिवाद और यान्त्रिक ख़याल सही अर्थ खो देता है। प्रामाणिकता की खोज में सार्त्र को, व्यक्तिगत चेतना का, चेतना से इतर की वास्तविकता में, समाज में और इतिहास में विसर्जन करना पड़ता है। सामाजिक सम्बन्धों की अन्तर्वैयक्तिकता और समाज की बाह्य संरचना दोनों का ही विवेचन करने में सार्त्र असमर्थ रहे हैं। बड़े ही विरोधाभासी रूप में सार्त्र की निरपेक्ष स्वतन्त्रता की अवधारणा एक सीमित स्वतन्त्रता बनकर रह जाती है, क्योंकि सार्त्रीय व्यक्ति के पास वह स्वतन्त्रता उपलब्ध नहीं थी, जिससे वह दूसरों को प्रभावित कर सके, एक उदार सामाजिक जगत का निर्माण कर सके और इतिहास को स्वतन्त्र आकार प्रदान कर सके।

किन्तु इसके विपरीत 1945 में सार्त्र, लूकाच की आलोचना पर बहुत क्षुब्ध हुए और इसीलिए 1948 में उन्होंने अपना पहला वक्तव्य 'अस्तित्ववाद ही मानववाद है' प्रस्तुत किया। 1946 में उनका दूसरा अभिलेख 'भौतिकवाद एवं क्रान्ति' उनकी पत्रिका 'ले तौं मोदार्न' में प्रकाशित हुआ। इन अभिलेखों में सार्त्र ने न केवल अस्तित्ववाद के ही मानववाद होने का दावा किया, उन्होंने कम्युनिस्ट फ्रेंच पार्टी के विरुद्ध यह प्रचार भी किया कि वह एक अमानवीय भौतिकवाद को प्रश्रय दे रही है और मानव-मुक्ति का समाज-दर्शन अस्तित्ववाद ही हो सकता है। सार्त्र यह दावा करते हैं कि

क्रान्तिकारी सिद्धान्त में व्यक्ति-स्वातन्त्र्य का तत्त्व रहना अत्यधिक ज़रूरी है। सार्त्र लिखते हैं :

"अस्तित्ववाद की मौलिक धारणा यह है कि आदमी कठिन से कठिन परिस्थिति में भी, अत्यधिक त्रासद परिस्थितियों के बावजूद स्वतन्त्र है। आदमी कभी शक्तिहीन नहीं होता, सिवाय उस समय के, जबकि उसे उसका शक्तिहीन होना समझाया जाता है। आदमी की सबसे बड़ी ज़िम्मेदारी यह है कि वह चुनाव करने का निर्णय ले, क्योंकि वह 'वही' बन सकता है, जो वह बनना चाहता है।"

1945 के बहुचर्चित वक्तव्य में सार्त्र ने मार्क्सवाद और कैथोलिक दोनों ही विचारधाराओं पर प्रहार करते हुए कहा कि 'अस्तित्ववाद आदमी के अधिक निकट है।' मार्क्सवाद ने उन पर आरोप लगाया कि 'बीइंग एंड नथिंगनेस' में व्यक्ति के दूसरे व्यक्ति से तथा समाज एवं इतिहास से सम्बन्ध की व्याख्या करने में सार्त्र असफल रहे हैं। इसके प्रत्युत्तर में सार्त्र अहंवाद में पीछे लौटकर ही प्रश्रय ले पाते हैं क्योंकि सार्त्र के अनुसार, "मैं अपनी व्यक्तिगत स्वतन्त्रता तभी ख़तरे में डालूँगा, जब उस पार्टी या ग्रुप पर मेरा नियन्त्रण हो।"

सार्त्र उन लोगों पर निर्भर नहीं रह सके, जिन्हें वे नहीं जानते थे। 'रेजिस्टैंस' आन्दोलन तथा नाज़ी कैम्प में रहने के बाद सार्त्र की व्यक्ति चेतना परमाणुवीय ही थी और दूसरे वे निर्भरता को ह्रास समझते थे। अतः सार्त्र मानव स्थिति (सिचुएशन) की अवधारणा की आलोचना द्वारा कम्युनिस्टों का वज़न हलका कर रहे थे। सार्त्रीय अस्तित्ववादी व्यक्ति, जगत में रहते हुए भी एक निम्न बुर्जुवा वृत्ति का शिकार था। वह किसी कॉमरेडी एकात्मकता एवं परस्पर निर्भरता की सहयोगी भावना को समझने में असमर्थ था। कम्युनिस्ट पार्टी सार्त्र से उनकी बौद्धिक स्वतन्त्रता को ही छीनना चाह रही थी। हालाँकि सार्त्र इस बात पर निरन्तर ज़ोर दे रहे थे कि विचार संघात के दौरान ही पैदा होते हैं और हमारा जीवन प्रतिबद्धता की माँग करता है।

सार्त्र एक बड़ी ही जोख़िम-भरी ढीली रस्सी कम्युनिस्टों के सामने यह कहकर फेंक देते हैं, *अपने-आपको प्रतिबद्ध करते हुए मैं सारी मानवता को प्रतिबद्ध करता हूँ।* लेकिन प्रतिबद्धता तो नाजियों एवं मार्क्सवादियों दोनों

की ही थी। अतएव यह प्रश्न उठना स्वाभाविक ही है कि किस प्रकार की प्रतिबद्धता और किन गुणों पर आधारित प्रतिबद्धता? कम्युनिस्टों को बात करने का सार्त्र ने एक और लम्बा मौक़ा दिया। प्रतिबद्धता की बात करते हुए सार्त्र पुनः दोहराते हैं कि "यह एक प्रकार की स्वतन्त्र प्रतिबद्धता होगी, जिसके द्वारा व्यक्ति स्वयं के बोध द्वारा पूरी मानवता का बोध हासिल कर सकेगा।" फिर कहते हैं कि हम प्रागनुभविक (ए प्रायोरी) रूप से यह नहीं कह सकते कि क्या किया जाना चाहिए। ऐसा वाक्य पाठकों को फिर उलझन और दिशा भ्रम में डाल देता है। जहाँ कम्युनिस्ट पार्टी अपने श्रमिकों का संगठन करने में व्यस्त थी, जहाँ क्रान्ति की व्यस्त परिकल्पना की जा रही थी तथा सामाजिक पुनर्निर्माण का दावा किया जा रहा था, वहीं सार्त्र के पास संगठन एवं सशक्त राजनीति का अभाव होने की वजह से वे बौद्धिक जगत में एक आहत मानवीय पुकार मात्र बनकर रह गये। ज्याँ कनापा ने सार्त्र को 'कॉफ़ी हाउस का क्रान्तिकारी' (कैफ़े रिवोल्यूशनरी) जैसा नाम तक दे डाला।

1946 में 'भौतिकवाद एवं क्रान्ति' अभिलेख द्वारा सार्त्र पुनः पैंतरा बदलते हैं और अब बजाय आत्म-रक्षा की नीति के वे आक्रामक हो उठते हैं। पहले वे स्तालिन की दार्शनिक त्रुटियों की व्याख्या करते हैं और बाद में दर्शन की उन अवधारणाओं की पुनः प्रस्थापना करना चाहते हैं, जो उनके स्वयं के अस्तित्ववाद की तरह मानवीय समाज का जनक बन सकें। मार्क्सवाद को वे स्तालिन का दर्शन कहते हैं। सार्त्र कहते हैं कि दर्शन के दृष्टिकोण से भौतिकवाद आदमी की वैयक्तिकता को छीन लेता है तथा प्रकृति एवं मानवीय जगत को एकल वस्तु-जगत में परिणत करता है। सार्त्र कहते हैं कि 'हेतु' एवं तत्त्व-मीमांसा की दृष्टि से भौतिकवाद चैतन्य से अधिक पदार्थ को प्राथमिकता देता है और इतिहास में आदमी के नियतिवादी दृष्टिकोण का समर्थन करता है। तत्त्व-मीमांसीय सिद्धान्त एवं अन्य प्रत्यक्षवादी भौतिक सिद्धान्तों द्वारा मार्क्सवादी प्रकृति की द्वन्द्व त्मकता का झूठा वर्णन देते है और जड़ प्रकृति के नियमों को मानवीय वास्तविकता पर आरोपित करते हैं। भौतिकवाद अन्त में उतना ही रूढ़िग्रस्त दार्शनिक दृष्टिकोण हो जाता है जितना कि एक सरल आदर्शवाद (नेइव आइडियालिज़्म) का अपना निरपेक्ष-सत्य रूढ़िग्रस्त होता है।

बड़े सूक्ष्म तरीक़े से सार्त्र स्टालिनिस्ट तर्क-प्रणाली का दुष्चक्र व्याख्यायित करते हैं। भौतिकवाद के मानवीय दृष्टिकोण का व्यामोह सार्त्र इस प्रकार प्रस्तुत करते हैं :

"मैं इसे उन लोगों की व्यक्तिपरकता कहूँगा, जो अपनी व्यक्तिपरकता से लज्जित हैं।"

भौतिकवादी वे दार्शनिक हैं, जो एक व्यक्ति से यह आशा करते हैं कि वह अपने सोच एवं चिन्तन को ही ख़त्म कर दे; लेकिन जब व्यक्ति सोच नहीं सकता तथा उसका चिन्तन वस्तु-जगत से ही नियन्त्रित होता रहता है तब साम्यवादियों की विचारधारा को भी वह अपनी किस सोच और समझ से ग्रहण करेगा? सार्त्र की यह विचारधारा कम-से-कम उन दफ़्तरशाही कम्युनिस्ट बुद्धिजीवियों पर ज़रूर लागू होती है, जो कम-से-कम सामाजिक क्रान्ति में व्यक्ति-स्वातन्त्र्य की नियामक भूमिका को कोई स्थान नहीं देना चाहते।

भौतिकवाद का अपना आकर्षण सार्त्र के लिए था और उसकी मुक्तिदायी शक्ति को वे नकारते नहीं। सार्त्र कहते हैं :

"मैं जानता हूँ कि आदमी की आख़िरी मुक्ति सर्वहारा की मुक्ति में निहित है। परिस्थितियों के मुआवज़े से बिना भौतिकवादी हुए भी मेरे सामने यह बात स्पष्ट है। मैं यह भी जानता हूँ कि हमारा बौद्धिक स्वार्थ सर्वहारा के साथ बँधा हुआ है; किन्तु क्या इससे मैं अपनी उसी चिन्तनशक्ति को नकार दूँ, जिसके द्वारा मैं सोच के इस बिन्दु पर पहुचा हूँ? क्या इसीलिए मैं विरोधाभासों में सोचने लगूँ और एक स्वच्छ चेतना को धूमिल कर दूँ? क्या इसीलिए मैं 'अन्धी श्रद्धा' को स्वीकारने लगूँ?"

उपर्युक्त विचार को सार्त्र दो दशकों तक सँजोये रहे। उनकी नज़र में साम्यवादी दर्शन हास्यास्पद है, किन्तु साम्यवादी राजनीति प्रगतिशील है। हालाँकि इन आधारों को स्वीकार नहीं किया जा सकता, किन्तु निष्कर्ष हमारे सामने है, 'कम्युनिस्ट पार्टी के सार्त्र अस्तित्ववाद को स्वीकार करे।' सार्त्र कम्युनिस्ट पार्टी के साथ मिलने-बिछड़ने की चाह में बड़े लम्बे समय तक एक मानसिक द्वन्द्व के शिकार रहे हैं।

'भौतिकवाद एवं क्रान्ति' के दूसरे अंश में सार्त्र ने व्यक्तिपरकता की प्रमुखता स्वीकार की थी, हम उस पार्टी या व्यक्ति को क्रान्तिकारी कहेंगे, जो अपनी क्रियाओं द्वारा क्रान्ति की तैयारी करता है। व्यक्ति अपनी स्थिति में स्वतन्त्र है और कोई भी व्यक्ति क्रान्तिकारी हो सकता है। यहाँ तक कि एंगेल्स जैसा पूँजीवादी भी। सार्त्र अब स्थितियों की विशेषता की व्याख्या करने के लिए अधिक प्रस्तुत थे, अन्य मार्क्सवादियों की तरह। समाज दो वर्गों में विभाजित था, पूँजीवाद और सर्वहारा। बुर्जुवाओं द्वारा सर्वहारा शोषित हो रहा था और इसके ख़िलाफ़ क्रान्ति की ज़रूरत थी, किन्तु 1943 में लिखी गयी अपनी स्वतन्त्रता की अवधारणा से सार्त्र एक इंच भी पीछे नहीं हटे थे। सार्त्र के कथनानुसार :

"अपनी स्थितियों से उठकर उनका पूरा मुआवज़ा करने में, जब हम सक्षम होते हैं तब इसी स्वतन्त्रता का नाम दिया जाता है। कोई भी भौतिकवाद इस क्षमता की व्याख्या नहीं कर सकता।"

सार्त्र यहाँ पर व्यक्ति की अतिक्रमण की क्षमता पर ज़ोर देते हैं, क्योंकि यही वह क्षमता है, जिसके द्वारा प्रत्येक आदमी अपनी तकदीर से प्रश्न पूछ सकता है और अपनी मानवीय स्थितियों की पूरी व्याख्या चाह सकता है। आदमी जब क्रान्ति की तैयारी करता है, तो उसकी यह अभिप्रेरणा उस सुदूर भविष्य की ओर होती है, जिसकी सम्भावना पर एक स्वतन्त्र व्यक्ति की हैसियत से वह सोच सकता है।

सार्त्र जिस मार्क्स की तस्वीर यहाँ खींचते हैं या जिस मार्क्स के साथ तादात्म्य बोध करते हैं, वह वास्तव में साम्यवादी रूस का मार्क्स नहीं था और न ही यह एंगेल्स के द्वारा तैयार 'चौखटे में फिट' होता हुआ मार्क्स था। सार्त्र शायद यहाँ युवा मार्क्स के उन अभिलेखों से ज़्यादा प्रभावित दिखाई पड़ते हैं, जिनमें मार्क्स मानवीय अलगाव की बात एवं उस पर व्यवस्था के विरोध में बात उठाता है :

"मार्क्स का तर्क यह है कि अपनी अलगावित परिस्थितियों से मज़दूर के छुटकारे में पूरी मानवता की मुक्ति शामिल है, क्योंकि सम्पूर्ण मानव दासता उत्पादन से मज़दूर के रिश्ते से जुड़ी हुई है और दासता की सभी क़िस्में केवल इस सम्बन्ध का संशोधित रूप अर्थात् परिणाम मात्र हैं।"

1948 के बाद सार्त्र स्वयं ही इस प्रश्न पर चुप से हो गये थे। कारण यह था कि शीत युद्ध का प्रारम्भ हो चुका था और साम्यवाद के ख़िलाफ़ कुछ भी कहना पूँजावादी खेमे के पक्ष में व्यवहृत हो जाता। राजनीतिक परिस्थितियों की अनिवार्यता को देखते हुए सार्त्र कहते हैं कि क्रान्तिकारी दर्शन के लिए यह ज़रूरी हो जाता है कि वह स्वतन्त्रता की बहुलता स्वीकार करे तथा यह दिखाये कि कैसे एक व्यक्ति दूसरे के लिए वस्तु होते हुए भी अपनी स्वतन्त्रता हासिल कर सकता है। वस्तुपरकता एवं केवल स्वतन्त्रता की यह दुहरी विशेषता किसी भी प्रकार के दमन पर नहीं, बल्कि स्वतन्त्रता पर ही आधारित हो सकती थी। हम किसी स्वतन्त्र व्यक्ति को उसी समय तक दमित कर सकते हैं, जब तक वह स्वयं इस दमन को स्वीकार करे।

1947 में सार्त्र की लेखकीय स्थिति बहुत सरल नहीं थी। सार्त्र के सामने समस्या थी कि उनका लेखन पूँजीपति वर्ग अपने स्वार्थ में प्रयुक्त न कर पाये, किन्तु साथ ही वे जिस सर्वहारा की बात कर रहे थे वह पूरी तरह से साम्यवादियों की गिरफ़्त में था। उस सर्वहारा के पास साम्यवादी लेखन तो पहुँच रहा था, क्योंकि साम्यवादियों के पास अपनी एक राजनीतिक व्यवस्था थी, लेकिन दूसरी ओर सार्त्र के पास केवल उनकी अपनी क़लम का ज़ोर था। इस प्रकार, सार्त्र का दोनों ही खेमों को अपनी बात समझाना ज़रूरी था, सही रूप से एवं निष्पक्ष रूप से।

सार्त्र कहते हैं, "संक्षेप में हमें लेखकीय स्तर पर यह युद्ध जारी रखना होगा कि हम व्यक्ति स्वतन्त्रता एवं सामाजिक क्रान्ति, दोनों की ही बात एक साथ कर सकें। ऐसा कहा जाता है कि इन दोनों अवधारणाओं का समझौता सम्भव नहीं। यह हमारा काम है कि अथक रूप से हम यह दिखा सकें कि दूसरी अवधारणा पहली में अन्तर्निहित है।"

सार्त्र जब यह लिख रहे थे, वे उनकी प्रसिद्धि के दिन थे। सार्त्र, जिन्हें उस समय के यूरोप में सबसे अधिक पढ़ा जा रहा था, जिन पर सबसे अधिक लिखा जा रहा था यानी साहित्य जगत का सबसे चमकता हुआ सितारा सार्त्र थे, किन्तु, अपनी प्रसिद्धि के साथ सार्त्र को अपनी सीमा भी समझ में आ रही थी। कैसे इन दो विरोधी खेमों को एकीकृत करें कि उनका पाठक वर्ग सम्मिलित होकर क्रान्ति एवं परिवर्तन करने में सक्षम हो सके।

सार्त्र जहाँ बुर्जुवा वर्ग से क्रान्ति की माँग कर रहे थे, वहीं प्रश्न उठ रहा था कि कैसी क्रान्ति? क्या स्तालिन के रूस की जैसी क्रान्ति? सार्त्र के पास कौन-सा संगठन है? कौन-से लोग उनके लिए काम करेंगे? ऐसे कई प्रश्न उठे, जिनका प्रत्युत्तर केवल मौन था। सार्त्र स्वयं में एक अलगावी बुर्जुवा लेखक की हैसियत से क्रान्तिकारी नेता की भूमिका को अपनाते जा रहे थे।

कम्युनिस्ट पार्टी को नकारते हुए 1948 में सार्त्र राजनीति के जगत में प्रवेश करते हैं और 'आर॰ डी॰ आर॰'[1] के संस्थापक सदस्य बने। शीत-युद्ध के समय जबकि फ्रांसीसी सरकार से कम्युनिस्टों का निष्कासन हुआ, उस समय 'आर॰ डी॰ आर॰' जनतन्त्र के नाम पर अप्रतिबद्ध मध्यमवर्गीय वामपन्थियों को एवं अधिक से अधिक संख्या में श्रमिकों को संगठित करने में सफल हुई। 'आर॰ डी॰ आर॰' स्तालिन की विरोधी थी और शान्ति की संस्थापना करना चाहती थी। 'आर॰ डी॰ आर॰' का उद्देश्य था कम्युनिस्ट पार्टी में दफ़्तरशाही का अन्त हो तथा क्रान्तिकारी संकल्प एवं शक्ति की पुनःस्थापना हो। यानी 'आर॰ डी॰ आर॰' शीतयुद्ध में रत दोनों ही खेमों का विरोधी एक तीसरा रास्ता अपनाना चाह रही थी। सार्त्र चाहते थे तटस्थता की नीति अपनाई जाये, ताकि फ्रांस की राजनीति यूरोपीय महाशक्तियों की 'सेटेलाइट' मात्र बनकर न रह जाये। अतः 'आर॰ डी॰ आर॰' कुछ समय के लिए कम-से-कम सार्त्र को कम्युनिस्ट पार्टी के चंगुल से बचाकर एक राजनीतिक स्थिति सँवारने में सफल होती है। सार्त्र का उद्देश्य था कि उनके संगठन में कुछ ऐसे छोटे-छोटे समूह रहेंगे, जो राजनीति में अपना निर्णय स्वयं लेंगे। जहाँ प्रत्येक व्यक्ति को निर्णायक क्षमता दी जायेगी।

'आर. डी. आर.' श्रमिकों में नेतृत्व की क्षमता का विकास करेगी और इस तरह इतिहास में स्वतन्त्र व्यक्तियों को स्थान मिलेगा। अपने आप में यह एक सही मार्क्सवादी संगठन होगा, क्योंकि सार्त्र की सबसे बड़ी ज़रूरत थी एक असाम्यवादी वामपन्थ की स्थापना, जो कम-से-कम इतिहास में अस्तित्ववादी व्यक्ति को पुनःस्थापित कर सके। उसके माध्यम से ही सार्त्र की स्वतन्त्रता की अवधारणा भी सही सामाजिक ज़रूरत की तरह स्थापित हो सके।

1. फ्रांस की गणतान्त्रिक क्रान्तिकारी पार्टी।

बिना इतिहास को स्वीकार किये सार्त्र वास्तविक सामाजिक जगत की स्थितियों का वर्णन करने में सर्वथा असमर्थ थे।

कम्युनिस्ट पार्टी की अपनी कमज़ोरियों एवं विरोधाभास, नेतृत्व का दोहरा मापदण्ड, साम्यवाद के नाम पर चढ़ाये गये 'स्तालिन मुखौटे' पश्चिमी पूँजीवादी समाज को बड़ी अच्छी तरह समझ में आने लगे थे। 1938 से 39 का 'मास्को ट्रायल' 1940 तक आते-आते सोवियत लेबर कैम्प, 1950 में कोरिया का युद्ध तथा अन्त में 1956 में सोवियत रूस का हंगरी पर आक्रमण इतिहास की ये सारी घटनाएँ इस बात को बखूबी स्थापित करती जा रही थीं कि क्रान्ति की भावनाओं से विश्वासघात किया गया। या कम-से-कम सोवियत संघ अकेला ही क्रान्ति का वाहक नहीं बन सकता। सार्त्र के सामने दो ही रास्ते थे, कम्युनिस्ट पार्टी के सिद्धान्तों में सुधार और या फिर अपने लेखकीय अलगाव की स्वीकृति। 'आर॰ डी॰ आर॰' कुछ समय के लिए यानी 1948-49 तक सार्त्र के लिए, अपने मतों को सही रूप से प्रस्तुत करने की दिशा में एक सशक्त मंच बना। सार्त्र ने मार्क्सवाद एवं अस्तित्ववाद का संश्लेषण कर उसे एक जीवित राजनीतिक गतिशीलता प्रदान की। कम-से-कम अब वे कह सकते थे कि व्यक्ति एवं समाज के पुराने द्वन्द्व का समाधान हो चुका था।

सार्त्र पुनः लिखते हैं :

"जैसा कि मार्क्स ने कहा था कि आदमी अलगाव की अवस्था में है, क्योंकि उसके पास उसकी अपनी नियति, उसकी अपनी ज़िन्दगी एवं उसका कर्म तथा विचार, इनमें से कुछ भी, स्वयं उसके द्वारा सीधे रूप में निहित नहीं होते। बुर्जुवा समाज, आदर्शवादिता के नाम पर प्रत्येक मानवीय परियोजना को वैचारिक स्तर पर 'रहस्यमय मिथक' बनाकर रख देता है और सामाजिक स्तर पर प्रत्येक प्रकार के शोषण को, जो आदमी को अलगावित करता है, 'रहस्यमय' ही बनाये रखता है।

अतः 'आर॰ डी॰ आर॰' का उद्देश्य मार्क्स के मानवीय स्वरूप को पुनः प्रस्थापित करता है। वह आदमी की उस क्षमता को स्वीकार करता है, जो अपना इतिहास स्वयं बनाने का दावा रखती हो। अतः इतिहास की स्वीकृति मिलते ही अस्तित्ववाद और मार्क्सवाद काफ़ी क़रीब आ जाते हैं।

जहाँ मार्क्सवाद के इतिहास में व्यक्ति की भूमिका पहचाननी पड़ती है, वहीं अन्त में अस्तित्ववाद उन सही स्थितियों को पा जाता है, जिनमें रहकर व्यक्ति को वरण की स्वतन्त्रता मिल सके। सार्त्र के अनुसार 'आर॰ डी॰ आर॰' को उस झूठी बुर्जुवाजी व्यवस्था का अन्त करना है, जिसमें रहकर श्रमिक बुर्जुवाजी सिद्धान्तों का आभ्यन्तरीकरण कर लेता है।

पूँजीवाद की संस्कृति और खुले रूप से पूँजीवाद की शिक्षा को नयी क्रान्तिकारी संस्कृति से जीतना होगा।

किन्तु एक गहरे अवसाद के साथ सार्त्र ने अपने सपनों को टूटते हुए देखा। उन पर कम्युनिस्टों की आलोचना की भारी बौछार पड़ी। सदस्य संख्या में वृद्धि बहुत कम हो रही थी और 'आर॰ डी॰ आर॰' का नेतृत्व तटस्थ रहकर साम्यवाद विरोधी होता जा रहा था। सार्त्र स्वयं चुप होते जा रहे थे और अपनी राजनीतिक अनुभवहीनता के कारण अपनी असफलता से दुखी। बड़े कड़वेपन से सार्त्र ने शिकायत भी की कि पश्चिमी खेमे में कुछ लेखक उन्हें साम्यवाद विरोधी उद्देश्यों में व्यवहृत करने का प्रयास कर रहे हैं। जहाँ तक 'आर॰ डी॰ आर॰' की असफलता का सवाल है, उसका कारण सार्त्र की राजनीतिक अनुभवहीनता या नेतृत्व की असफलता नहीं थी, बल्कि ऐतिहासिक रूप से यदि देखा जाये तो अस्तित्ववादी मार्क्सवाद की राजनीति को पनपने के लिए एक 'ज़्यादा तकनीकी समाज' की ज़रूरत थी। एक ऐसे सर्वहारा वर्ग की ज़रूरत थी, जो अपने अलगाव के प्रति सचेत हो और अपने अलगाव को न केवल भौतिक, अपितु अन्य स्तरों पर भी समझ पाये। फ्रांस की सामाजिक, आर्थिक एवं राजनीतिक स्थिति 'आर॰ डी॰ आर॰' के अनुकूल नहीं थी। यह सामाजिक स्थिति 1960 के बाद उभरती है, जब दगाल एक प्राविधिकृत राजनीति का संस्थापन करने में सफल होते हैं और पारम्परिक पूँजीवाद के स्थान पर नये विशाल आर्थिक निगमों की स्थापना होती है।

मौरिस मार्लो पोन्ति के अनुसार, हमारी प्रत्येक क्रिया, द्विअर्थी (एम्बीबैलेंट) होती है। एक हमारी वैयक्तिक अर्थवता और दूसरी जागतिक। अपनी-अपनी जगह दोनों ही वास्तविक हैं। त्रासदी का जन्म उस समय होता है, जब एक ही व्यक्ति, एक ही समय में यह अनुभव करता है कि उसके कर्म का एक सामाजिक पक्ष है जिस पर दूसरे निर्णय लेंगे तथा

एक उसका अपना निजी अनुभव का संसार है, जिसमें की गयी क्रियाओं का वह स्वयं मूल्यांकन करेगा, व्यक्ति के जीवन में यह एक द्वन्द्वात्मक सम्बन्ध है। सत्य में निहित एक ऐसा विरोधाभास, जिसमें एक ही व्यक्ति दो स्तरों पर, दो विभिन्न सन्दर्भों में स्वयं को पाता है।

अतः सार्त्र का 'अकेला व्यक्ति' अपने सन्ताप के साथ अब जगत में दूसरे व्यक्तियों के साथ संघात के सम्बन्धों में अवस्थित हो जाता है।

मार्लो पोन्ति के लिए विचारों का 'प्रस्थान बिन्दु' भी यहीं होता है। वे साम्यवादियों के वैचारिक विरोधाभास को समझते हुए और कम्युनिस्ट पार्टी की सीमा को परिलक्षित करते हुए धीरे-धीरे हुसैर्ल और हेडेगर के और क़रीब हो जाते हैं तथा 1955 में आकर वे यह कहते हैं कि 'सर्वहारा सामाजिक क्रान्ति करने में सक्षम नहीं।'

1950 से 60 के दशक में, सोवियत समाज के लेबर कैम्प का अस्तित्व, 1952 में जनरल रिगवे के विरोध में प्रदर्शन करते हुए (फ्रेंच कम्युनिस्ट पार्टी) के नेताओं की गिरफ़्तारी, 1953 में हेनरी मार्टिन की घटना, 1956 में सोवियत रूस का हंगरी पर आक्रमण, 1950 में उठा हुआ अल्जीरिया का प्रश्न, फ्रांसीसी सरकार की उपनिवेशवादी नीति आदि ये सभी घटनाएँ ऐसी थीं, जो मार्क्सवाद एवं अस्तित्ववाद को ही नहीं, बल्कि अस्तित्ववादी खेमे में भी आपसी मतभेद का कारण बनीं। सार्त्र और कामू का झगड़ा ख़तों के एक लम्बे सिलसिले द्वारा प्रकाश में आया, जिसे पूरा बौद्धिक जगत आश्चर्यचकित होकर पढ़ता-सुनता रहा। केवल यही नहीं, सार्त्र का वैमनस्य क्लाउडी, लफार, रोज़ा गरीदि तथा पियरे नाभिल, आदि प्रमुख साम्यवादी विचारकों से भी हुआ। यह समय सार्त्र के लिए मानसिक रूप से पीड़ादायक, दार्शनिक रूप से अनिर्णायक एवं राजनीतिक रूप से बड़ी ही उलझी हुई मनःस्थिति का था, किन्तु सार्त्र जहाँ इस संघर्ष के दौरान अपने लेखन के लिए प्रतिदिन अधिकाधिक रूप से प्रतिबद्ध हुए वहीं मार्लो पोन्ति की प्रतिबद्धता साम्यवादी लेखन के प्रति घटी। मार्लो पोन्ति साम्यवादी खेमे से पूरी तरह हट गये। सतह पर साम्यवादी इतिहास की धारा क्रमशः सूखती नज़र आ रही थी। लेकिन भीतर ही भीतर बौद्धिक जगत में 1950 के पश्चात हीगेल के सहज ज्ञानवाद एवं

'1944 मैन्युस्क्रिप्ट्स' का प्रभाव बढ़ रहा था। अब तक सार्त्र बौद्धिक जगत का एक ज़रूरी हिस्सा बन चुके थे और फिर क्रमशः सार्त्र का महान लेखन 'क्रिटीक ऑफ़ डायलेक्टिकल रीजन' प्रकट होता है तथा हम मार्क्सवाद का संश्लेषित रूप अस्तित्ववादी मार्क्सवाद में पाते हैं।

परिस्थितियाँ बन चुकी थीं कि एक ओर जहाँ अस्तित्ववादी रोज़मर्रा की घटनाओं में 'हेतु' और 'कारणत्व' की खोज कर रहे थे, साधारण से साधारण बात उनके लिए अपने-आप में इतिहास का महान अर्थ लिए होती थी। वहीं दूसरी ओर न तो पूँजीवाद का विघटन हो रहा था और न ही वह सोवियत समाज के 'क्रान्ति के नायक' को जन्म देने में सफल हो पा रहा था। बात साफ़ थी कि भविष्य में होनेवाली क्रान्ति का जन्म पश्चिमी समाज में न होकर 'तीसरी दुनिया' यानी औपनिवेशिक दुनिया में होनेवाला था। इतिहास की सतह पर विरोधाभास तैर रहे थे। ये ऐसे विरोधाभास थे, जिनका उत्तर न साम्यवादी दे पा रहे थे और न पूँजीवादी जगत की औपनिवेशिक मनोवृत्ति। अख़बार की सुर्खियाँ में इतिहास की टूटन लिखी जा रही थी। अस्तित्ववादयों के सामने प्रश्न था, 'क्या इतिहास में युक्तिसंगतता के लिए कोई स्थान नहीं?' वास्तव में ज़रूरत थी औद्योगिक समाज के सामाजिक एवं आर्थिक विश्लेषण की और यह बात 1960 के बाद ही बौद्धिक जगत की समझ में आयी। साठोत्तर साल का पश्चिमी जगत नये तकनीकी समाज का संगठन कर चुका था तथा इसी समय एक नये श्रमिक वर्ग का अभ्युदय हुआ। 1950 में सार्त्र इस बात को नहीं समझ सके थे। सार्त्र अपने प्रत्येक प्रश्न का उत्तर सोवियत समाज के विश्लेषण में खोज रहे थे, जबकि कम्युनिस्ट पार्टी का पारम्परिक सर्वहारा वर्ग इतिहास का सार्वभौमिक मानव नहीं बन पा रहा था। कोरिया के युद्ध में सार्त्र रूस की युद्ध-नीति की कड़ी आलोचना करते हैं, किन्तु कुछ समय के लिए अपनी निष्पक्षता को बनाये रखने के लिए वे बिल्कुल चुप हो जाते हैं। कुछ भी बोलने का अर्थ था सोवियत समाज की आलोचना करना तथा पूँजीवाद के हाथ में अपनी कमज़ोरियों को और अधिक शोषित होने के लिए छोड़ देना।

सार्त्र का कम्युनिस्ट पार्टी के प्रति एक बार फिर पुराना मोह जागता है, जब 1952 में 'पिने' की सरकार अमरीकियों को खुश करने के चक्कर में

28 मई को पार्टी के कुछ प्रमुख नेताओं को गिरफ़्तार करती है, जिसमें ड्युक्लॉस का मामला सरकार की स्वेच्छाचारिता का जीता-जागता प्रमाण था। इसके विरोध में 4 जून को कम्युनिस्ट पार्टी हड़ताल करती है, किन्तु उसे श्रमिकों का पूरा सहयोग नहीं मिलता। इस घटना में कुछ बुद्धिवादी श्रमिकों में पार्टी के प्रति निष्ठा के अभाव का भी अनुमान लगाते हैं। सार्त्र इसी अभिकथन के विरोध में लिखते हैं। उनका प्रभाव दोनों ही खेमों पर पड़ता है।

सरकार की इस बचकानी हरकत की घोर निन्दा करते हुए प्रताड़ना में सार्त्र कम्युनिस्ट विरोधियों को 'चूहा' तक कह डालते हैं।

सार्त्र पूरे आवेश के साथ यह घोषणा करते हैं, 'बुर्जुवाओं के प्रति मेरी घृणा मेरे साथ ही मरेगी।' क्योंकि सार्त्र की नज़र में बुर्जुवा समाज अपनी मानवता के ख़िलाफ़ काम कर रहा था। स्वतन्त्रता, समानता और भाईचारे का जो मन्त्रोच्चार, बुर्जुवा समाज रात-दिन करता रहता था, वहीं निजी स्वार्थ के यज्ञ की आहुति में वह जीवित मानवों को हविषा की तरह स्वाहा कर रहा था। सार्त्र की यह घृणा, इस बात से और भी अधिक उबलती है, क्योंकि वे स्वयं को भी एक बुर्जुवा होने के नाते अपराधी पा रहे थे। सार्त्र के लेखन का ही नतीजा था कि सरकार को ड्यूक्लॉस तथा अन्य लेखकों को रिहा करना पड़ा। अपने अभिलेख 'द कम्युनिस्ट एंड द पीस' में सार्त्र पूर्वस्थापित अवधारणाओं का थोड़ा संशोधन करते हैं। वे लिखते हैं कि :

''ऐतिहासिक पूर्णता किसी भी दिये हुए क्षण में हमारी शक्तियों का नियमन करती है। यह हमारे वास्तविक भविष्य एवं कार्यक्षेत्र की सीमा विवेचित करती है। हमारी सम्भव तथा असम्भव की धारणाएँ, वास्तविक एवं काल्पनिक धारणाएँ क्या हैं और क्या होनी चाहिए का निर्णय करती हुई देश और काल की धारणाओं को अनुकूलित करती है।''

यह अभिलेख सार्त्र की पत्रिका 'ल तौं मोदेर्न' में प्रकाशित हुआ था, जिसका अनुवाद अंग्रेज़ी में अप्रैल 1953 में हुआ। वास्तव में सार्त्र व्यक्ति की वरण की स्वतन्त्रता, उसके चुनाव एवं उपलब्धियों के बीच, बहुत-सी मध्यस्थताओं को स्वीकार करते हैं। एक मज़दूर अपने अलगाव को दूर करने का स्वतन्त्र निर्णय ले सकता है, किन्तु ज़रूरी नहीं कि उसका उद्देश्य उसके

जीवन-काल में पूरा हो जाये। यहाँ सार्त्र, लिए गये निर्णय की गुणवत्ता को स्वीकार करते हैं, पर उसकी प्रभाविता की सीमा भी निर्धारित करते हैं, क्योंकि अपने-आपको बदलने के लिए मज़दूर को अपनी सम्पूर्ण वर्गीय स्थिति को बदलना पड़ेगा। इस प्रकार यहाँ पर सार्त्र के लिए यह ज़रूरी हो जाता है कि वे उन तमाम अन्तःसम्बन्धों की संरचना को समझें, जो श्रमिक वर्ग का गठन करती है।

सार्त्र अब पूँजावादी समाज की संरचना को समझना शुरू करते हैं। उनकी समझ में आता है कि पूँजीवादी समाज में बुर्जुवा अधिक संगठित है और एक श्रमिक 'अकेला' निष्कासित भीड़ का टुकड़ा तथा दूसरे श्रमिकों से केवल बाह्य यान्त्रिक रूप से ही जुड़ा हुआ रहता है। अतः श्रमिक के लिए पहले अपनी परमाणुवीय स्थिति से उबरना ज़रूरी हो जाता है। उनकी सामूहिक परिकल्पना सबसे पहले इस अलगाव से छुटकारा पाना है और जितना वह बुर्जुवा संस्थाओं में रहता है, वोट देता है या श्रम के अनुबन्धों पर हस्ताक्षर करता है उतना ही वह उस सामाजिक व्यवस्था का पोषक बनता है, जो व्यवस्था निजी पूँजी पर आधारित है और उसकी शोषक है। अतः श्रमिक के लिए पहला काम यह हो जाता है कि अपनी स्वतन्त्रता-प्राप्ति हेतु सबसे पहले वह बुर्जुवा समाज के उन हथियारों को भोथरा करे जो उसे टुकड़ों में काटते रहते हैं। इसीलिए सार्त्र पार्टी की मध्यस्थता स्वीकार करते हैं।

सार्त्र अब वर्ग विश्लेषण करते हैं। मार्क्सवाद में वर्गीय धारणा एक केन्द्रीय मुद्दा है। सार्त्र पूँजीवादी समाज को समूह का संगठन कहते हैं।

"यह वह आन्दोलन है जिसमें विभिन्न तत्त्वों को समेकित या 'इंटीग्रेट' किया जाता है। वर्ग एक प्रवहमान गतिशील व्यवस्था है। यदि वह व्यवस्था कहीं ठहरती है, तो व्यक्ति वापस अपनी जड़ता एवं लगाव में पुनः लौट जाता है। अतः वर्ग अपना संगठन स्वयं करता रहता है। इसके आन्दोलन, अभिप्रेरणा, व्यावहारिकता एवं दिशा-बोध के लिए संगठनों की ज़रूरत पड़ती है। सार्त्र यहाँ सामाजिक श्रेणियों में बड़े नाटकीय तरीक़े से व्यक्तिपरकता स्थापित करते हैं। वर्ग के संगठित होने में पार्टी की मध्यस्थता की ज़रूरत पड़ती है, क्योंकि इसी कारण व्यक्ति संगठित होकर अपनी व्यक्तिपरकता

एवं सृजनात्मकता को हासिल कर सकता है। पार्टी के नेतृत्व में ही व्यक्ति श्रमिक मानवता के लिए एक सामूहिक परियोजना में शामिल होता है।''

इसमें कोई सन्देह नहीं कि सर्वहारा ही क्रान्ति का प्रणेता है, वही मानवीय मूल्यों का वाहक भी है, किन्तु स्वयं अपने लिए वह जो मूल्य स्थापित करना चाहता है, वही मूल्य इसे दूसरों के लिए भी स्थापित करना पड़ेगा। लेकिन सार्त्र कम्युनिस्ट पार्टी के नेतृत्व में जहाँ सर्वहारा की मानवता से एकात्मकता स्थापित करते हैं वहीं वे पार्टी के किसी भी विशेष क्रिया-कलाप की आलोचनाओं के लिए स्थान भी नहीं रहने देते। इससे तो यही सिद्ध होता है कि 1956 में रूस ने हंगरी पर जो आक्रमण किया, वह समूची मानवता के हित में था। सार्त्र शायद अपने समय से आगे देख रहे थे। उनके अनुसार, वर्ग-संरचना में श्रम के स्थान का महत्त्व कम हो जाता है। कल-कारख़ाने केवल श्रमिकों को एक निष्क्रिय सामूहिकता में बदलकर रख देते हैं। यह पूँजीवाद की विजय है, जो श्रमिकों की एकता को रोज़-रोज़ तोड़ती रहती है। अतएव, व्यक्ति की इसके ख़िलाफ़ आवाज़ एक ऐतिहासिक आवाज़ बन जाती है, जिसकी पुकार केवल पार्टी ही सुन सकती है। पहचान से वह अपनी अहंवादिता का अतिक्रमण करता है। प्रामाणिक परियोजना के लिए यह ज़रूरी हो जाता है कि व्यक्तियों में अन्योन्याश्रित भाव रहे। अतः 4 जून की हड़ताल में श्रमिक भाग नहीं लेते या पूरा सहयोग नहीं देते, तो इसमें उनका कोई दोष नहीं। पूँजीवाद के दमन में टूटता हुआ श्रमिक, यह ज़रूरी नहीं कि प्रत्येक अवसर पर सक्रिय हिस्सा ले। उसका भाग्य पार्टी के हाथ में रहता है।

यहाँ पर एक बड़ी विचित्र स्थिति हम पाते हैं। जहाँ स्तालिन ने विकास के लिए पार्टी को सर्वोपरि माना था और व्यक्तियों का दमन किया था और जिसके कारण स्तालिन को इतनी कटु आलोचनाओं का सामना करना पड़ा था, वहीं अब स्वयं सार्त्र भी पार्टी की सर्वोपरिता को स्वीकारते हैं। विवाद फिर खड़ा हो जाता है कि 'कौन ज़्यादा महत्त्वपूर्ण है, पार्टी या व्यक्ति?' सार्त्र द्वारा पार्टी की हिमायत क्या व्यक्ति-स्वतन्त्रता को रहने देगी? क्या व्यक्ति की निर्णायक भूमिका बची रहेगी? अफ़सरशाही के सोपानीकरण में एक आम आदमी महज़ नीचे की सीढ़ी बनकर रह जायेगा।

अपनी पुस्तक 'बिट्वीन एक्ज़िस्टेंशियलिज़्म एंड मेटीरियलिज़्म' में सार्त्र लिखते हैं, "फ्रांस में एक पार्टी है और यह पार्टी हमारा कार्यव्यापार है। हम इसके हमसफ़र हैं और इसी के द्वारा हम प्रभावी रूप से कुछ कर सकने में समर्थ हो सके हैं। हंगरी पर रूस के आक्रमण को देखते हुए, हम यह समझते हैं कि सोवियत समाज पर अपनी निर्भरता हमें ख़त्म कर देनी होगी। अपने देश फ्रांस एवं फ्रांसीसी समाज को मद्देनज़र रखते हुए एक ऐसी पार्टी का निर्माण करना होगा, जिसका उद्देश्य होगा अफ़सरशाही संरचना में जनतन्त्र के माध्यम से सत्तात्मकता को 'डीकॉम्प्रेस' कर दिया जाये। यानी हिंसा के स्थान पर जनमत की स्थापना हो। नेतृत्व को जनता का विश्वास अर्जित करना होगा। उसके साथ सम्बन्ध स्थापित करना होगा। सार्त्र यहाँ पर न अफ़सरशाही के सोपानीकरण की बात करते हैं और न व्यक्ति पूजा का सवाल उठाते हैं, क्योंकि उनकी धारणा यह थी कि ये दोनों विचारधाराएँ परस्पर द्वन्द्वात्मक रूप से एक-दूसरे को आत्यन्तिक घोषित करती रहती हैं, जिसके कारण सामाजिक दिशा निर्देश पर जन समुदाय का प्रभाव ख़त्म हो जाता है।

इस निर्णय के बाद सार्त्र के लिए फ्रांस की समकालीन ऐतिहासिक एवं सामाजिक परिस्थिति पर निर्णय लेना ज़्यादा खुले रूप से सम्भव हुआ। उन्होंने यह चेष्टा की कि कम्युनिस्ट पार्टी से वे अपनी एक निश्चित दूरी बनाये हुए रहकर भी उसकी गतिविधियों की सही विवेचना कर सकें। सबसे बड़ी बात यह है कि अब उनके लिए मार्क्सवाद में अस्तित्ववादी उपधारा को जोड़ना सम्भव हो सका। हालाँकि उस समय की स्थिति को देखते हुए यह नहीं कहा जा सकता था कि क्रान्ति दरवाज़े पर दस्तक दे रही थी और न ही पथ की बाधाओं को विश्लेषित कर सही नाम दिया जा सकता था। हम सार्त्र में एक लेखक और एक क्रियाशील व्यक्तित्व का तथा संस्कृति एवं राजनीति दोनों ही आयामों का सम्मिश्रण देखते हैं। सार्त्र अब अपनी उस परियोजना के लिए प्रतिबद्ध थे, जो सर्वहारा के हित में अधिक प्रामाणिक भी थी। सार्त्र की इस स्वतन्त्र स्थिति का ही परिणाम था कि फ्रांस की मार्क्सवादी राजनीति में पुनः जान आ जाती है। सबसे प्रमुख बात यह है कि सार्त्र का अस्तित्ववादी मार्क्सवाद उस समय और भी विकसित होकर

सामने आता है, जब नव वामपन्थी छात्र सार्त्र को बौद्धिक नेतृत्व के लिए स्वीकार करना चाहते हैं। उनकी पत्रिका में छात्र आन्दोलन के प्रमुख नेताओं ने लेख लिखे और आन्द्रे गार्ज़ तथा कोवेज, ग्रिंसे जैसे प्रमुख नेताओं ने उनके साथ काम किया।

यहाँ पर सार्त्र का मार्क्सवाद पर अस्तित्ववादी रंग चढ़ाना, उनके दो अभिन्न साथियों को काफ़ी खल गया, जिनमें एक थे, अल्बेयर कामू तथा दूसरे रेमंड ऐरन।

अस्तित्ववादी मार्क्सवाद की व्याख्या करते हुए, सार्त्र सबसे पहले अपनी स्वतन्त्रता की मौलिक अवधारणा पर ज़ोर देते हैं। उनकी राजनीतिक गतिविधि इतिहास के सम्मुख व्यक्ति परियोजना को बचाये रखने की पूरी चेष्टा पर आधारित थी। जैसा कि वे लिखते हैं :

"मेरा प्रत्येक राजनीतिक प्रयास एक ऐसे समूह का निर्माण करना चाहता है, जो मेरी अनुभवहीनता को अर्थ प्रदान कर सके... कि मेरी विरोधाभासी स्थिति सही थी... यदि मैं कही कुछ ग़लत कहूँ, तब मुझे अपनी आशावादिता छोड़ देनी चाहिए... कि आदमी किसी भी परिस्थिति में आदमी की तरह ही जी सकता है। यह विचार मेरे मन में 'रेजिस्टैंस' के समय उपजा था... कि कम से कम किसी भी यन्त्रणादायक स्थिति में आदमी, आदमी ही रहता है, वह बन्दर या बेर नहीं बन जाता।"

'क्रिटीक ऑफ़ डायलेक्टिकल रीजन' में सार्त्र स्वयं अपने अतीत से ही प्रश्न पूछते नज़र आते हैं। वर्षों से सँजोये हुए विचार सार्त्र को छोड़ने पड़ते हैं।

चतुर्थ अध्याय

'क्रिटीक' का आगमन–समकालीन मार्क्सवाद की सार्त्र दो भागों में आलोचना करते हैं। जहाँ 'सर्च फॉर ए मेथड' में वे ऐतिहासिक विश्लेषण की नयी प्रणाली को विकसित करना चाहते थे, वहीं अब उनकी सबसे बड़ी ज़रूरत यह थी कि मार्क्सवाद में आदमी को कैसे बचाया जाये, क्योंकि सार्त्र के अनुसार, मार्क्सवाद कुछ अमूर्त फार्मूलों में सीमित होता जा रहा था और उन मध्यस्थताओं की अवज्ञा कर रहा था, जो ठोस क्रियाओं को आर्थिक नियन्ताओं से जोड़ता है। सार्त्र चाहते थे कि मार्क्सवाद व्यक्ति के मानस का भी विश्लेषण करे और मनोविश्लेषण की पद्धति भी अपने दर्शन में समाहित करे। वे लिखते हैं कि आज के मार्क्सवादी केवल वयस्क लोगों की ही बात करते हैं, जबकि आदमी अपने अलगाव को, अपने बचपन में ही पारिवारिक रूप से भोगता है। अनुभव के प्रत्येक स्तर की अपनी विशेषता है और विभिन्न समाजों में, विभिन्न समयों में वह अलग-अलग तरीक़े से अपना वज़न रखता है। मार्क्सवादी इतिहास के लिए ज़रूरी हो जाता है कि वह व्यक्ति विशेष की इन अन्तःसंरचनाओं का अध्ययन करे और इसी अध्ययन पर अपने सिद्धान्तों की अधिसंरचनाओं (सुपर स्ट्रक्चर्स) को प्रस्थापित भी करे।

व्यक्ति एवं समाज में मध्यस्थता को स्वीकारते हुए एवं उसका विश्लेषण करते हुए सार्त्र सामाजिक इतिहास की प्रगतिगामी-प्रतिगामी प्रणाली (प्रोग्रेसिव-रिग्रेसिव मेथड) की स्थापना करते हैं। मानवीय परियोजनाओं की जो बात सार्त्र 'बीइंग एंड नथिंगनेस' में उठाते हैं, उसके ऐतिहासिक सन्दर्भ को समझने के लिए एक प्रणाली की अवधारणा सामने रखना ज़रूरी हो जाता है। सार्त्र एक जगह पर लिखते हैं, केवल परियोजना ही ऐसी मध्यस्थता है, जो वस्तुपरकता के दो क्षणों के बीच इतिहास का लेखा-जोखा दे सके यानी यह वे क्षण हैं, जिनमें व्यक्ति सृजन करता है। यहाँ चुनाव करना ज़रूरी हो जाता है। या तो हम यान्त्रिक भौतिकवाद यानी अन्ध प्रकृति की द्वन्द्वात्मकता को स्वीकार करें, जो ऐतिहासिक प्रक्रियाओं से ऊपर का नियम बन जाये या फिर हम व्यक्ति को वह क्षमता प्रदान करें, जिससे वह अपने श्रम एवं कार्य-व्यापारों द्वारा परिस्थिति का अतिक्रमण कर सके। केवल यही निर्णय हमें समग्रता के आन्दोलन का (जोकि वास्तव पर आधारित है) आधार प्रदान कर सकेगा। अतः सार्त्र व्यक्ति को सामाजिक स्तरीकरण की सापेक्षिक स्वायत्तता या 'रिलेटिव ऑटोनॉमी' से ऊपर रखते हैं और ऐतिहासिक प्रक्रियाओं के दौरान व्यक्ति परियोजनाओं को महत्त्व प्रदान करते हैं। 'सर्च फॉर ए मैथड' में सार्त्र ऐसे आदमी का सवाल उठाते हैं, जो इतिहास तथा समाज को झेलता है, अपनी स्थिति को अन्तःकृत करता है और अपने क्रिया-कलापों को समग्रता प्रदान करता है। ज्ञान-मीमांसा (एपिस्टोमोलॉजी) की दृष्टि से यहाँ झूठी वस्तुपरकता का त्याग होता है और सत्ता मीमांसा (आंटोलॉजी) की दृष्टि से व्यक्ति की क्रान्ति करने की सृजनात्मक क्षमता की रूपरेखा तैयार होती है। सार्त्र लिखते हैं :

ये सारे विचार जो मार्क्सवादी अन्वेषण हमारे ऐतिहासिक समाज के वर्णन हेतु विनियोजित करते हैं, वास्तव में सबसे पहले वे अपनी अस्तित्ववादी संरचना का निर्देश देते हैं। अतः जो भी मार्क्सवाद के दिये हुए विचार हैं, जैसे शोषण, अलगाव, प्रतीकान्ध-भक्ति, जड़ता इत्यादि, ये हमारे प्रस्थान-बिन्दु हैं और यहाँ से इतिहास की द्वन्द्वात्मक व्याख्या शुरू होती है।

द्वन्द्वात्मक प्रणाली और उसकी सीमा का उल्लेख करते हुए सार्त्र के लिए सबसे ज़रूरी दार्शनिक प्रश्न था कि वे मार्क्स के ऐतिहासिक सिद्धान्त के बीच द्वन्द्वात्मक प्रणाली का उपयुक्त स्थान स्थापित करें। सार्त्र द्वन्द्वात्मक प्रणाली को हीगेल की तरह वैचारिक प्रणाली की द्वन्द्वात्मकता के बीच में भी रखते हैं और मार्क्स के दृष्टिकोण से वस्तुजगत की संरचना की द्वन्द्वात्मकता की तरह भी देखते हैं। हालाँकि द्वन्द्वात्मकता जगत में अवस्थित है, किन्तु यह व्यक्ति ही है, जो अपने अनुभव की समग्रता की प्रक्रिया के दौरान इसका संगठन करता है। सार्त्र के अनुसार, द्वन्द्वात्मकता हमेशा पुनः निर्मित और विघटित और फिर संस्थापित होती रहती है और संवृत्ति इसका स्वभाव है। यह एक खुला हुआ भविष्य है, जहाँ कभी कोई परिसमाप्ति नहीं होती। सार्त्र यहाँ पर प्राकृतिक द्वन्द्वात्मक प्रणाली की बात नहीं करते, जैसाकि मार्क्सवादी करते रहे हैं। अपने 'क्रिटीक' में वे लिखते हैं कि :

"जो प्रकृति में द्वन्द्वात्मकता की वैज्ञानिक जाँच करना चाहते हैं, वे शायद संख्या को गुण में यानी 'पदार्थ में विरोध नियम लागू होते हैं' इसे प्रमाणित करने की चेष्टा करते हैं; किन्तु आदमी प्रकृति के बारे में जितना जानता है, उस ज्ञान की अपनी सीमा है। इससे बाहर प्रकृति उसके लिए कोई अलग ज्ञान का अस्तित्व नहीं रखती। जिस हद तक आदमी अपने-आपको जानता है, उससे ज़्यादा वह प्रकृति को नहीं जान सकता है। अतः यह मानवीय युक्ति है, जो द्वन्द्वात्मक है। अपने-आप में प्रकृति नहीं। हम यदि प्राकृतिक द्वन्द्वात्मकता से मानवीय घटनाओं का नियमन करेंगे, तो मनुष्य को बाह्य घटनाओं एवं ताक़तों के सामने असहाय बना देंगे, फिर उसकी अपनी संकल्प-शक्ति का कोई प्रभाव नहीं रह जाता। सार्त्र यहाँ पर इस बात को नहीं नकारते कि आदमी प्रकृति में अवस्थित है और प्रकृति के नियमों के अनुसार चलता है। वे सिर्फ़ इतना ही कहना चाहते हैं कि पदार्थ जगत की वास्तविकता से मानवीय वास्तविकता भिन्न है। बोधगम्यता के इसके अपने सिद्धान्त हैं। यहाँ पर जो लोग प्रकृति की द्वन्द्वात्मकता को स्थापित करना चाहते हैं, वे अपने विचारों द्वारा ही प्राकृतिक नियमों की रूपरेखा तैयार कर रहे हैं, जैसा कि वैज्ञानिक ज्ञान में होता है,

किन्तु फिर यही लोग अपने ज्ञान को मानव-वास्तविकता पर यह कहकर आरोपित करना चाहते हैं कि उनका ज्ञान, प्राकृतिक द्वन्द्वात्मक प्रणाली की उपज है। अतएव ऐसे मार्क्सवादी अपने विचारों की हठधर्मिता के कारण यहाँ पर भौतिकवादी न होकर, आदर्शवादी बन जाते हैं। प्रकृति की द्वन्द्व ात्मकता को स्वीकार करने का अर्थ यह हुआ कि हम उस व्यक्ति चेतना एवं उसके चिन्तन को नकार दें, जो कि वास्तव में क्रान्ति करने के लिए सक्षम है।''

द्वन्द्वात्मक प्रणाली को समझने के लिए हमें पहले समग्र (टोटैलिटी) को समझना होगा। वह समग्र, जो अपने में प्रकृति को भी समाहित किये हुए है। सार्त्र जब मानवीय स्वायत्तता की बात करते हैं, तब इसका अर्थ यह नहीं हुआ कि वे वास्तविकता के उस आयाम को नकारते हैं, जहाँ प्रकृति मानवीय दृश्यों पर तथा मानवता स्वयं अपने-आपको प्रकृति पर आरोपित करती है। अतः प्राकृतिक वास्तविकता उसी तक द्वन्द्वात्मक समझी जा सकती है, जिस हद तक वह समग्र के अन्दर अवस्थित हो। उन सभाओं में, जहाँ प्रविधि या 'टेक्नोलॉजी' अपनी प्रारम्भिक अवस्था में थी, प्रकृति व मनुष्य के जीवन में सदैव भिन्नता थी। इसलिए मनुष्य प्रकृति से आतंकित रहता था। आज आदमी और प्रकृति के बीच की दूरी काफ़ी कम हो गयी है। यहाँ तक कि इसके कारण प्राकृतिक घटनाएँ किसी हद तक अव्यवस्थित भी होने लगी हैं। जहाँ तक आदमी के प्रकृति पर अधिकार का सवाल है, यानी वह मानवीय क्रियाशीलता, जिसके द्वारा प्रकृति प्रभावित होती है, वहाँ तक उसे अस्तित्ववादियों द्वारा स्वीकार किया जाता है। वे इस नये द्वन्द्व ात्मक सम्बन्ध को, नये समग्र को शब्द देने की कोशिश करते हैं; किन्तु सार्त्र प्रकृति के उन लौह नियमों को नकारते हैं, जो आदमी की समझ से बाहर हैं।

अतः प्रकृति की द्वन्द्वात्मकता की अवधारणा को ख़ारिज करने के बाद सार्त्र अब मानव-विज्ञान में द्वन्द्वात्मक प्रणाली के तथ्य का पूरी तरह से परीक्षण करना चाहते हैं। वे 'क्रिटीक' में लिखते हैं :

''हमारा उद्देश्य है कि द्वन्दात्मक प्रणाली के अन्वेषक मूल्यों का अध्ययन करें, ताकि वे मानवीय विज्ञानों पर नियोजित हो सकें।''

सार्त्र यह देखना चाहते थे कि क्या द्वन्द्वात्मक प्रणाली से हम उन स्थितियों को प्रस्थापित कर सकते हैं जिनसे इतिहास की सम्भावनाओं को समझा जा सके। वे कहते हैं कि :

"हमारे इतिहास में इसके पहले आलोचनात्मक अनुभव को स्थान नहीं दिया जा सकता, क्योंकि स्तालिन के आदर्शवाद में ज्ञान मीमांसीय व्यावहारिकता और ज्ञान मीमांसा प्रणाली का बड़ा ही स्थिर वर्गीकरण किया जा चुका था।"

सार्त्र अब द्वन्द्वात्मक प्रणाली का मूल्य 'आलोचनात्मक अनुभव' के द्वारा स्थापित करना चाहते हैं। पहले वे इस बात को स्वीकारते हैं कि अस्तित्व का एक आयाम सत्ता मीमांसा है जो केवल द्वन्द्वात्मकता के माध्यम में बोधगम्य हो सकता है। दूसरे, इस बोध यानी ज्ञान की अपनी सीमा है, ज्ञान मीमांसा या 'एपिस्टेमोलॉजी'। मार्क्स के ऐतिहासिक भौतिकवाद की अवधारणा इन प्रश्नों की विवेचना नहीं कर पाती। सार्त्र द्वन्द्वात्मक विवेचना से सामाजिक-ऐतिहासिक समग्रता को समझने की चेष्टा करते हैं। यदि द्वन्द्वात्मक प्रणाली में कोई तथ्य है, तो इस बात में निहित है कि यह मानवीय क्रिया-कलापों को समग्र में समन्वित करे। समाज के ऐतिहासिक आन्दोलनों के द्वारा ही व्यक्ति की क्रियाओं को समझा जा सकता है। 1960 में 'क्रिटीक' का लेखन शुरू होता है व्यक्ति क्रियाओं के सन्दर्भ में और ख़त्म होता है सामाजिक समूह या संयुक्त समग्रीकरण में। सार्त्र व्यष्टि (इंडिविजुअल) और समष्टि (सोसायटी) के संरचनात्मक सम्बन्धों की सम्भावना के प्रति ज़्यादा अभिरुचि रखते थे। 'क्रिटीक' के द्वितीय खण्ड में वे इतिहास में इन संरचनाओं की सम्भावनाओं का आधार खोजते हैं।

'क्रिटीक' के प्रथम खण्ड में सार्त्र लिखते हैं कि मानवीय क्रियाएँ केवल समष्टीकरण के सन्दर्भ में समझी जा सकती हैं। समष्टीकरण और समष्टि में भेद है। समष्टि एक जड़, स्थिर एवं वस्तु-रूप में है। जैसे कि मेज़ और कुर्सी। जबकि समष्टीकरण एक जीवन्त प्रक्रिया है। प्रत्येक कार्य-व्यापार, अर्थवत्ताओं का व्यावहारिक जगत है। द्वन्द्वात्मक प्रणाली से हम व्यक्ति क्रियाओं के उन बृहत्तर सामाजिक जगत के सम्बन्धों की अर्थवत्ता को

पकड़ने की कोशिश करते हैं जहाँ व्यक्ति अपनी क्रियाओं में अधिकतम रूप से समष्टीकृत होता जाता है। सार्त्र यहाँ यह दिखाने की चेष्टा करते हैं कि समष्टीकरण को समझने के लिए, द्वन्द्वात्मक युक्ति की ज़रूरत पड़ती है। दूसरी ओर समष्टि के अध्ययन हेतु विश्लेषणात्मक युक्ति (एनालिटिकल रीज़न) वस्तुओं को उनके विश्लेषण के दौरान टुकड़ों में बाँटती है, अतः उन टुकड़ों में निहित जीवन्त अन्तःसम्बन्धता को नहीं समझ पाती। वह व्यक्ति एवं संस्थाओं की उन घटनाओं को तो समझ लेती है, जो यान्त्रिक हैं; लेकिन इनसे प्राप्त परिणामों को ओर अधिक विस्तृत द्वन्द्वात्मकता में सम्मिलित नहीं कर पाती। सामाजिक घटनाएँ अपने मूल में कभी जड़ नहीं होतीं चाहे प्रत्यक्षदर्शी को ये कितनी भी जड़ प्रतीत हों। किसी दिये हुए क्षण में, ये विलगावित एवं असम्बन्धित प्रतीत तो हो सकती हैं, लेकिन प्रत्येक क्रिया की अभिप्रेरणा में वह प्रक्रिया जुड़ी हुई है, जो सारी गतिशीलता को समष्टि की ओर संश्लेषित करती है। सार्त्र ने इसी को समष्टीकरण की संज्ञा दी है। अभिप्रेत क्रियाओं को रोज़मर्रा की ज़िन्दगी में द्वन्द्वात्मक प्रणाली के द्वारा ही प्रस्तुत किया जा सकता है। समष्टीकरण की इस अवधारणा से 'बीइंग एंड नथिंगनेस' में वर्णित 'स्थिति की अवधारणा' और अधिक गहरी हो जाती है। अब व्यक्ति की वरण की क्षमता एवं सम्भावनाओं में से किसी एक का वरण, अपनी बोधगम्यता को बनाये रखने हेतु सामाजिक जगत में ही अन्तर्निहित हो सकता है। चूँकि व्यक्ति परियोजना समष्टीकरण के हेतु है, अतः इसका अर्थ इतिहास के साथ जुड़ा हुआ है। यह परियोजनाओं की विविधता को सोपानीकृत करता है, ताकि एक वैश्विक एकात्मकता की सम्भावना प्रस्तुत की जा सके और घटनाओं को एकल ऐतिहासिक दिशा प्रदान की जा सके। मानवीय परिकल्पनाएँ अन्ततः उस समष्टीकरण के साथ सम्बन्धित हैं, जिसको हमें प्राप्त करना है और जो इतिहास की विश्वव्यापी प्रकृति है। इसीलिए वह समष्टीकरण जो वैश्विकता को प्रोत्साहित करता है, अपने-आप में सार्वभौमिक महत्त्व लिए हुए है। सार्त्र के अनुसार, वैश्विक समष्टि को हम अस्तित्ववादी प्रामाणिकता एवं साम्यवाद द्वारा ही पा सकते हैं, इसीलिए 'क्रिटीक' को मूल्य मीमांसा की परियोजनाओं का आधार कहा गया है।

सार्त्र यहाँ पर इस बात पर ज़ोर देते हैं कि निरीक्षक को निरीक्षण की क्रिया में अपने-आपको निहित करना पड़ता है। वे व्यक्ति को इतिहास से बाहर नहीं रखते। व्यक्ति इतिहास में रहकर ही प्रत्यक्ष व्यवहार की क्रिया परिधि को अर्थ प्रदान कर सकता है। समष्टीकरण की अवधारणा के साथ सार्त्र अपने ऊपर लगाये गये व्यक्तिवाद के आरोपों का काफ़ी सफलता से खण्डन कर पाते हैं। 'क्रिटीक' वह पहला प्रयास था, जिसके द्वारा हम व्यक्ति एवं सामाजिक जगत की मध्यस्थता को समझ सकें।

सार्त्र के अनुसार, ''तात्कालिक घटनाओं से हमें आलोचनात्मक अनुभव प्राप्त होता है। वह हमारी समष्टि का दूसरों के साथ व्यावहारिक सम्बन्ध स्थापित करने में मदद करता है। इन व्यावहारिक अनेकताओं की विभिन्न संरचनाओं, उनके विरोधाभासों एवं संघर्ष के दौरान साकार वास्तव का ऐतिहासिक व्यक्ति स्वरूप ग्रहण करता है।''

सार्त्र की 'क्रिटीक' का पहला सिद्धान्त था 'समष्टीकरण की अवधारणा।' इन अवधारणाओं को क्रमानुसार समझने के लिए उन सारे सम्बन्धों को समझना होगा, जो व्यक्ति और प्रकृति में अवस्थित हैं। व्यक्ति चीज़ों से उसी हद तक मध्यस्थ होता है जिस हद तक चीज़ें व्यक्ति से मध्यस्थ होती हैं। व्यक्ति और वस्तुओं का अपरिभाषित व्यावहारिक जगत, अपनी पहली समष्टि उस समय प्राप्त करता है, जब आदमी की कोई ज़रूरत पैदा होती है और इस ज़रूरत को पूरा करने हेतु वह कोई प्रयास करता है।

'बीइंग एंड नथिंगनेस' में सार्त्र जिस 'अभाव' (निगेशन) का ज़िक्र करते हैं, 'क्रिटीक' में वही 'ज़रूरत' (नीड) मानवीय क्रियाकलापों का पहला मौलिक आधार है। पदार्थ के निष्क्रिय जगत को मानवीय ज़रूरत से ही अर्थवत्ता दी जा सकती है। यानी वस्तु एक जड़ अवरोधक की तरह सामने है, जिसका व्यवहार करके हम उसे अर्थ प्रदान करते हैं।

मानवीय सम्बन्धों को समझने के लिए भी हमें यह समझना होगा कि कैसे अकेला व्यक्ति अपने व्यावहारिक जगत में अपनी ज़रूरतों को पूरा करने के लिए प्रकृति के साथ क्रियाशील होता है। सार्त्र यहाँ एक बड़ा जीवन्त उदाहरण देते हैं। वे अपनी खिड़की से बाहर बगीचे की तरफ़ देखते हैं, जहाँ पर फूलों की क्यारी में एक माली काम कर रहा है और बगीचे

मे सड़क की मरम्मत एक मज़दूर कर रही है। यहाँ माली तथा मज़दूर का अपना अलग-अलग कार्यक्षेत्र है, किन्तु सार्त्र अपनी खिड़की से जब इन दोनों को देखते हैं, तब दोनों का कार्य जगत एकात्मक होकर एक अकेली समष्टि बनती है। यहाँ जिस तीसरे व्यक्ति की चर्चा सार्त्र करते हैं, उनके अनुसार यह 'तीसरा व्यक्ति' पहले दोनों व्यक्तियों को एक समूह में परिणत करता है। प्रत्येक श्रमिक यहाँ पर अपनी क्रिया द्वारा मानवीय रूप ग्रहण करता है। अतः प्रत्येक 'दो' का सम्बन्ध किसी 'तीसरे' से और फिर इस दूसरे तथा तीसरे का सम्बन्ध किसी 'और तीसरे' से निर्मित होता है। समष्टीकरण की यह क्रमशः विशद होती हुई प्रकिया है। 'तीसरे' की यह अवधारणा व्यक्ति की उस उप-अवधारणा का खण्डन करती है, जो यह कहती है कि अपने निजीकृत जीवन में व्यक्ति बिल्कुल अकेला है। सार्त्र कहते हैं कि "आदमी बिल्कुल अकेला कभी नहीं होता, क्योंकि उसका यह अकेलापन भी एक विशेष प्रकार का सामाजिक सम्बन्ध है। दूसरे उसके निजीकृत विचार एवं भावनाओं में भी सामाजिक जगत का सन्दर्भ रहता है। विधेयक रूप से 'तीसरे' की यह अवधारणा व्यक्तिगत क्रियाओं का वह पार्श्व है, जो सामाजिक मध्यस्थता का काम करता है। इसीलिए सामाजिक अन्तःक्रिया की पारस्परिकता हमेशा 'तीसरी पार्टी' की मध्यस्थ पारस्परिकता लिए हुए होती है।" यहाँ फिर एक बार सार्त्र व्यक्ति की परमाणवीय चेतना को समाजीकृत करने में सफल होते हैं। अतएव 'बीइंग एंड नथिंगनेस' में सार्त्र अपनी बात व्यक्ति से शुरू करते हैं। व्यक्ति की स्वतन्त्रता, उसकी स्वतन्त्रता जनित सम्भावनाएँ और फिर किसी एक सम्भावना का वरण। 'क्रिटीक' तक आते-आते वरण के कारण उत्पन्न होनेवाले सामाजिक सम्बन्ध सार्त्र द्वारा पुनः द्वन्द्वात्मक प्रक्रिया के जाल में बुन दिये जाते हैं।

वस्तुओं की ज़रूरत तथा स्वल्पता तथा उनके अपने परिवेश से सम्बन्ध के विषय में लिखते हुए सार्त्र पदार्थ की द्वन्द्वात्मकता से बात प्रारम्भ करते हैं कि कैसे उसे सामाजिक जगत की समष्टि में ढाला जाये तथा उसे स्थापित किया जाये। पदार्थ की दृष्टि से देखा जाये, तो मनुष्य प्रकृति से जो कुछ भी उपलब्ध कर पा रहा है, वह उसके लिए पूरा नहीं बैठता। उसकी ज़रूरतें, उसकी 'निजी ज़रूरत' बनी रहती है। सार्त्र यहीं पर अपनी स्वल्पता की

अवधारणा को पेश करते हैं। वस्तुओं की स्वल्पता एक ऐसा क्रूर तथ्य है, जिसे हम नकार नहीं सकते। इसी स्वल्पता के कारण बहुसंख्यक व्यक्तियों का व्यावहारिक जगत पारस्परिक सम्बन्धों का एक निषेधात्मक जगत हो जाता है। व्यक्ति जब किसी वस्तु को भोगता है तब उसका यह उपभोग किसी आन्तरिक रूप से प्रत्येक व्यक्ति के विरोध में होता है। उसकी अपनी ज़रूरत की परितुष्टि अनभिप्रेत रूप से दूसरों के लिए एक धमकी है। हम जिस ज़मीन पर खड़े होते हैं, वह किसी और की ज़मीन भी हो सकती है, जिस मकान में रहते हैं, वही मकान किसी दूसरे के रहने के लिए भी व्यवहृत हो सकता है और जिस रोटी को हम खा रहे हैं, वह जाने-अनजाने बहुतों की भूख लिए होती है। समाज अपने ख़र्चों का चुनाव स्वयं कर लेता है और किसी एक समूह की परितुष्टि का अर्थ है कि उसे किसी दूसरे समूह से ख़तरा हो। सार्त्र यहाँ पर स्वल्पता को केवल पदार्थों के उपभोग से ही सम्बन्धित नहीं करते, बल्कि यह कहने का प्रयास करते हैं कि उपभोग द्वन्द्वात्मक रूप से उत्पादन के साथ सम्बन्धित है और उत्पादन हेतु कठिन श्रम की ज़रूरत पड़ती है। श्रम का विभाजन समाज में एक-सा नहीं। अभाव तभी दूर हो सकता है, जब वस्तुओं का उत्पादन प्रचुर हो और सभी को यह समान रूप से उपलब्ध हो तथा उत्पादन हेतु मानवीय श्रम की जगह, यान्त्रिक का पूरा प्रयोग होने लगा हो। सार्त्र के लिए स्वल्पता प्रत्येक मानवीय सम्बन्ध की जड़ता का अमूर्त एवं मौलिक आधार है। मानवीय घटनाओं के बीच में जब वस्तु-स्वल्पता अवस्थित होती है, तब वह प्रत्येक प्रकार की हिंसा, शोषण एवं अमंगल का स्रोत हो जाती है।

इस अभिकथन के कई पक्ष हैं। पहला तो यह कि स्वल्पता के कारण व्यक्ति का क्रियाकलाप विकसित हो जाता है, क्योंकि प्रत्येक व्यक्ति एक-दूसरे के लिए वस्तुपरक रूप से ख़तरनाक हो जाता है। आदमी वस्तु को बनाने के लिए जो श्रम करता है, उसका अर्थ ख़त्म हो जाता है। परिणामस्वरूप वह दूसरे व्यक्तियों को भी 'चीज़' की तरह प्रयुक्त करने लगता है।

उदाहरणार्थ, एक मशीन को लें, जो श्रमिक के लिए काम करने का एक उपकरण मात्र है। श्रमिक एवं मशीन की एक-दूसरे पर परस्पर निर्भरता है;

किन्तु इस निर्भरता के कारण अन्त में होता यह है कि व्यक्ति स्वयं मशीन की तरह हो जाता है। उसकी चेतना जो दूसरे व्यक्ति पर निर्भर करने हेतु एक पारस्परिकता को प्राप्त कर सकती थी एवं अन्य चेतनाओं के साथ मिलकर एक क्रान्तिकारी संगठित चेतना को जन्म दे सकती थी, उसकी सारी सम्भावनाएँ मशीन की मध्यस्थता के कारण ख़त्म हो जाती हैं। संगठन बनने से पहले ही टूट जाता है। स्वल्पता के क्षेत्र का मापदण्ड, संख्यामूलक नहीं हो सकता, बल्कि यह व्यक्तियों के बीच एक विधेयक पारस्परिकता (पॉजिटिव रेसिप्रोसिटी) से उपजता है। सार्त्रीय मानवता निषेध में उभरती है। प्रत्येक 'दूसरा' हमारे लिए एक 'धमकी-भरी चुनौती' है, एक बाह्य घटना मात्र। इस बाह्यता के साथ हमारा सम्बन्ध जड़ है। इन सारी बातों को सम्बन्धों की जड़ता के साथ ही मुझे अपने आभ्यान्तर जगत में शामिल करना होगा। मानव जीवन का सारा दर्द, सारी पीड़ा, स्थितियों के इन सारे विरोधाभासों को सार्त्र बड़े ही सुन्दर ढंग से चित्रित करते हैं, क्योंकि इच्छित वस्तुओं का अभाव है और व्यावहारिक रूप से स्वल्पता के कारण परितुष्टि सम्भव नहीं। अतः दूसरे में मानव मूल्यों को समझते हुए भी हम अपनी इस समझ को बनाये रख नहीं पाते। इसीलिए मानवीय श्रम के अर्थ की व्याख्या करते हुए सार्त्र कहते हैं कि अपनी भौतिक ज़िन्दगी को बदलने के लिए एवं पदार्थ पर भौतिकी रूप से क्रियाशील होने के लिए आदमी अपने-आप को अन्वयी भौतिकता अथवा आर्गेनिक फंडामेंटलिज़्म में न्यूनीकृत कर देता है।

और चूँकि अब मानवीय सम्बन्धों की संरचना में पदार्थ प्रवेश कर चुके हैं और मानवीय क्रियाएँ 'ज़रूरत' से नहीं उपजतीं, वे ज़रूरतों पर आधारित नहीं, इसलिए ये क्रियाएँ स्वयं मनुष्य के द्वारा निर्मित वस्तु-जगत के हाथो बाह्य रूप से संचालित होने लगती हैं। संक्षेप में, मानवीय क्रिया-कलाप के जगत का संचालन उसकी आन्तरिक ज़रूरत नहीं करतीं बल्कि 'बाह्य वस्तु-जगत' करने लगता है।

अल्प वस्तुएँ ही आखीर में व्यक्ति को उन समुदायों में संरचित करती हैं, जिन्हें हम पदार्थ से परिभाषित कर सकते हैं। सार्त्र इन समुदायों को इस प्रकार क्रमिकता (सीरियलिटी) में रखते हैं।

उदाहरणार्थ, बस स्टॉप पर लोग खड़े हैं... उनके आपसी सम्बन्धों का पर्याय क्या है?... उनका सामूहिक उद्देश्य है, 'बस पर चढ़ना', यानी इसी के माध्यम से वे इस वक़्त संगठित हो सकते हैं। किन्तु, बाह्य रूप से स्वीकृत होते हुए भी वास्तव में वे सब अकेले हैं। उनकी पारस्परिकता एवं अन्योन्यता निषेधक है। वे एक-दूसरे की बिल्कुल चिन्ता नहीं करते। समरूप होते हुए भी यहाँ प्रत्येक व्यक्ति अपने-आप में, बिल्कुल 'अकेला' बस की प्रतीक्षा कर रहा है। रोज़मर्रा की ज़िन्दगी में इस प्रकार के आचरणों के अनेकानेक अनुभव हमें होते हैं, जहाँ लोग ऐसे समुदाय बनाते हैं, जिनमें मानवीय सन्दर्भ कम रहता है और सम्बन्धों का यह सांख्यिकीय पक्ष अधिक उभरता है।

जैसे ही बस के आने का समय होता है, लोग लाइन में खड़े हो जाते हैं। प्रत्येक व्यक्ति को मालूम है कि बस में सीटें कम हैं, इस कारण आपसी होड़ एवं प्रतियोगिता में, जो कि उनकी निजी ज़रूरत से उपजती है, प्रत्येक व्यक्ति एक-दूसरे के लिए महज़ एक वस्तु बन जाता है। सबसे घृणित पक्ष तो यह है कि स्वल्पता, मानवीय सम्बन्धों को उजागर ही नहीं होने देती, जहाँ हर एक व्यक्ति अपने मानवीय गुणों से पहचाना जाये। यहाँ पर तो हम यह पाते हैं कि अधिकृत रूप से हर व्यक्ति, अपने-आप में बिल्कुल अकेला है, सबके साथ रहते हुए भी। पारस्परिक सम्बन्धों के बावजूद हम सभी इस अमानवीय पक्ष को झेलते हैं। शारीरिक रूप से निकटतम होते हुए भी, क्रमानुसार संख्या में प्रत्येक व्यक्ति अपरिमित रूप से एक-दूसरे से अलग है। क्रिया जगत में ऐसे मानवीय अलगावों के बहुत-से उदाहरण हमारे सामने आते हैं। दुकानों में लोगों का ख़रीदारी करना, फ़ुटपाथ पर चलना या फिर अख़बार पढ़ते हुए दिखाई देना, जनमत गणना आदि घटनाओं के ऐसे ही कई उदाहरण दिये जा सकते हैं।

मानव समाज में पदार्थ तथा मानवीय समष्टीकरण का यह सबसे अँधेरा पहलू है। यहाँ पर सार्त्र मानव स्वातन्त्र्य एवं उसके अलगाव का बड़ा ही सुन्दर उदाहरण देते हैं। अलगाव के लिए या महज़ अपने स्वयं के प्रति दूसरा होने के लिए, यह ज़रूरी हो जाता है कि व्यक्ति वह 'अवयवी' हो, जो द्वन्द्वात्मक क्रिया कर सके। क्रियान्वित वस्तुओं की ज़रूरत की बाध्यता

के कारण तथा इन स्वतन्त्र क्रिया-कलापों की मध्यस्थता की वजह से जो अनिवार्यता प्रकट होती है, वह यह है कि व्यक्ति 'उत्पाद' का रूपान्तरण करने की प्रक्रिया के दौरान, स्वयं इस उत्पाद से रूपान्तरित होता जाता है यानी स्वयं उससे अलगावित होता जाता है। उसकी स्वतन्त्र क्रियाएँ अपनी स्वतन्त्रता में उन सभी वस्तुओं को आत्मसात कर लेती हैं, जो उसका दमन करती हैं, जैसे उबाऊ एवं थकानेवाले काम, शोषण, बढ़ती हुई क़ीमतें इत्यादि। जहाँ व्यक्ति स्वयं वस्तु का उत्पादन करता है, वहीं ये वस्तुएँ एवं प्रत्येक दूसरा व्यक्ति भी उस पर हावी हो जाता है। यानी वह स्वयं व्यक्ति के नरक में परिणत हो जाता है। यह ठीक है कि कार्यजगत में श्रमिक के लिए कोई और उपाय भी नहीं। यहाँ चुनाव असम्भव है, लेकिन फिर भी कार्य जगत से वह सम्बन्धित तो है।

स्थितिग्रस्त श्रमिक का अलगाव सामूहिक सामुदायिक क्रिया एवं संकल्प की मध्यस्थता से ही ख़त्म हो सकता है। व्यक्ति स्वतन्त्रता कभी ख़त्म नहीं होती। परिस्थिति को सहन करने एवं अलगावित संरचना का आभ्यन्तरीकरण करने हेतु वह हमेशा स्वतन्त्र रहता है। स्वतन्त्रता हर क्षण उसका पीछा करती रहती है, क्योंकि 'वह स्वतन्त्र है' अपनी इस त्रासद स्थिति को नकारने के लिए भी, इसीलिए उसकी यह स्वतन्त्रता 'यथास्थिति' के लिए हर समय एक चुनौती लिए होती है। क्रान्ति कोई भविष्य की आशा नहीं है। इसे समाज हर क्षण व्यक्ति-चेतना द्वारा जीता रहता है। क्रमागत संरचना, लाइन में खड़े हुए व्यक्तियों का नियमन एवं निर्धारण ठीक उस प्रकार नहीं करती, जैसा कि एक बिलियर्ड बॉल दूसरी बिलियर्ड बॉल से टकराकर करती है। इसके बदले क्रमागत रेखा एक ऐसी द्वन्द्वात्मक अनिवार्यता पैदा करती है, ताकि व्यक्ति उसको आन्तःकृत कर ले। पूँजीवाद का अन्तिम विरोधाभास स्वयं उसके ही क्रियाकलापों के परिधि जगत में उभरता है। जिस यान्त्रिकी के कारण आदमी स्वयं से अलगाव में जा गिरता है, वही यान्त्रिकी एक विकसित स्थिति में मानव-मुक्ति का पैगाम लिए हुए होती है। यह प्रगतिशील विकास ही है, जो क्रमशः उत्तरोत्तर रूप से श्रम के शोषण से आदमी को मुक्ति दिला पाता है। सार्त्र के अनुसार मार्क्सवादियों ने द्वन्द्वात्मक गतिशीलता के उन व्यक्तिगत क्षणों को दबाकर रखा,

जिनके माध्यम से वे अपने अलगाव को बखूबी समझ सकते थे। अस्तित्ववादी मार्क्सवाद, हमारे सामने व्यक्ति के इस अलगावित पक्ष पर काफ़ी विवेचनाएँ रखता है कि कैसे एक व्यक्ति जीवन जीने की प्रक्रिया में स्वयं से अलगावित होता जाता है। सार्त्र अपनी 'क्रिटीक' में दोनों ही पक्षों का स्पष्टीकरण करते हैं, जैसे व्यक्ति पदार्थ का रूपान्तरण कर सकता है, उसे बदल सकता है, व्यवहृत कर सकता है, वैसे ही पदार्थ की भी अपनी एक निजी क्षमता होती है, जिसके द्वारा वह व्यक्ति का अलगाव में रूपान्तरण कर सकता है।

अब प्रश्न यह उठता है कि क्या आदमी अपने अलगाव को ख़त्म कर सकता है? हीगेल ने यह बतलाया था कि जब चेतना की वस्तु से सम्बन्धित होने की चाह के कारण मनुष्य की अपनी एकात्मकता खण्डित होती है, तभी जीवन में अलगाव पैदा होता है। इसके बदले, मार्क्स ने जो अलगाव की सम्भावना सामने रखी, वह यह थी कि चेतना का अलगाव वस्तु जगत में विमर्श होने से नहीं होता। अलगाव सम्बन्धों की संरचनाओं से तब पैदा होता है जब उत्पादित वस्तुएँ अपना मौलिक स्रोत एवं अर्थ खो देती हैं; लेकिन दोनों ही लेखक अलगाव को मानवीय यथार्थ का एक प्राथमिक पक्ष मानते हैं। इसके बदले सार्त्र यहाँ पर एक और मौलिक अवधारणा सामने रखते हैं। उनके अनुसार, पदार्थ की मध्यस्थता की वजह से अलगाव आदमी के अस्तित्व को अपने में लपेट लेता है, उसकी चेतना को भ्रष्ट करता है, किन्तु किसी-न-किसी स्तर पर, कभी-न-कभी आदमी अपने को एवं दूसरे को, आदमी की तरह पहचानता ज़रूर है। इसीलिए अलगाव के मूल में वस्तु की स्वल्पता निहित है। सार्त्र अलगाव के विभिन्न स्तरों की विवेचना करते हैं। एक अलगाव होता है—वस्तुकरण की प्रकिया में। यहाँ उत्पादित वस्तुएँ अपने-आप में काफ़ी महत्त्वपूर्ण होकर व्यक्ति के सामने अवरोधक रूप में खड़ी हो जाती हैं। कारण यह है कि श्रम की प्रकृति ही ऐसी है कि वह व्यक्ति को उसके स्वयं में अन्य उपकरणों के साथ एक उपकरण की तरह ही प्रयुक्त करता है। अलगाव के साथ एक और घटना भी जुड़ी हुई है। वह है दूसरेपन (अदरनेस) की। व्यावहारिक जगत में वस्तुगत स्वल्पता के कारण, जो अभाव पैदा होता है, उसके कारण आदमी अपने अकेलेपन में बिखर जाता है।

ऐसी स्थिति में कमोबेश रूप से वह एक-दूसरे के लिए अजनबीपन का भाव लिए हुए होता है। प्रश्न उठता है कि क्या अलगाव, पदार्थीकरण एवं बदलाव तथा जड़ता आदि सामाजिक बुराइयाँ दूर नहीं हो सकतीं? चूँकि सार्त्र एक ऐसे समाज की कल्पना कर रहे थे, जहाँ पर अभाव न हो। अतः उन्हें इस बात को तो स्वीकार करना ही पड़ा कि अलगाव के ये सारे पर्याय ऐतिहासिक हैं, अपरिवर्तनीय नहीं। वे जितने भी प्रकार के अलगावों का विश्लेषण करते हैं, वे सभी वस्तु स्वल्पता से सम्बन्धित हैं, इसीलिए ज़रूरी नहीं कि प्रत्येक मानवीय स्थिति पर वे लागू हों। सार्त्र स्वयं 1959 में अपने इस कथन को इस प्रकार परिवर्तित करते हैं :

"विकसित पूँजीवाद में (आय की यह समानता होते हुए भी) अधिकांश श्रमिकों की प्रारम्भिक ज़रूरतें तो पूरी होती ही हैं।'

यदि सत्तामूलक रूप से एक स्वतन्त्र व्यक्ति और स्वतन्त्र जड़ प्रकृति का सम्बन्ध बदले, तो सारा समाज, इसका स्वरूप, सब कुछ बदल जाता है। सच तो यही है कि द्वन्द्वात्मक तर्कीय प्रणाली भविष्य में किसी भी प्रश्न का उत्तर नहीं दे सकती, क्योंकि इस प्रणाली की बोधगम्यता ऐतिहासिक संरचना पर निर्भर होती है।

समुदाय का विकास–सार्त्र सांख्यिकीय क्रमागत या 'सीरिएलिटी' को ज़्यादा पारस्परिक एवं साथ ही सहधर्मी सम्प्रदाय से भिन्न रखते हैं। जहाँ महज़ क्रमिक सम्बन्धों में पदार्थीय जड़ता होती है, वहीं समुदाय में स्वतन्त्र परियोजना का अधिक सामर्थ्य होता है। समुदाय की रचना और उसकी यह यान्त्रिकी, एकता के बदले अवयवी एकात्मकता लिए होती है। आदमी के लिए क्रमिक जड़ता में रहना बड़ा दुष्कर है, इसीलिए वह और अधिक सामुदायिक एकता की संरचना करने हेतु प्रेरित होता है। साथ ही, वास्तविक समुदाय के संगठन के लिए बाहरी ख़तरे का होना भी ज़रूरी है। जो समुदाय बिना किसी ख़तरे का सामना किये क्रमागत रूप से स्वतः सम्बन्धित होते हैं, उन समुदायों में क्रान्तिकारी भूमिका का अभाव होता है। क्रमिकता में एक व्यक्ति दूसरे व्यक्ति को अपने से भिन्न 'दूसरे' की तरह देखता है; किन्तु ख़तरे के समय अचानक पूरा समुदाय कहीं पर एकात्म हो जाता है। इसका प्रत्येक सदस्य, हर 'दूसरे' को भी 'अपनी' ही तरह देखने लगता है।

'दूसरे' के लिए उसकी दृष्टि ही बदल जाती है। वह बहुत 'अपना' हो जाता है। हम यहाँ पर एक पारस्परिक भक्ति भाव पाते हैं। ऐसा समुदाय कार्य जगत की निरपेक्ष पारस्परिकता की वजह से बनता है। क्रियाकलापों का यह ऐसा जगत है, जहाँ प्रत्येक व्यक्ति दूसरे की परियोजना भी अपनी परियोजना की तरह करता है। यद्यपि प्रत्येक व्यक्ति में प्रतिक्रिया होती है; किन्तु अपनी-अपनी प्रतिक्रिया के बदले एक 'सह-अस्तित्व' का अवतरण हो जाता है। साथ ही निर्वैयक्तिकता, विलगाव, परमाणवीय अवस्था आदि का विकास 'क्रमबद्धता' के कारण होता है, जहाँ व्यक्ति केवल बाहरी रूप से जुड़ा हुआ होता है। समुदाय, एकरूप समुदाय (ग्रुप इन फ्यूज़न) ज़्यादा गहन व्यक्तिगत सम्बन्धों से गठित होता है। ऐसे समुदायों से आदमी अपनी खोयी हुई मानवता को दमित एवं कुण्ठित स्वतन्त्रता को पुनः हासिल करता है। इसमें जहाँ आदमी ख़ुद ही उन सम्बन्धों की संरचना करता है, जिनमें उसका आत्म-स्वरूप शीशे जैसा पारदर्शी हो जाता है, वहीं इन समुदायों में प्रत्येक दूसरे व्यक्ति को भी अपनी स्वतन्त्रता पाने का अधिकार होता है।

"सार्त्र ने यह भी कहा कि केवल एकरूप सामुदायिक संरचना में ही स्वतन्त्रता को पुनः हासिल करना सम्भव होता है।"

"अन्तिम त्रासद स्थिति ही एक विस्फोटक क्रान्ति चेतना का निर्माण करती है।"

'बीइंग एंड नथिंगनेस' में सार्त्र हम लोग (वी सब्जेक्ट) की सत्ता मीमांसा करते हुए, जिस दुविधा का अनुभव करते हैं, वह यहाँ नहीं है। बुर्जुवा व्यक्तिवाद के बदले अब आदमी की जो तस्वीर वे खींचते हैं, वह ऐसे आदमी की है जो एक सामुदायिक क्रिया (कॉमन एक्ट) द्वारा अपनी स्वतन्त्रता को उस व्यवस्था के ख़िलाफ़ विनियोजित करता है, जो उसे निरन्तर टुकड़ों में तोड़ती हुई परमाणवीय टुकड़ों में परिवर्तित करती है। रेनैसाँ के बाद केवल निजीकृत चेतना की स्वायत्तता की जो बात लॉक एवं बर्गसां जैसे दार्शनिकों ने उठायी थी, सार्त्र पूरी तरह उसका विरोध करते हैं। अतः सार्त्र पर यह आरोप कि वह देकार्ते की निजीकृत चेतना (कॉजिटो) के घेरे से बाहर नहीं निकल पाये, यहाँ लागू नहीं होती। 'क्रिटीक' में सार्त्र पूरी तरह उस प्रभाव से मुक्त होकर एक 'अस्तित्ववादी मार्क्सिस्ट' की तरह सामने आते हैं।

वे अब भी क्रियाकलापों से समुदाय को परिभाषित करते हैं और इसका कारण स्पष्ट भी है। व्यक्ति स्वतन्त्रता एवं उससे जनित क्रियाकलापों के अलावा किन्हीं और सन्दर्भों का उल्लेख करने का अर्थ होता है, किसी परामानवीय अस्तित्व की वास्तविकता को स्वीकारना, जबकि सार्त्र स्वायत्तता को व्यक्ति से बाहर बिल्कुल नहीं रखना चाहते। जहाँ वे कहते हैं कि नैसर्गिक अधिकार व्यक्ति में निहित है, वहीं 'क्रिटीक' में उनका कहना है कि अपने मानवीय अधिकारों को प्रत्येक व्यक्ति एक स्वतन्त्र हैसियत से जनवादी सामुदायिक संरचना की मध्यस्थता द्वारा ही पा सकता है।

पारम्परिक दृष्टिकोण में तो हम केवल निजीकृत चेतना की यह अवधारणा पाते हैं कि भीड़ में लाइन में खड़ा हुआ आदमी दूसरे व्यक्ति की स्वतन्त्रता को नहीं स्वीकार कर पाता, क्योंकि यहाँ प्रत्येक व्यक्ति एक-दूसरे के प्रति उदासीन, विरोधात्मक और बिलगाव की स्थिति में है। 'क्रिटीक' की स्वतन्त्रता की अवधारणा यह चाहती है कि प्रत्येक व्यक्ति की साधारण परियोजना में स्वतन्त्रता को मूर्त रूप मिले। एकरूप समुदाय से एक वस्तुगत सामाजिक संरचना हो जाती है और जगत का गठन एक स्वतन्त्र मानवीय जगत के रूप में उभरता है। सार्त्र यहाँ व्यक्ति एवं समाज के द्वैत को ख़त्म करते हैं। उनका अस्तित्ववादी मार्क्सवाद, आदमी की व्यक्तिगत स्वतन्त्रता को स्वीकार करता है। यह सामाजिक जगत ही है, जो व्यक्ति को स्वतन्त्रता की सही गारंटी दे सकता है। सार्त्र ऐलान करते है कि मानवता का अभ्युदय समुदाय में होता है। इस स्वतन्त्रता का भौतिक आधार है : श्रम का यान्त्रिकीकरण और प्रकृति से प्रविधि की एकात्मकता। बिना इसके एकरूप समुदाय की संरचना सतही एवं अस्थिर होगी। संक्षेप में, सार्त्र का यह जनवादी एकरूप समुदाय ही वास्तविक और सही क्रान्तिकारी संगठन होगा, लेनिन पार्टी का अभिजन समुदाय नहीं।

इस समुदाय का यह स्वरूप होगा कि :

यह जनमत पर आधारित होगा।

इसमें खुले वाद-विवाद की सम्भावना होगी।

इसमें आत्माभिव्यक्ति के लिए पूरी स्वतन्त्रता होगी।

एवं दूसरों के प्रति सहिष्णुता भी होगी।

बिना बाध्यकारी नियमन के यह स्वतन्त्रता समुदाय के सदस्यों को प्राप्त होगी। सार्त्र यहाँ पर बुर्जुवाजी, अमूर्त मानवता की बात नहीं करते, जहाँ पर प्रत्येक घटना अनासक्त रूप से विश्लेषित की जाती है। सार्त्र यहाँ पर केवल व्यक्ति के ठोस अस्तित्व की बात करते हैं, जो पूरी तरह से सामुदायिक अनुभव में संलग्न और अभियोजित है। वह व्यक्ति की बौद्धिकता की बात नहीं उठाते। उनके अनुसार, बुद्धि अस्तित्व का एक आयाम मात्र है, समूचा अस्तित्व नहीं।

अब प्रश्न यह उठता है कि इस समुदाय का स्तर क्या होगा? सार्त्र यहाँ पर अपने पूर्ववर्ती लेखकों के अनुसार, समुदाय को व्यक्ति की क्रिया से भिन्न अस्तित्व प्रदान करने के लिए पूरी तरह सहमत हैं। सामुदायिक एकता अपने सदस्यों के सामान्य क्रियाकलापों का अतिक्रमण नहीं करती। यदि करती है, तो इसकी अपनी एक स्वतन्त्र स्थिति होती है, जो कि बाद में सदस्य व्यक्तियों की स्वतन्त्रता का दमन करने से बाज नहीं आती। अतः सार्त्र यहाँ पर एक ऐसे खुले समुदाय की बात करते हैं, जो सारी सम्भावनाओं को लिए हुए होता है और जिसके सदस्य निरन्तर अपनी क्रियाओं का पुनर्गठन एवं पुनः समष्टीकरण करते रहते हैं। अधिक-से-अधिक समुदाय वह स्थिति है, जिसमें व्यक्ति अपनी सत्तामूलक नियति को प्राप्त करता है, किन्तु उससे मानवीय स्वतन्त्रता के सन्दर्भ में समुदाय का अपना महत्त्व ख़त्म नहीं हो जाता, क्योंकि समुदाय के लोगों के क्रियाकलापों के समष्टीकरण का यह एक अनिवार्य हिस्सा बन जाता है। सार्त्र यहाँ पर किसी भी अधिसंस्थान (सुपर-स्ट्रक्चर) की बात नहीं उठाते, न ही व्यक्ति के विरोध में समाज की कोई अलग तस्वीर रखना चाहते हैं। समुदाय का नियमन आन्तरिक रूप से होता है, जबकि क्रमिक का नियमन बाह्य रूप से होता है। समुदाय के जितने भी सदस्य हैं, वहाँ पर प्रत्येक दो के बीच का सम्बन्ध उसी के भीतर अवस्थित 'तीसरे' का दृष्टिपात ही करता है। व्यक्ति अपने समुदाय की सदस्यता का आन्तरीकरण करता है। एकरूप समुदाय का मौलिक सम्बन्ध यह है कि प्रत्येक व्यक्ति अपने-आप में, अपने किन्हीं दो सदस्यों के लिए 'तीसरे' की भूमिका निभाता है। सार्त्र यहाँ अंशी को समग्र (टोटैलिटी) में जोड़ते हैं। यह एक ऐसी समग्रता है, जिसमें निहित गत्यात्मकता उसे क्रमशः

समग्र से समग्रतर की ओर विकसित करती रहती है। सार्त्र यहाँ पर एक व्यक्ति मानव से दूसरे व्यक्ति मानव को जोड़ते हैं। वे हीगेलियन सामाजिक पूर्णता के सन्दर्भ में व्यक्ति को अंशी के रूप नहीं रखते।

क्रमागत समष्टि की जिस गत्यात्मक धारणा का सार्त्र यहाँ ज़िक्र करते हैं, वह समाजशास्त्रियों के सामाजिक संगठन की अवधारणा से बहुत मिलती-जुलती है। दुर्खीम के अनुसार, यूरोपीय समाज यान्त्रिकता के अवयवी रूप की ओर क्रमशः विकसित होता हुआ दिखाई देता है तथा वेबर के अनुसार, विकास के इस दौरान इतिहास में हम दफ़्तरशाही की प्रवृत्ति की ओर अधिक झुकाव पाते हैं, जिसके कारण यूरोप का भविष्य अन्धकारमय लगता है। सार्त्र का सिद्धान्त हमें इसीलिए अधिक क्रान्तिकारी लगता है, क्योंकि 'क्रमिकता' का जो विरोध वे करते हैं, उससे आपसी मानव पहचान की ज़रूरत पैदा होती है। सामाजिक सम्बन्धों में औद्योगिक समाज, चाहे वह रूस का हो या फिर पूँजीवादी अमेरिका का, दफ़्तरशाही प्रवृत्ति का ही परिचायक होता जा रहा है। पश्चिमी यूरोप का मार्क्सवादी आन्दोलन कम-से-कम सामाजिक सम्बन्धों पर प्रश्न तो उठाता है।

समुदाय में व्यक्ति का अलगाव–सार्त्र कहते हैं, "सता के सोपानीकरण में व्यक्तित्व का ह्रास होता जाता है। केन्द्रीभूत सत्ता अपने क्रमिक विकास के दौरान, व्यक्तिगत मानव पर जो उसकी सबसे पहली सीढ़ी की नींव है, आघात करती है, उसकी स्वतन्त्रता का दमन करती है।" व्यक्तिगत परियोजना की इच्छा आकांक्षाओं को निजीकृत कहकर वह जीवन में 'सहज सृजनात्मकता' को कुण्ठित करती है। सार्त्र एक प्रौद्योगिकी समाज में कम-से-कम उस विकसित रूपान्तर की कल्पना तो करते हैं, जो कि व्यक्ति को बचाये रखने में समर्थ होगा। यही कारण है कि 1960 में जब नव वामपन्थी श्रमिक छात्र, व्यवस्था के विरुद्ध आन्दोलन की बात उठाते हैं, तो सार्त्र का मानववाद इस आन्दोलन की नींव पर पत्थर बन चुका था।

सार्त्र अपनी अवधारणा का कमज़ोर पक्ष जानते थे। वे यह भली भाँति जानते थे कि उनका क्रियाशील समुदाय जड़ क्रमिकता के सागर में महज़ एक मानवीय टापू की तरह रह जायेगा। उनके सिद्धान्त की सबसे बड़ी चुनौती होगी, आदमी का यान्त्रिकी में विलयन।

आदमी के स्वभाव के इस अँधेरे पक्ष से वे भली भाँति परिचित थे इसीलिए वे कहते हैं :

"ज्यों-ज्यों दलगत सदस्य अपनी स्वतन्त्रता के प्रति अधिक सज़ग होते जायेंगे, त्यों-त्यों 'क्रमिकता' के विरुद्ध किसी-न-किसी प्रकार की प्रतिबद्धता की आवश्यकता महसूस होगी।"

समुदाय को बनाये रखने की तथा उसे और अधिक विकसित करने की पूरी क्षमता उसके सदस्यों में है। उन्हें अपनी स्वतन्त्रता को बनाये रखने हेतु समुदाय को सत्ता प्रदान करनी ही होगी। उसके समुदाय को ख़तरा न केवल बाह्य जड़ता से है, वरन् अपने सदस्यों से भी है, क्योंकि व्यक्ति यदि अपना समुदाय बनाने के लिए स्वतन्त्र है, तो इसे तोड़ने के लिए भी वह स्वतन्त्र है और यही कारण है कि समुदाय के अपने स्वार्थ, व्यक्ति-स्वार्थ से भिन्न हो जाते हैं। अपनी सत्ता को बनाये रखने के लिए सदस्यों को विघटनकारी होने से रोकने के लिए उसे आतंक का सहारा लेना पड़ता है।

अन्तिम विश्लेषण में सार्त्र लिखते हैं कि 'हिंसा का आतंक', 'क्रमिक यान्त्रिकता' के ख़िलाफ़ पैदा होता है। स्वतन्त्रता इसका कारण नहीं। समुदाय को अन्तिम ख़तरा है, आसपास की स्वल्पता पर आधारित परिवेश का। स्वल्पता एक ऐतिहासिक परिवेश मात्र है, फिर भी समुदाय का क्रमशः यान्त्रिक होना एक अपरिहार्य तथ्य की तरह सामने आता है। समुदाय की विशिष्ट कार्यशैलियों के कारण समुदाय में विशिष्ट जीवन-शैली तथा हैसियत आदि को प्रश्रय मिलना लाजिमी है। तब क्या वही संगठित समुदाय व्यक्ति के ख़िलाफ़ नहीं हो जाता? क्या यहाँ पर आदमी फिर ठगा नहीं जाता? क्या व्यक्ति का अपना ही कर्मजगत, उसकी स्वयं की अपनी अभिप्रेरणा के विपरीत संगठित नहीं हो जाता? हम यहाँ पाते हैं कि समुदाय रूपान्तरित होकर बहुधा एक व्यवस्था बन जाता है। यहाँ निम्नांकित प्रक्रिया घटती है :

पहले समुदाय के सामूहिक उद्देश्य के हित में व्यक्ति को अपनी इच्छाओं एवं उन पर आधारित व्यक्तिगत कार्यव्यापारों को संकुचित करना पड़ता है। 'सामूहिक उद्देश्य' यहाँ पर क्रमशः 'अमूर्त अनिवार्यता' का रूप ग्रहण करने लगता है। व्यक्तियों को अपनी-अपनी भूमिकाओं में

तादात्म्य खोजना पड़ता है। इसके कारण अन्तःक्रिया में बदलाव और बाह्य पारस्परिकता का जन्म होता है।

दूसरे समुदाय को प्रभुता की ज़रूरत इसलिए होती है, ताकि यह देखा जा सके कि प्रत्येक सदस्य अपना-अपना कार्य ठीक तरह से कर सके; किन्तु संस्था की यह क्रमिक गुणवत्ता ही आदमी की शक्तिहीनता की अधिकाधिक परिचायक होने लगती है। श्रम विभाजन के कारण आदमी शक्तिहीन होने लगता है। उसकी निर्णायक क्षमता घटती है और इन सबके पहले सोपानीकरण पर आधारित केन्द्रीय सत्ता का विकास होता है। अधिनायक इसीलिए समुदाय की एकात्मकता बनाये रख पाता है क्योंकि उसमें अब जनतन्त्र के बदले अल्पतन्त्र का महत्त्व अधिक हो जाता है। सत्ताधारी अभिजनों के लिए सार्त्र किसी सत्तामीमांसा की ज़रूरत नहीं समझते। उनके अनुसार, ज्यों ही हम अभिजनों की अनिवार्यता सिद्ध करते हैं, त्यों ही पारस्परिकता का अलगाव शुरू हो जाता है।

'व्यक्ति-समग्रता से व्यक्ति का अलगाव, जागतिक सह-अस्तित्व का सबसे घिनौना पहलू है।' यही कारण है कि ऐसे नियन्त्रित समुदायों से व्यक्ति को अलग छिटकना बड़ा आसान होता है। विघटन का भय ही है, जो समुदाय को इस बात के लिए बाध्य करता है कि वह कुछ लोगों को दिन-प्रतिदिन और अधिक जड़ता प्रदान करता जाये।

वृहत् संगठन, जैसे सामाजिक वर्ग को, राज्य को, यहाँ तक कि पूरे मानव समाज को रोज़मर्रा के इन्हीं छोटे-छोटे समुदायों से समझा जा सकता है। सार्त्र यहाँ पर मानवीय अन्तःक्रिया पर प्रकाश डालने के लिए इन छोटे-छोटे समुदायों का संरचनात्मक विश्लेषण करते हैं। सामूहिकता को वे छोटे-छोटे समुदाय एवं समेकित क्रमिकता (इंटीग्रेटिड सीरियेलिटी) कहते हैं। सामूहिकता की इकाई को वे कम परिभाषित करते हैं। उनके अनुसार, सामाजिक वर्ग और राज्य, समाज की प्राथमिक संरचना नहीं है। 'द कम्युनिस्ट एंड पीस' में वे जिस सामाजिक वर्ग की धारणा हमारे सामने रखते हैं, वह सतही सम्बन्धों पर आधारित छोटी-छोटी इकाइयों का गुच्छा मात्र है। इन वर्गों में राजनीतिक चेतना का अभाव होता है, क्योंकि वे केवल संस्था, भीड़, वृहत् आकार धारण करके ही निर्णायक क्षमता नहीं उत्पन्न कर सकते।

इस तरह तो हम पूरे शहर को क्रियारत एकरूप समुदाय (ग्रुप इन फ्यूजन) की संज्ञा दे सकते हैं। यह प्रश्न सामुदायिक गुणवत्ता का भी है। सर्वहारा वर्ग, श्रमिक समुदाय में प्रक्रियारत पदार्थ यानी उत्पादन के पर्याय और अन्य श्रमिकों के क्रियाकलाप के जगत, इन दोनों के द्वारा ही परिभाषित होता है। जब हम दोनों समष्टीकरणों को साथ रखते हैं, तब पाते हैं कि इस वर्ग के लिए इतिहास का प्रत्यक्ष अभिकर्ता (एजेण्ट) होने की सम्भावना विशाल है। अतः सामाजिक जगत में वर्ग की भूमिका इतनी जल्दी स्वीकृत नहीं हो सकती, इसका निर्णय काफ़ी सोच-विचार कर पूरे विश्लेषण के बाद ही किया जा सकता है। हमें अन्य ठोस और वास्तविक निर्णायक तत्त्वों को विशिष्ट 'क्रमिकताओं' एवं समुदायों के सन्दर्भों में समझना होगा। इसीलिए, किसी भी समय की राजनीजिक स्थिति को समझने के लिए हमें श्रमिक वर्ग की तात्कालिक संरचना एवं चेतना को समझना ज़रूरी हो जाता है। इनकी ऐतिहासिक भूमिका पूर्वानुमानित रूप से नहीं स्वीकारी जा सकती। हमें इस अनुभव निरपेक्ष मिथक से उबरना होगा कि 'सर्वहारा प्रत्येक समय विस्फोटक स्थिति में रहता है कि वह क्रान्तिचेतना जेहाद बोलने की पूरी तैयारी के साथ मौजूद है।' अक्सर तो यह देखने में आता है कि सामाजिक वर्ग एकता के बदले विशिष्टताओं में ज़्यादा विभाजित रहता है और ये सब विशेष अपनी-अपनी विभिन्न भूमिकाओं को निभाते हुए, आकस्मिक रूप से किसी एक ख़ास स्थिति में क्रान्तिकारी विस्फोटक चेतना में परिणत हो जाते हैं। यदि हम फ्रांस में 1968 के श्रमिक वर्ग का विश्लेषण करें तो पायेंगे कि इस क्रान्ति में केवल सर्वहारा वर्ग ही शामिल नहीं था, वरन् वकीलों, डॉक्टरों एवं स्त्री समुदाय का भी इसमें विशेष रूप से योगदान था।

पार्टी की मध्यस्थता–यहाँ 'पार्टी को सार्त्र सामूहिक रूप से कुछ व्यक्तियों का झुण्ड मात्र कहते हैं।' 'पार्टी श्रमिक वर्ग की ऐतिहासिक चेतना है', 1952 में अपनी स्वयं की कही हुई इस बात को सार्त्र बिल्कुल ख़ारिज कर देते हैं। पार्टी वर्गीय अभिकर्ता नहीं हो सकती, क्योंकि व्यवस्थित रूप से संस्थापन द्वारा यह वर्गीय अभिप्रायों के बिल्कुल विरुद्ध हो जाती है। सार्त्र अब पार्टी को संस्था की संज्ञा देते हैं, जिसके सदस्य क्रमशः अलगावित होते जाते हैं। यह विरोधाभास संस्था में निहित रहता है। बहुधा पार्टी का उद्देश्य तथा

श्रमिक का उद्देश्य एकदम विरोधी दिशाओं में चला है। अतः सबसे बड़ी राजनीतिक समस्या यह है कि किस प्रकार ऐसे क्रान्तिकारी समुदाय का संगठन किया जाये, जिसमें व्यक्ति की अराजकता को दूर किया जा सके। व्यक्ति को बचाना आवश्यक है। एक सामूहिक हित के लिए ऐसा संगठन ज़रूरी है, जिसमें उसका व्यक्तिगत हित भी निहित हो। और साथ ही यह भी देखते रहना है कि कालिक विकास के दौरान व्यक्ति कहीं खो न जाये। उसके निजी उद्देश्य तथा पार्टी के उद्देश्य एकदम विसर्जित न हो जायें। यदि यह विभेद रहता है तो अराजकता का होना स्वाभाविक है।

'क्रिटीक' में सार्त्र की आलोचना का केन्द्रीय मुद्दा था, स्वल्पता। चूँकि वस्तु स्वल्पता है, अतः प्रत्येक की ज़रूरतें पूरी नहीं हो सकतीं। व्यक्ति का शोषण अनिवार्य है और क्रान्ति का विस्फोटक तत्त्व यही मानवीय शोषण है। 1968 के बाद सार्त्र एक विकसित पूँजीवाद को देखते हैं, उपभोक्ता संस्कृति को समझते हैं—'जहाँ व्यक्ति की भौतिक ज़रूरतें तो पूरी हो जाती हैं; लेकिन उसका सृजनात्मक पहलू अधूरा ही रहता है। स्वयं से अलगावित व्यक्ति सारी ज़रूरतों की तुष्टि के बाद भी महज़ एक भीड़ की तरह जीता है।' सार्त्र इसी 'मानवीय अलगाव को नयी क्रान्ति का सबसे बड़ा आधार मानते हैं।' अतः क्रान्ति का प्रेरक तत्त्व विकसित पूँजीवाद में शोषण नहीं, बल्कि 'अलगाव' होगा। अपने स्तर में विभाजित श्रेणियों में, विशिष्ट भूमिकाओं में आदमी जब इस अलगाव को झेलता है, तब क्रान्ति का वाहक केवल सर्वहारा ही नहीं बल्कि भरे पेटवाला भी होगा। अपनी-अपनी अस्मिता की रक्षा के लिए आदमी की तरह ज़िन्दा रहने के लिए वह क्रान्ति की बुनियाद मज़बूत करेगा।

सार्त्र यहाँ पर राज्य की सत्ता और भूमिका के सम्बन्ध में प्रश्न उठाते हैं, "राज्य अपने समाज के अस्तित्व हेतु समुदायों से मिलकर बना है, चूँकि इन समुदायों में एकता का अभाव है, राज्य का सबसे पहला एवं बड़ा काम है, इनके एकल संगठन को बनाये रखना। राज्य का उद्देश्य है, इन मानवीय सामूहिकताओं की जोड़-तोड़ करते रहना। वह इन समुदायों को 'यान्त्रिक क्रमिकता' से नहीं उबारता, बल्कि अपनी स्थिति एवं ताक़त को बनाये रखने के लिए वह इनकी विषमता एवं क्रमिकता का लाभ उठाता है।"

मार्क्स की तरह सार्त्र भी राज्य का यह केन्द्रीय विरोधाभास हमारे सामने रखते हैं कि वह पूरे समाज पर अपनी एकल प्रभुता स्थापित करना चाहता है। प्रभुता, जो बाहर से व्यक्ति पर थोपी जायेगी और जिसे स्थापित करने के लिए दफ़्तरशाही को एक वर्गीय उपकरण (क्लास एपारेटस) की तरह व्यवहृत किया जायेगा।

यहाँ पर हम एक नये प्रकार का कार्य जगत पाते हैं। यह राज्य की दफ़्तरशाही का जगत है, जो समाज के प्रत्येक स्तर पर दख़लअन्दाज़ी के कारण पैदा होता है। राज्य आदमी के निजत्व से, उसकी प्रत्येक वस्तु से छेड़छाड़ किये बिना नहीं रहता। पूरा संचार जगत इसकी दफ़्तरशाही के नियन्त्रण में है। इसके पास अगणित हथियार हैं और यह नित नये हथकण्डे अपनाता हुआ बाह्य रूप से व्यक्ति चेतना को अनुकूलित करता रहता है। उसका यह बाह्य अनुकूलन (एक्सटीरियर कंडीशनिंग) हम हर जगह पाते हैं। जहाँ भी राज्य हैं, व्यवस्था है, लिखे गये संविधान हैं, वह चाहे पूर्व का समाजवाद हो या पश्चिम का पूँजीवाद, प्रत्येक जगह बड़ी क्रूरता से व्यक्ति स्वतन्त्रता का दमन किया जाता है। सार्त्र का सारा आक्रोश राज्य के इस वंचक रूप से है, जहाँ रक्षकगण व्यक्ति चेतना को मिटाने पर तुल जाते हैं। सार्त्र कहते हैं, ''बाह्य अनुकूलन व्यक्ति को बदलाव की उस सीमा तक ले जाता है, जहाँ पर क्रमबद्ध व्यक्ति वही काम करने लगता है, जो कि दूसरे भी करते हैं, क्योंकि उसे उन्हीं में से एक होना है।'' जब किसी राशन की दुकान या टेलीफ़ोन बूथ के सामने व्यक्ति लाइन में खड़े होते हैं, तब वे किसी गुमनाम आदेश को आन्तःकृत कर रहे होते है। उन्हें लाइन में खड़ा होना है, वही करना है, जो कि दूसरे कर रहे हैं, ताकि वे भी उन्हीं लोगों में से एक हो सकें।

''दूसरे से सम्बन्धित होना या दूसरे की तरह होना,'' सार्त्र इसे ग़लत नहीं मानते। वे इसे आदमी की सबसे बड़ी मौलिक ज़रूरत मानते हैं, क्योंकि जन्म से आदमी सामाजिक है। समुदाय बनाना उसका मानवीय धर्म है। सार्वभौमिकता की चाह उसकी आन्तरिक इच्छा है, इसीलिए ग़लत कुछ भी नहीं है। ग़लत तो तब हो जाता है, जब राज्य अपनी दफ़्तरशाही की मध्यस्थता से इसकी निर्दोष एवं मासूम ज़रूरतों का चालाकी एवं दोगलेपन

से जोड़-तोड़ करने लगता है। आदमी एक भीड़ बनकर रह जाता है और उस भीड़ का नियन्त्रण राज्य में आंतक से, बाह्य अनुकूलन से किया जाता है। हालाँकि समाज की तात्कालिक संरचना में जहाँ समुदाय एवं 'क्रमिकता' निहित है, वर्ग तथा दफ़्तरशाही का जन्म बाद में होता है। इसीलिए व्यक्ति के क्रियाकलाप का जगत वह प्राथमिक स्थिति है, जो वर्ग-संघर्ष को जन्म देती है।

सार्त्र यहाँ पर बाह्य अनुकूलन से मानवीय पारस्परिकता, आतंक एवं हिंसा से मानव-प्रेम के द्वैत की चर्चा करते हैं। समष्टीकरण का यह परिणाम रोज़गारों की ज़िन्दगी जीते हुए आदमी को भोगना पड़ता है। इतिहास से उसे मुक्ति नहीं मिलती। फ्रांस की राज्य-क्रान्ति का उदाहरण सामने है, जहाँ 18वीं सदी में बुर्जुवा वर्ग (सामाजिक न्याय एवं समता को प्रस्थापित करने हेतु) सामन्ती व्यवस्था के ख़िलाफ़ क्रान्ति करता है।

1960 के उत्तर काल में सार्त्र ने बढ़ती हुई तकनीकी तथा प्रौद्योगिकी सभ्यता देखी, साथ ही उपभोक्ता संस्कृति में आदमी के बढ़ते हुए अलगाव को समझा। जिस साहित्य और भाषा को वे जन-जीवन का उद्घोष मानते थे, उसी को उन्होंने सत्ता के हाथ बिकते हुए भी देखा। ऐतिहासिक और सामाजिक स्थिति को साहित्य एक सृजनात्मक तथा विनियोजक अर्थवत्ता प्रदान करता है। भाषा चेतना की अभिव्यक्ति का सबसे सशक्त माध्यम है। उन्हें लगा कि वर्गहीन समाज को एक प्रामाणिक भाषा की ज़रूरत है, जो व्यक्ति से व्यक्ति का संवाद स्थापित कर सके, लेकिन जो सामने आ रहा था, वह बड़ा भयंकर तथा त्रासद था। व्यक्ति से व्यक्ति का संवाद समाप्त हो रहा था। भाषा की निरपेक्षता और ठोसपन का स्थान एक सतही वार्तालाप ले रहा था। उपभोक्ता संस्कृति ने जहाँ आदमी को एक चीज़ की तरह ख़रीदना-बेचना शुरू किया वहीं भाषा का भी संस्थायन शुरू कर दिया। सत्ता ने भाषा के औज़ार को वर्गहित में व्यवहृत करना शुरू किया, अतः प्रतिक्रियास्वरूप हिंसा, आतंक एवं दमन का साहित्य सामने आया। एकआयामी संवाद के ज़रिये सत्ताधारी वर्ग अपने वर्गहितों को ही सर्वोपरि रखने लगा। उसके लिए बाक़ी सारी जनता महज़ एक भीड़ बन गयी। अतः कोई आश्चर्य नहीं कि श्रमिक वर्ग दिशाहारा हो गया।

श्रमिक वर्ग से उपभोक्ता संस्कृति ने उसके जीवन का उद्देश्य, उसकी अर्थवत्ता छीन ली। यान्त्रिकी भौतिकता के ये ऐसे अदृश्य हाथ थे, जो प्रत्येक व्यक्ति को केवल विनिमय योग्य औसत में परिणत करते जा रहे थे। अतः सृजनात्मकता के बदले पनप रहा था, भोगवाद। विज्ञापन की दुनिया, ज़िन्दगी के प्रत्येक क्षण को नियन्त्रित कर रही थी। जनता को केवल भोग सिखाया जा रहा था। विज्ञापन की मध्यस्थता से आदर्श और यथार्थ में सम्बन्ध स्थापित किया जा रहा था। इन विरोधाभासों में सामाजिक सन्तुलन का ह्रास होने लगा।

और हमारे सामने आयी एक बाज़ारू संस्कृति। अलगाव की एक ऐसी विभीषिका, जहाँ मूल्यों का ह्रास हुआ। दूसरी ओर सामाजिक एवं राजनीतिक उलझनें तथा उपभोग के प्रति व्यक्ति का अभियोजन बढ़ता गया। व्यक्ति-चेतना, इतिहास के प्रति अचेतन और स्वयं के प्रति निषेधात्मक ध्येय लिए हुए थी। अतः ऐसे संक्रान्ति-काल में दर्शन का मानवीकरण असम्भव होता जा रहा था।

सार्त्र का पहला और आख़िरी प्रश्न यही था कि क्या अलगाव को ख़त्म किया जा सकता है?

सार्त्र कहते हैं कि, ''पदार्थीकृत होता हुआ जड़-निष्क्रिय व्यक्ति भी इस प्रक्रिया के प्रति सचेत है। अलगाव की स्थिति में भी व्यक्ति किसी-न-किसी तरह एक-दूसरे को व्यक्ति के रूप में पहचानता है। आदमी की यह आदमी होने की पहचान ही उसकी सबसे मज़बूत ज़मीन है।''

संक्षेप में कहें तो सार्त्र ने इतिहास को निर्मित करने की मानवीय-क्षमता को बनाये रखा और अलगाव के विभिन्न प्रमुख रूपों को वैयक्तिकता की सीमा में निर्धारित किया। व्यक्ति प्रधान है, किन्तु वस्तु-स्थिति, यानी वास्तव उसके व्यक्तित्व को सीमित भी करता है। दूसरी ओर, वस्तु-स्थिति का परिवर्तन भी स्वयं व्यक्ति ही करता है, अतः विभिन्न स्तरों पर मानवीय अनुभवों की सापेक्षिक स्वायत्तता (रिलेटिव ऑटोनॉमी) स्थापित होती है। मानवीय अनुभव सार्वभौमिक तथा विशिष्ट दोनों ही प्रकार के होते हैं। सार्त्र ने अनुभव किया कि व्यक्तिगत जीवन की ऐतिहासिक समग्रता ऐसी ठोस

मानवीय स्थितियाँ हैं, जिनकी विशद विवेचना मनोविश्लेषण की मध्यस्थता से की जानी चाहिए।

यहाँ पर हम देखते हैं कि क्रमशः 'बीइंग एंड नथिंगनेस' की स्वतन्त्रता की अवधारणा अनिर्णित नहीं रही। आदमी का सामान जब ठोस सामाजिक एवं आर्थिक वस्तु-स्थितियों से होता है, तब वह बड़े आंशिक रूपों से ही जगत का परिवर्तन कर सकता है। सम्भावनाएँ सीमित होने लगती हैं और चुनाव संकुचित, किन्तु फिर भी अपनी सीमा-रेखा में व्यक्ति को चुनाव करना पड़ता है। यही उसकी नियति है। अतः आन्तरिक एवं बाह्य अनुभवों की इस समकक्षता में सार्त्रीय स्वातन्त्रीय की अवधारणा बिना अपना मूल स्वरूप बदले और अधिक समृद्ध होती है।

किन्तु सक्रिय राजनीतिक जीवन के मध्य तक आते-आते सार्त्र ने सृजन का एक और पूर्णतः चिन्तनशील कार्य प्रकाशित किया। ये 2800 पृष्ठों में छपे, तीन बृहद् ग्रन्थ थे, जिन्हें उन्होंने फ्रांस के महत्त्वपूर्ण बुर्जुवा लेखक गस्ताव फ्लॉबेयर के जीवन पर लिखा। पुस्तक को पढ़ने से यह और समझ में आता है कि 'तीसरे खण्ड' के अन्त में जो प्रश्न अनुत्तरित रह गये, शायद इन प्रश्नों के उत्तर में सार्त्र की एक योजना 'चौथे खण्ड' को लिखने की थी, जिसकी पृष्ठ संख्या पहले तीन खण्डों के समान ही होती। 1974 में जब वे बीमार हो गये, आँखों की रोशनी जाती रही, तब यह काम अधूरा रह गया।

प्रश्न उठता है कि फ्लॉबेयर की जीवनी में ऐसा क्या था, जिसने सार्त्र की हरक्युलियन ऊर्जा शक्ति को इस प्रकार सन्निहित कर लिया? अपने नये-पुराने दोस्तों से बातचीत करते हुए इस पुस्तक के प्रति वे कभी विनयशील और लज्जालु हो जाते थे तो कभी क्षमायाचना सहित चुप हो जाते थे। 'बीइंग एंड नथिंगनेस' या 'क्रिटीक' से अधिक महत्त्व उन्होंने इसे कभी नहीं दिया।

सन् 1972 के प्रारम्भ में सार्त्र ने ब्रसेल्स में जो भाषण दिया, उसमें फ्लॉबेयर परियोजना के बारे में, अपनी नकारात्मक भावनाओं का संक्षिप्त रूप वे प्रस्तुत करते हैं। वे कहते हैं कि पिछले 17 वर्षों से वे फ्लॉबेयर पर यह कार्य कर रहे हैं, जिसमें कामगारों की कोई रुचि नहीं हो सकती। जटिल बुर्जुवा शैली में लिखा गया यह ग्रन्थ केवल बुर्जुवा वर्ग एवं बुर्जुवा

सुधारवादियों, प्रोफ़ेसरों तथा विद्यार्थियों द्वारा ख़रीदा तथा पढ़ा गया। न यह जनहित के लिए था और न ही यह जनमानस को उजागर कर रहा था। पुस्तक जब प्रकाशित हुई, उस समय सार्त्र 67 वर्ष के थे। सार्त्र कहते हैं :

"जब मैं 50 वर्ष का था, तब मैंने यह काम शुरू किया था और इससे पहले मैं इसके ख़्वाब देखा करता था। बुर्जुवा पाठकों से यह ग्रन्थ मुझे जोड़ता है। इसके माध्यम से मैं भी एक बुर्जुवा हूँ और जब तक मैं इस पर काम करूँगा तब तक मैं बुर्जुवा बना रहूँगा। बहरहाल, मेरा दूसरा पक्ष यह भी है, जो मेरी इन आदर्शवादी रुचियों को नकारता है और शास्त्रीय बौद्धिक की भूमिका में मेरी इस पहचान के ख़िलाफ़ लड़ रहा है। मैं अभिजातवर्गीय लेखक नहीं बनना चाहता, जो अपने आपको गम्भीरता से लेता है। मैं स्वयं को चुनौती दे रहा हूँ और उस सर्वहारा में अपने आपको पाता हूँ जो बुर्जुवा तानाशाही के ख़िलाफ़ लड़ रहा है। मैं अपनी बुर्जुवा स्थिति छोड़ देना चाहता हूँ, अतः मेरे अन्दर एक ख़ास तरह का विरोधाभास है। मैं अब भी बुर्जुवा भाषा में बुर्जुवा के लिए लिख रहा हूँ, किन्तु उन कामगारों के साथ पारस्परिकता अनुभव करता हूँ, जो इसे मिटा देना चाहते हैं।" ये कामगार वही लोग हैं, जिनसे 1968 में बुर्जुवा वर्ग इतना ग्रस्त था। सार्त्र की इस आत्मालोचना का कारण यह खुंदक थी कि फ्लॉबर्ट कामगारों के लिए नहीं लिखता। फ्लॉबर्ट पर लेखन आख़िरकार एक पराजय का उत्पाद था। 'क्रिटीक' के विध्वंस पर 'द ईडियट ऑफ़ द फ़ैमिली' की इमारत खड़ी हुई थी। यह साहित्य वैराग्य का साहित्य था। इसमें जगत को छोड़कर सार्त्र का चिन्तन एक अन्य बौद्धिक के जीवन और सृजन पर लग जाता है। वे लिखते हैं :

"ईश्वर हुए बिना एक आदमी होकर किसी दूसरे आदमी के बारे में सब कुछ व्यक्त किया जा सकता है, बशर्ते उस आदमी के बारे में हमें सभी अनिवार्य जानकारियाँ हासिल हो सकें।"

अपनी पुरानी प्रतिबद्धता से हटकर सार्त्र की बौद्धिक ऊर्जा बड़ी शिद्दत के साथ फ्लॉबर्ट के बारे में सब कुछ कहने-सुनने की दिशा में सक्रिय हो गयी। सार्त्र कहते हैं कि आज के आदमी के बारे में कितना कुछ जाना जा सकता है, इस सवाल का जवाब देने के लिए एक व्यक्ति-विशेष का

पूरा अध्ययन ज़रूरी है तथा वह व्यक्ति-विशेष फ्लॉबर्ट भी हो सकता है। फ्लॉबर्ट को सहायक की भूमिका दिये जाने पर आलोचक बौखलाये, लेकिन सार्त्र के अध्ययन का उद्देश्य जीवनी-सम्बन्धी प्रणाली (मेथड) का विकास करना था। फ्लॉबर्ट की विशिष्ट रुचियों से अलग उन्होंने एक व्यवस्थित आत्मसृजक निबन्ध भी लिखा। जीवनी-अध्ययन के सन्दर्भ में इसका प्रयोग कहीं भी किया जा सकता है।

हम देखते हैं कि सार्त्र ने मार्क्सवाद और मनोविश्लेषण दोनों का विकास अपनी जीवनी सम्बन्धित इस परियोजना में किया है। उनके प्रारम्भिक चिन्तन का पराकाष्ठावाद (एब्सॉल्यूटिज़्म) इसमें सुरक्षित और गहन दिखाई पड़ता है। न्यूनीकृत स्वातन्त्र्य की उनकी मूल धारणा यहाँ अपना आकार ग्रहण कर लेती है। असम्भव माँगों और दमनकारी स्थितियों में भी सार्त्र कहते हैं, अपने को बचाने के लिए हम स्वयं उत्तरदायी हैं। जीव अपनी पूरी एकता में जीवन के लिए अनुपयुक्त स्थिति में भी जीवित रहने का रास्ता खोजता है।

फ्लॉबर्ट का आत्म-सृजन दिखाने में क्या सार्त्र सफल हुए? नैतिक और सामाजिक मिशन की भावना से मुक्त सार्त्र ने अपनी समस्त बौद्धिकी ऊर्जाएँ समेटकर उन्हें इस महती कार्य में लगा दिया। सार्त्र ने वे सभी सीमाएँ तोड़ दीं जिनमें वे सीमित तथा अनुशासित रह सकते थे। सार्त्र के आम-नीतिवाद से मुक्त यह पुस्तक किसी गन्तव्य तक पहुँचने की सांसारिक अनिवार्यता से अभिप्रेरित नहीं थी।

इस पुस्तक के विलक्षण विस्तार के अनेक कारण दिये जा सकते हैं। सार्त्र इस पुस्तक में यह साबित करना चाहते थे कि जीनियस कोई उपहार नहीं, बल्कि निराशाजनक परिस्थितियों में भी अपनी राह खोजनेवाला व्यक्ति होता है। उस तत्त्व का चुनाव करनेवाला होता है, जिसे लेखक अपने लिए या मानव-जीवन के लिए या फिर इस पूरे ब्रह्माण्ड का अर्थ समझने के लिए अनिवार्य मानता है। दूसरे शब्दों में, लेखक अपनी शैली की विशिष्टताओं, उसके संगठन, अपनी कल्पना की संरचना और अपनी रुचियों की विविधताओं में अपनी मुक्ति का इतिहास प्रस्तुत करता है। लेखक अपनी सामाजिक परिस्थितियों को आत्मसात् करता है।

वह उत्पाद के सम्बन्धों को भी आत्मसात् करता है। उसकी समकालीन व्यवस्थाएँ एवं संस्थाएँ–उनका इतिहास, और उसके बचपन का परिवार आदि ये सारी परिस्थितियाँ उसके आभ्यन्तर का निर्माण करती हैं। लेखक पुनः अपनी इन सम्भावनाओं में से किसी एक का वरण और अपने वरण सम्बन्धित कार्य-व्यापारों को पुनः बाह्यकृत करता है। जहाँ 'बीइंग एंड नथिंगनेस' और 'क्रिटीक' में सार्त्र बौद्धिकी अधिक थे–जीवन के आन्तरिक अनुभवों के बदले जागतिक विश्लेषण पर ज़ोर अधिक देते थे–वहीं फ़्लॉबर्ट में वे इसका विशद विवेचन प्रस्तुत करते हैं कि एक लेखक कैसे अपने सृजन की भूमिका के माध्यम से अपने आभ्यन्तर का निर्माण करता है।

फ़्लॉबर्ट में सार्त्र यह दिखाना चाहते हैं कि आदमी इतिहास तथा ऐतिहासिक घटनाओं का उत्पाद है। 'जीनियस' में भी कोई अन्तःवर्ती प्रेरणा, कोई विशेष प्रतिभा या विरासत में मिली हुई कोई ख़ास चारित्रिक विशेषता नहीं होती। 'जीनियस' पैदा नहीं होता, बल्कि ऐतिहासिक विकास के दौरान स्वरूप ग्रहण करता है। वह जिन परिस्थितियों में जन्म ग्रहण करता है, उन्हें आत्मसात् करते हुए एक समग्रता हासिल करता है। अपनी समग्रता को वह पुनः बाह्यकृत करते हुए कार्यरूप में परिणत करता है। कोई भी लड़का उस परिवार में, इतिहास की उस तारीख़ में पैदा होता, तो वह 'गस्ताव फ़्लॉबर्ट' ही बनता और 'मदाम बवारी' जैसी अनन्य कृति का सर्जक होता।

किन्तु, 'द ईडियट ऑफ़ द फ़ैमिली' को असफल होना ही था। सार्त्र ने जिस फ़्लॉबर्ट को देखा, वह असफल था, उसकी कथा पराजय की कथा है। पृष्ठ-दर-पृष्ठ पढ़ने के बाद हम फ़्लॉबर्ट की निराशा, कल्पना-लोक में उसका सिमटना, एक पूरी पीढ़ी की पूर्व-निर्धारित असफलता का सम्पूर्ण साहित्यिक बन्धुत्व ही देख पाते हैं। खोया कुछ नहीं, लेकिन पाया क्या?

सार्त्र ने 'फ़्लॉबर्ट' का इतना विशद अध्ययन शायद इसीलिए किया, क्योंकि वे अपने-आपको समझना चाहते थे। अपनी उन साहित्यिक अवधारणाओं को भी, जो उन्हें विरासत में मिली थीं। जिनका मनोवैज्ञानिक, ऐतिहासिक तथा सामाजिक पहलू उनके अस्तित्व की जड़ों में विद्यमान था। उन्होंने अपने आपसे प्रश्न किया–अपनी अभिधारणाओं का सामना किया–

किन्तु इन सारे विश्लेषणों के बावजूद अन्त तक वे अपनी वैचारिक सीमा का अतिक्रमण नहीं कर पाये। आन्तरिकता के प्रति जो रुझान हम शुरू से उनके लेखन में पाते हैं—कल्पना की छतें या वास्तव की ज़मीन, व्यक्ति की एकलता या फिर समाज की सार्वभौमिकता, अमूर्त बौद्धिक चिन्तन या सक्रिय राजनीतिक जीवन, इन सबका द्वैत, द्वन्द्व तथा तनाव हमेशा उनके लेखन में बना रहता है।

सार्त्र अपने युग की ऐतिहासिकता में खोये रहते हैं। इतिहास की जड़ों को टटोलते हैं कि शायद अपने इस बौद्धिक चिन्तन से वे अस्तित्व की समग्रता को समझ लें। यहाँ पर किसी भी प्रकार का निर्णय देना, यह कहना कि सार्त्र की यह महती परियोजना अन्त में विफल रही, सार्त्र के प्रति बड़ा अन्याय होगा। यह हमारी नासमझी कही जायेगी। कोई दार्शनिक लेखक यदि अपनी स्थिति से उबरने का, उसके अतिक्रमण का प्रयास करता है और अपने इस प्रयास के प्रति इन प्रचेष्टाओं में निहितार्थ विरोधाभासों के प्रति यदि वह सजग है, ईमानदार है और अपनी मानवीय सीमाओं को स्वीकारता है, तो उसकी सबसे बड़ी उपलब्धि यही कही जायेगी।

सार्त्र से हमें बहुत कुछ सीखना है। हमारी आने वालीपीढ़ी को बहुधा अपनी समस्याओं पर, मानवीय समझ के लिए सार्त्र के पास लौटना होगा, उनके लिखे गये शब्दों को नया सन्दर्भ, नयी अर्थवत्ता प्रदान करनी होगी।

मई आन्दोलन में जिन राजनीतिक तथा सैद्धान्तिक समस्याओं को छात्र उठाते हैं उनका निराकरण नहीं होना था; किन्तु सार्त्र ने 'मई आन्दोलन' को विश्व-ऐतिहासिकता के परिप्रेक्ष्य में देखा और इसके वैयक्तिक महत्त्व पर ज़ोर दिया। छात्र आन्दोलन केवल फ्रांस की सीमा में घटित होनेवाली एक 'विशिष्ट वर्गीय घटना' नहीं थी। यह आदमी की वह 'आख़िरी लड़ाई' थी, जो आज भी लड़ी जा रही है और आगे भी लड़ी जायेगी, क्योंकि आदमी अपने-आपको एक आदमी की तरह ही बचाना चाहता है। यह क्रान्ति यान्त्रिक सभ्यता में निरन्तर जड़ होती हुई चेतना की क्रान्तिकारी आवाज़ थी। सत्ता के विरोध में यह एक स्वतन्त्र चेतना की पुकार थी। 'सत्ता' जो प्रत्येक मानवीय सृजनात्मक क्षमता को जड़ भौतिकी में बदलकर रख देना चाहती है।

सार्त्र का आख़िरी सवाल था कि–"आख़िर आदमी अपने-आपको कैसे बचाये रखे?"

वे किसी भी तरह के तन्त्र को मानने से इनकार करते हैं। व्यवस्था आदमी ही बनाता है–अपने होने के लिए, दूसरों के साथ जीने के लिए, समग्र से समग्रतर विकास हेतु।

ऐतिहासिक विकास के दौरान समय के साथ जब यही व्यवस्था आदमी को तोड़ने लगती है तब फिर आदमी की चेतना व्यवस्था को नकारती है, अपनी स्वतन्त्रता पहचानती है। व्यक्ति अगणित सम्भावनाओं में से कुछेक का चुनाव करता है और अपने वरण के लिए प्रतिबद्ध होकर उन्हें क्रियान्वित भी करता है। एक और नये समाज का गठन होता है।

सार्त्रीय स्वातन्त्र्य की अवधारणा परमाणवीय नहीं थी। वह सामूहिक थी–साथ-साथ क़दम बढ़ाते हुए, निरन्तर क्रान्ति करते हुए, अपने विरोधाभासों से परिचित होते हुए भी हम इस स्वातन्त्र्य को हासिल कर सकते हैं।

अतः हम देखते हैं कि क्रमशः विकास के साथ 1968 के बाद सार्त्र कर्मयोगी बन गये।

न केवल वैचारिक रूप से बल्कि अपनी सक्रिय जीवन-शैली में भी उन्होंने इसी बात का परिचय दिया।

इसके बाद फिर 1968 की मई क्रान्ति थी। जो कुछ भी हुआ, उससे सार्त्र ने यही समझा कि छात्र वर्ग जो प्रश्न उठा रहे थे वह साम्राज्यवाद, पूँजीवाद, समाजवाद आदि किसी भी व्यवस्था के सन्दर्भ में निहित था। हम सभी उन प्रश्नों में सम्मिलित थे। सार्त्र कहते हैं, "1940 से 1968 तक मैं वामपन्थी बुद्धिजीवी था और अब 1968 से बौद्धिकी वामपन्थी हो गया हूँ। फ़र्क़ पड़ा है, मेरी अपनी क्रियावादी माँगों में। भ्रमों को तोड़ने के लिए, अपने व्यामोह से छुटकारा पाने के लिए हमें विचारों को कार्य में परिणत करना पड़ता है। इसके लिए केवल बौद्धिक परियोजना ही नहीं बल्कि उसकी कार्य-समाप्ति भी ज़रूरी है। ख़तरा यह है कि विचार यदि विचार ही रह जाये, क्रियान्वित न किये जायें, तो वे झूठे साबित होंगे–हम कहीं ग़लत हो जायेंगे।"

सार्त्र फिर दोहराते हैं :

"अपने स्वयं को पहचानने में आदमी पूरी मानवता को पहचान पाता है। भौतिकवाद मनुष्य को एक ऐसी विचारधारा अपनाने को कहता है, जो ख़ुद मनुष्य की आन्तरिकता के विरोध में बाहर खड़ी है, जो मानवीय विचारशक्ति को ही एक भौतिक उत्पाद मानती है। स्वयं यह एक विरोधाभास है।

"मैं जानता हूँ कि आदमी की मुक्ति सर्वहारा ही लायेगा, मैं यह भी जानता हूँ कि हम बौद्धिक सर्वहारा के साथ हैं। किन्तु, क्या इसीलिए मैं उस भौतिक नियतित्ववाद (मैटीरियलिस्टिक डिटर्मिनिज़्म) पर भी विश्वास करने लग जाऊँ जो मेरी इस विचारधारा को भी नष्ट कर सकता है?

"स्वातन्त्रीय किसी एक व्यक्ति-विशेष या वर्ग के लिए नहीं वरन् मानव-मात्र के लिए है। साथ ही हमें यह भी समझना होगा कि कैसे एक व्यक्ति अपने-आप में स्वतन्त्र होते हुए भी दूसरों के लिए 'वस्तु' बन जाता है। उसकी यह वस्तुता ही उसके 'स्व' से उसका अलगाव है। क्रान्ति इस वस्तुता के विरोध में है। प्रत्येक व्यक्ति को स्वातन्त्र्य के धरातल पर क्रान्ति की अनिवार्यता को उपस्थित करना है।"

द्वितीय विश्वयुद्ध के समय तक सार्त्र साहित्य को एक निरपेक्ष मूल्य के रूप में स्थापित करते रहे थे। वे कहते थे कि साहित्य एक ऐसा निरपेक्ष और कालातीत दृष्टिकोण है जो इतिहास में घटनेवाली घटनाओं को बाहर से अर्थवत्ता प्रदान करता है। युद्धोत्तर काल में सार्त्र साहित्यिक प्रतिबद्धता की माँग उठाते हैं और 1968 के बाद व्यक्तिगत प्रतिबद्धता तथा कर्मजीवन की बात करते हैं। वे इस बात के प्रबल समर्थक हो जाते हैं कि अपनी सापेक्षता में भी आदमी को निरपेक्ष की खोज करनी होगी। हमें अपनी विशिष्टता का मोह त्यागना होगा और जन-जीवन के प्रति सक्रिय रूप से प्रतिबद्ध होना पड़ेगा।

पंचम अध्याय

पिछले अध्याय में हम देखते हैं कि एक राजनीतिक-बुद्धिजीवी के रूप में सार्त्र की भूमिका प्रस्फुटित होती है किन्तु, लम्बे अरसे से प्रतीक्षित साम्यवाद जब आया तो सार्त्र की पहली प्रतिक्रिया थी—यह वह नहीं जिसका हमें इन्तज़ार था। यह साम्यवाद जन के ख़िलाफ़ था।

सार्त्र अपने प्रयासों की सामर्थ्य पर इतने निराश हो चुके थे कि वे कहते हैं :

''पचास वर्षों तक इस पिछड़े हुए प्रान्त में रहना बहुत अपमानजनक है जो फ्रांस बन चुका है... हम चिल्लाये, हमने विरोध किया... अपने चिन्तनवश हमने घोषित किया—'यह स्वीकार्य नहीं है' या 'सर्वहारा इसे सहन नहीं करेगा'... और अब अन्त में, हम यहाँ हैं, हमने सब कुछ स्वीकार कर लिया है। अपने ज्ञान की बात, अपने अनुभवों का गरिमापूर्ण फल क्या हम इन युवा अजनबियों को समझा पायेंगे? क्रमशः तलहटी तक डूबकर हमने केवल एक बात सीखी है—अपनी मूल पौरुषहीनता। कारण का यही प्रारम्भ है। जीवन की इस लड़ाई से मैं सहमत हूँ। लेकिन हमारी हड्डियाँ पुरानी हैं और इस उम्र में जब दुनिया अपनी विरासत देने की बात सोचती है, हमें यह पता चलता है कि हमने कुछ नहीं किया।''

अन्त में सार्त्र एक सम्भावनापूर्ण सैद्धान्तिक राह ढूँढ़ लेते हैं। वे अपने दो अलग पहलू प्रस्तुत करते हैं। एक सक्रिय बुद्धिजीवी का, दूसरा फ्लॉबर्ट के लेखन का। 1972 में उनके जापान में दिये गये भाषण 'प्ली फॉर एन इंटेलेक्चुअल' शीर्षक से फ्रांस में प्रकाशित हुए। इनकी भूमिका में सार्त्र लिखते हैं कि, ''बुद्धिजीवी वस्तुनिष्ठ रूप से आम आदमी का शत्रु है। आज मैं अन्तिम रूप से यह समझ गया हूँ कि बुद्धिजीवी उदास चेतना के रूप में आदर्शवादिता और अयोग्यता की विशिष्टता के साथ बना नहीं रह सकता। अगर वह लोकप्रिय स्थान चाहता है तो उसे अपने बौद्धिक क्षणों को नकारना होगा और अपनी समस्याओं का सक्रिय निदान ढूँढ़ना होगा। दूसरे शब्दों में, बुद्धिजीवी को अपनी बौद्धिक भूमिका छोड़कर जनसेवा करने लगना चाहिए।

आख़िरकार इस महान परिवर्तन का परिप्रेक्ष्य क्या है और इसका अर्थ क्या है? परिवर्तन दरअसल 1968 के बाद आया। यह वर्ष अत्यधिक उपद्रवी वर्षों में से एक साबित हुआ क्योंकि इलेक्ट्रॉनिक संचार-माध्यमों की शुरुआत हुई। साल की शुरुआत वियतनाम में आक्रमण से हुई। अमेरिका के राष्ट्रपति को गद्दी से नीचे उतरना पड़ा। मार्टिन लूथर किंग तथा रॉबर्ट कैनेडी की हत्या कर दी गयी। युद्ध-विरोधी प्रदर्शनों और नीग्रो विद्रोह से संयुक्त राज्य अमेरिका उत्तेजित हो गया। अमेरिकन विद्यार्थी आन्दोलन का अति नाटकीय प्रदर्शन तब हुआ जब विद्यार्थियों ने कोलम्बिया विश्वविद्यालय पर क़ब्ज़ा कर लिया। चीन की सांस्कृतिक क्रान्ति ज्वार-भाटे की तरह उफन रही थी। वसन्त ऋतु के आगमन के साथ ही ऐसा लगा मानो प्राहा पुनः एक मानवीय समाजवाद को जन्म देने की तैयारी कर रहा है। सोवियत रूस ने चेकोस्लोवाकिया पर हमला कर दिया और जब पूरा संसार दूरदर्शन पर ये गतिविधियाँ देख रहा था तब शिकागो में 'डेमोक्रेटिक कन्वेंशन' के सामने प्रदर्शनकारी पीटे जा रहे थे और अन्दर यूजेन मेकार्थो को राष्ट्रपति का नामांकन पत्र भरे जाने की अनुमति नहीं मिली थी। पर लेखक जिन सार्वभौम सत्यों को अपनी भाषा के माध्यम से उजागर करना चाहता है उनके बदले वह कुछ एक प्रासंगिकताओं में सिमटकर रह जाता है। इसका मतलब यदि हम यह लगायें कि लेखक बेतुका ही बोलता है, तब यह बात

सच नहीं होगी लेखक का उद्देश्य है अ-संकेतन को संकेतिक करना। मौन को शब्दों में उच्चारित करना।

सार्त्र यहाँ पर लेखकीय स्थिति के विरोधाभासों को हमारे सामने रखते हैं कि कैसे एक लेखक सम्प्रेषण के उद्देश्य में, अपनी अस्तित्वजनक सीमा और भाषा की संरचनात्मक सीमा के कारण असम्प्रेषित होकर रह जाता है। लेखकीय कला और शैली संज्ञान को प्रेषित नहीं करती। यह लेखक का एक जागतिक नजरिया ही सम्प्रेषित करती है। भाषा के माध्यम से लेखक परिवेश से सम्बन्ध स्थापित करता है और अपनी तथ्यता में अनुकूलित होता है। लेखक एक अन्वेषक है, एक ऐसा खिलाड़ी जो अपनी भाषा की कमज़ोरियों को इसलिए भी स्वीकारता है ताकि वह व्यावहारिक विशिष्टता का साक्षी बना रहे और शब्दों की भौतिक उपस्थिति में जगत से सम्बन्धित होने का जीवित अनुभव प्राप्त कर सके।

अपनी पुस्तक 'बिट्वीन एक्ज़िस्टेंशियलिज़्म एंड मार्क्सिज़्म' में पृष्ठ 280 में सार्त्र उदाहरण देते हैं कि, "लेखक कहना चाहता है कि तुम घृणास्पद हो; तुम अपनी इस घृणा को छिपा सकते हो किन्तु उसका उन्मूलन नहीं कर सकते। वाक्य का अर्थ यहाँ सार्वभौमिक है किन्तु एक विशिष्ट शैली में इसकी अभिव्यक्ति होने के कारण लेखक स्वयं भी विशिष्टता का परिप्रेक्ष्य हासिल करता है। जगत में स्थित होने का लेखक का यह एक मौलिक तरीक़ा है। अतः लेखन की शैली बाह्य को अन्तःकृत और आन्तर को बाह्यकृत करने में निहित है। यही विशिष्ट चेष्टाएँ जब मानवीय अधिकर्ता की ओर उन्मुख होती हैं तब इन्हें ऐतिहासिक क्षणों का स्वाद या एक पूरे युग की जीवनगन्ध कहा जाता है। यानी लेखक की कृति में इतिहास का सार्वभौम वैयक्तिक विशिष्टताओं में प्रकट होता है।"

उपर्युक्त कथन से यह बात सिद्ध होती है कि आज का लेखन कार्य-जगत में स्थित होने के दो पहलुओं को समानुक्रम रूप से सिद्ध करता है। एक तो आंशिक इकाइयों की मध्यस्थता के द्वारा जगत का आत्म-प्रकाशन इस प्रकार संगठित होता है कि प्रत्येक जगत सार्वभौम को ही विशिष्टता के जनक के रूप में प्रस्तुत सीमा की तरह घेर लेता है। दूसरे, लेखकीय कार्य में वस्तुपरकता प्रत्येक पृष्ठ पर इस प्रकार दृष्टिगोचर

होनी चाहिए कि वह विषयवस्तु की अभिव्यक्ति बन जाये। कार्य का जब यह दोहरा अभिप्रेत होगा तब इसकी औपचारिक संरचना क्या रूप ग्रहण करेगी: इसकी चर्चा करने की ज़रूरत नहीं। जैसे काफ़्का के वस्तुपरक तथा रहस्यात्मक विवरणों में हम एक प्रकार का बिना प्रतीकों का प्रतीकवाद पाते हैं तथा जिसमें अपरोक्ष रूप से भी रूपक कोई सूचना नहीं देता है किन्तु जहाँ लेखन निरन्तर जीव के जगत में स्थित होने की घटना पर एक दुर्बोध्यता ज़ाहिर करता रहता है।

अतः लेखक को अपने पूरे युग से सम्बन्धित होना होता है। सामाजिक जगत में उसकी स्थिति उसके लेखन-कार्य की इस विशिष्ट सन्निविष्टता के आधार पर ही संस्थापित होती है। लेखक का यह सन्निविष्ट होना अन्य साधारण व्यक्तियों के अवस्थित होने के समान एक ठोस वस्तु-स्थिति है, जिसमें वह अपने अस्तित्व एवं उससे जनित सारी सम्भावनाओं के बारे में प्रश्न पूछता रहता है। सम्भाव्य के सन्दर्भ में लेखक एक अलगाव, जड़ता, ऊब, अकेलापन तथा सन्त्रास की स्थितियों को झेलता है। लेखन-कार्य से प्राप्त यह जो समग्रता है, वह वास्तव में एक व्यापक समग्रता की ऐतिहासिक विशिष्टता-भर है। एक लेखक आज जगत में अपने अस्तित्व को एक विशिष्ट प्रकार के अस्तित्व में ही जी सकता है। दूसरे शब्दों में, सारे विश्व का जो विरोधाभास है जैसे अणुयुद्ध और जनसंग्राम का विरोधाभास यानी आदमी को ख़त्म करने की आदमी की यह बर्बर चेष्टा या फिर कुल मिलाकर साथ चलते हुए समाजवाद की संस्थापना—इन सारे विरोधाभासों से लेखक प्रभावित हुए बिना नहीं रह सकता। जो लेखक अपने अनुभव के दायरे में इन बातों को नहीं महसूसता, जो आदमी की इस लड़ाई में बिल्कुल निष्क्रिय तथा नपुंसक है वह वास्तव में एक अमूर्त जगत में रह रहा है और अपने लेखन के माध्यम से या तो लोकरंजक है या फिर कोई जादूगर। किन्तु वह ठोस वास्तव जगत की बात बिल्कुल नहीं कह रहा। यह ज़रूरी नहीं कि लेखक इस मानवीय संकट का पूरा ब्योरा अपने लेखन में दे। बस इतना ही काफ़ी है कि पृष्ठ-दर-पृष्ठ उसका यह दर्द अस्पष्ट होते हुए भी लिखा ज़रूर जाये। चूँकि जीवन ही जगत का अन्तिम आधार है और कोई भी बात जो अतिरिक्त रूप से जीवन के ख़िलाफ़ है उसकी यहाँ ज़रूरत

नहीं अतः किसी भी लेखन-कार्य में जो यह उभयवादीयता पायी जाती है उसको मालरो ने अपनी इस उक्ति में कहा, "लाइफ़ इज़ वर्थ नथिंग एंड नथिंग इज़ वर्थ लाइफ़।" लेखक की प्रतिबद्धता यह हुई कि लेखक जगत में स्थित होने के अपने जीवित अनुभवों को साधारण भाषा के माध्यम से सम्प्रेषित करे। समग्रीकरण और समग्रता तथा जगत और जीव के जगत में स्थित होने के तनाव को वह अपने कार्य की सार्थकता में रखे। अपने लेखकीय पेशे में लेखक के लिए यह अनिवार्य होता है कि विशिष्ट और सार्वभौम के बीच जो विरोधाभास है वह उस पर पूरी पकड़ रखे। लेखन का कार्य, अपने जीवित अनुभवों के धरातल पर रहते हुए भी अपने जीवन के निशान्त पर सार्वभौमिक स्वीकृति की याद लिए हुए होता है। इसलिए किसी ख़ास घटना की वजह से लेखक बौद्धिक नहीं हुआ करता। वह अनिवार्यतः और पूर्णतः एक बौद्धिक है। लेखक के लिए यह ज़रूरी होता है कि वह इन दोनों ही धरातलों का प्रत्यास्थापन करे। एक तो अज्ञान का धरातल जहाँ जगत में होने का अर्थ हुआ जगत से अनुकूलित होना तथा दूसरी ओर जगत में पूरी तरह विमर्श होते हुए भी इस बात का विश्वास एवं स्वीकृति कि जीवन एक निरपेक्ष मूल्य है और लेखक का अपना स्वातन्त्र्य सबके स्वातन्त्र्य में निहित है।

मई 1968 के बाद फ्रांस में हम देखते हैं कि वामपन्थी बौद्धिकों की पारम्परिक अवधारणा में और नये क्रान्तिकारी बौद्धिकों की अवधारणा में एक वैचारिक दूरी आयी है। सार्त्र ने बौद्धिक की परिभाषा करते हुए कहा कि केवल बौद्धिक कसरत से ही कोई बौद्धिक नहीं हो जाता। एक इंजीनियर बौद्धिक हो सकता है जबकि उसका सारा कार्य श्रम पर निर्भर करता है। व्यावहारिक ज्ञान के प्रविधिकारी अथवा 'टेक्नोक्रेट' उस समय बुद्धिजीवी हो जाते हैं जब उनका ज्ञान सार्वभौमिक उद्देश्य रखते हुए भी किसी विशिष्ट वर्ग या कुछेक विशिष्ट व्यक्तियों की सेवार्थ प्रयुक्त होने लगता है। अतः व्यावहारिक ज्ञान का प्रविधिकारी डॉक्टर, इंजीनियर, वैज्ञानिक, लेखक या प्राध्यापक कोई भी हो सकता है। इनमें से कोई भी व्यक्ति अपनी-अपनी कार्यपरिधि में जब इस विरोधाभास को परिलक्षित करने लगता है कि सार्वभौम का विनियोजन सार्वभौमिकता के बजाय विशिष्ट व्यक्तियों के

हित में प्रयुक्त हो रहा है तब विरोधाभास का शिकार न केवल परिलक्षित स्थिति है बल्कि प्रविधिकारी स्वयं भी है। अपने पेशेवर कार्य में प्रविधिकारी का ज्ञान प्राप्ति का तरीक़ा सार्वभौमिक होते हुए भी वह सत्ता और सुविधा प्राप्त वर्ग के हितों से जुड़ जाता है। यहाँ स्वयं उसका अस्तित्व संकट में है। वह देखता है कि उसके कुछेक समकालीनों ने या तो स्वयं को अपने-अपने विरोधाभासों में समायोजित कर लिया है या फिर स्वयं को इन लोगों में विरोधाभास की इस पीड़ा से दूर ही रखा हुआ है। किन्तु जब कभी ज्ञान के किसी भी प्रविधिकारी को अपने इस विरोधाभास का अवबोध होता है तब उसकी चेतना 'हीगेलियन' शब्दावली में एक 'दुःखी चेतना' कहलाती है।

चूँकि बौद्धिक के पास सार्वभौमिक और विशिष्ट दोनों ही उदेश्य एक साथ हैं, अतः उसने हमेशा पारम्परिक रूप से सार्वभौमिक में निहित नीति के सिद्धान्तों के पक्ष में विशिष्टता को अभिनियोजित किये रखा है। उसका उद्देश्य था अधिकाधिक व्यक्तियों का हित-साधन। बौद्धिक क्रियाकलापों का एक बड़ा शास्त्रीय उदाहरण वियतनाम के युद्ध के समय मिलता है। कुछ एक बुद्धिजीवियों ने वियतनाम युद्ध के ख़िलाफ़ संस्थाएँ बनायीं, नारे लगाये और अपने-अपने विशिष्ट ज्ञान की सहायता से यह दिखाने की चेष्टा की कि वियतनाम का युद्ध किस-किस प्रकार से मानवता का अहित कर रहा है। इसमें डॉक्टर, वैज्ञानिक, इतिहासविद् तथा न्यायाधीश सभी सम्मिलित थे। सार्त्र इनको शास्त्रीय बुद्धिजीवियों की संज्ञा देते हैं। वह इसलिए कि अपने इस विरोधाभास से बजाय दुःखी होने के ये व्यक्ति व्यावहारिकता की ज़रूरत का मुखौटा लगाये बड़ी ख़ूबसूरती से जी लेते हैं। अपने व्यवहार में वे कहीं कोई चुनौती नहीं लाते, बल्कि ये अपने विरोधाभास का दमन करते हैं। वे अपनी भूमिका को पसन्द करते हैं और सत्ता द्वारा अच्छी तनख़्वाह पाते हैं।

मई क्रान्ति में छात्र वर्ग ने जो हिस्सा लिया, उसका मूल कारण यह था कि युवा वर्ग यह समझने लगा था कि उनकी प्राविधिक शिक्षा का सारा प्रयोजन केवल वर्गहित साधन ही है और यही कारण है कि छात्र वर्ग यह कह सका कि हम बुद्धिजीवी नहीं होना चाहते। हम ऐसा ज्ञान चाहते हैं, जो सार्वभौमिक हो और सबके हित साधन में लगे। बुद्धिजीवी की निरन्तर

विरोधाभास की नियति को छात्रवर्ग समझ चुका था और यह भी समझ चुका था कि शास्त्रीय बुद्धिजीवियों में भी जिस किसी ने सत्ता के ख़िलाफ़ जाने की कोशिश की उसको क्या-क्या परिणाम झेलने पड़े। मई क्रान्ति ऐसे शास्त्रीय बुद्धिजीवियों के ख़िलाफ़ थी, जो सत्ता की प्रत्येक हरकत के लिए एक निष्क्रिय गवाह बनकर रह गये थे और जिन्होंने अपने-अपने विरोधाभास का दमन भी किया था।

अतः मई आन्दोलन में जिसमें नौसिखिया बुद्धिजीवी युवा वर्ग ने हिस्सा लिया वह अपने वेतन कार्य और व्यापार के द्वारा पारम्परिक श्रेणी में परिभाषित होना अस्वीकार कर रहा था। वह यह समझ गया था कि शिक्षा व्यवस्था में सार्वभौमिक ज्ञान नहीं पढ़ाया जाता, बल्कि बुर्जुवा ज्ञान को ही सार्वभौमिकता प्रदान की जाती है। वास्तव में ज्ञान के आधार पर ही तथा ज्ञान से प्रारूप में ही समाज का निर्माण होना चाहिए। छात्र वर्ग को इसलिए आघात लगता है क्योंकि उसे पता चल जाता है कि वह एक विशिष्ट संस्कृति (बुर्जुवा संस्कृति) के संचालक तथा सहायक की भूमिका में संलग्न होता जा रहा है।

मई क्रान्ति सर्वथा अपने-आप में एक नवीन घटना थी, जिसके लिए कोई भी बौद्धिक कोई पूर्व कल्पित एवं पूर्वावधारित अवधारणा नहीं रख सका था।

शास्त्रीय बुद्धिजीवियों के लिए सार्त्र यह कहते हैं कि उनका पुनः संस्कार तथा उनकी पुनः शिक्षा सम्भव नहीं। यह बुद्धिजीवी अपनी वैयक्तिक पूँजी की कमाई खाते हैं। इनकी पूँजी है इनके द्वारा लिखित कुछ पुस्तकें। वस्तुपरक रूप से ये पुस्तकें एक ठोस परिस्थिति में अवस्थित हैं और इन्हीं संपुजित पुस्तकों की वजह से बौद्धिक एक आम आदमी से बिल्कुल अलग हो जाता है। जहाँ एक आम आदमी अपनी कही हुई बात की परतों पर और नयी परतों को चढ़ाने से हिचकता नहीं, वहीं बौद्धिक ऐसा कुछ भी कहने में हिचकता है, जो उसके लेखन से भिन्न विचारधारा लिए हुए होता है। यानी बुद्धिजीवियों का वैचारिक अतीत उनकी लिखी हुई पुस्तकों में हैं, जिसे वे पूरी तरह नकार नहीं सकते। पुस्तकें इन बुद्धिजीवियों का उत्पादन हैं, उनकी पूँजी हैं और वे इन पुस्तकों की ब्याज की कमाई खा रहे हैं।

अपनी ठोस वस्तुस्थिति में उनका यह अतीत वर्तमान के किसी भी परिवर्तन को यथास्थिति के प्रति एक चुनौती की तरह ही लेता है।

तब बुद्धिजीवी का मिशन क्या हो? सार्त्र यहाँ पर एक बड़ी ही उग्र बात कहते हैं। वे बुद्धिजीवियों से यह अपील करते हैं कि वे अपनी बौद्धिकता भूल जायें। यानी अपने-आपको बुद्धिजीवी कहलाना छोड़ दें। बुद्धिजीवी को उस सार्वभौमिकता को समझना होगा, जिसे जन-समाज वास्तव में चाहता है। सार्त्र इसे ठोस सार्वभौम की संज्ञा देते हैं। सार्त्र के लिए सबसे बड़ी घटना थी फ्रांस की छात्र क्रान्ति। अचानक सार्बों और नेनितेर के औद्योगिक क्षेत्र में नव वाम के अस्तित्व का विस्फोटन हुआ तथा ऐसे आन्दोलन का जन्म हुआ, जिससे द गॉल की सत्ता ख़तरे में पड़ जाती है। पहली बार सार्त्र पूरी तरह किसी आन्दोलन में सम्मिलित होते हैं और बड़ी विनम्रता से छात्र नेता डेनियल कोहिन बेन्दित का साक्षात्कार लेते हैं। फिर से एक बार सार्त्र निःस्वार्थ रूप से तथा बड़े साहस और प्रतिबद्धता के साथ, एक प्रमुख ऐतिहासिक आन्दोलन का हिस्सा बनते हैं। जिस वामपन्थी विचारधारा का वे अब तक मनन करते आये थे, जिसकी उन्होंने प्रतीक्षा की थी और सन 1940 के बाद जिन सिद्धान्तों को उन्होंने अपने जीवन में जिया था, अचानक वही वामपन्थी जगत ठोस आकार ग्रहण करता है। पहली बार किसी आन्दोलन के दौरान उन्होंने समाजवाद के उन सब रूपों को मूर्तिमान पाया, जिनकी विशेषताओं से वे अब तक आकर्षित थे। पॉपुलर फ्रंट को उन्होंने दूर से ही देखा था। 'रेजिस्टैंस' के दौरान एक लेखक की हैसियत से उनका अनुभव उपजा था और जहाँ अब तक वे द गॉल की नीतियों के विरोध में अल्जीरिया और क्यूबा के मुद्दे पर अकेले पड़ जाते थे, वहीं अब वे एक ऐसे आन्दोलन के बीच थे, जो उनसे पूर्णाहुति की माँग कर रहा था। यह आन्दोलन अपने-आप में बिल्कुल क्रान्तिकारी और गण-समर्थक था। यह किन्हीं पूर्व निर्धारित सिद्धान्तों से प्रतिपादित नहीं हुआ था किन्तु इसमें एक नवजागरण की आशा, कल्पना की सशक्तता तथा विराट जन-जीवन की ताक़त अन्तर्निहित थी। इसका उद्देश्य अभिजन विरोधी था और यह आन्दोलन प्रत्येक स्तर के व्यक्ति के लिए समान रूप से स्वायत्त-सत्ता की माँग कर रहा था।

सार्त्र ने कोहेन बेन्दित से वार्तालाप के समय कहा कि आपके सारे क्रियाकलापों का रुचिकर पहलू तो यह है कि आप अपनी ताक़त में कल्पना का प्रयोग कर रहे हैं। आपके पास अपनी पहली पीढ़ी से अधिक कल्पना है। हमारी पढ़ाई तो इस तरह से हुई थी कि हमें पहले से ही इस बात के लिए अनुकूलित कर दिया गया था कि क्या सम्भव है क्या नहीं। मसलन एक प्राध्यापक से यदि यह पूछा जाये कि, 'क्या परीक्षा की विधि को हटा देना चाहिए?' तब वह कहेगा, 'नहीं, आप परीक्षा की विधि में परिवर्तन तो ला सकते हैं, किन्तु आपकी इससे मुक्ति नहीं हो सकती।' 'क्यों?' इसलिए कि वह प्राध्यापक अपनी सारी ज़िन्दगी परीक्षा लेता रहा है। युवा वर्ग की कल्पना-शक्ति बहुत अधिक उर्वर है और यही कारण है कि इस आन्दोलन में सत्ता को हिलाकर रख देने की ताक़त निहित है। आपने उन सब बातों को नकारा है, जिनसे आज का समाज निर्मित है।

आनेवाले साल और महीनों के दौरान सार्त्र फ्रांसीसी तथा सोवियत कम्युनिस्ट पार्टी से पूरी तरह कट जाते हैं। कारण पार्टी छात्रों के इस आन्दोलन से पूरी तरह सहमत नहीं थी। शास्त्रीय बुद्धिजीवियों से सार्त्र कहते हैं कि सक्रियता लाना उनका प्रमुख उद्देश्य होना चाहिए। राजनीतिक क्रियाओं के लिए महज़ विचारों का होना ही काफ़ी नहीं। हमें उन परिस्थितियों का निर्माण करना होगा, जिनमें जन अपने विचारों का अनुभव प्राप्त कर सके।

किन्तु दूसरी ओर सार्त्र स्वयं भी एक शास्त्रीय बौद्धिक थे। छात्र-वर्ग युवा नेता चाहता था। उसकी नज़र में सार्त्र के पास केवल शब्द थे, विश्लेषण की क्षमता या क्रान्ति के वास्तविक अनुभव का बिल्कुल अभाव था। सार्त्र इस बात को समझने लगे थे। 1969 में प्रोफ़सरों तथा विद्यार्थियों की एक सभा में उन्हें वक्ता के रूप में बुलाया गया। विचार का विषय था कि क्रान्ति में सरकारी दमन के विरुद्ध कैसा आन्दोलन किया जाये? अपने इस अनुभव के बारे में सार्त्र लिखते हैं :

''एक कमरा था विद्यार्थियों तथा प्रोफ़सरों से भरा हुआ। वहाँ केवल घटनाओं का विश्लेषण नहीं करना था, निर्णय लेना था। मेरे सामने एक चिट पर लिखा था, 'सार्त्र, संक्षेप में बोलिए।' सार्त्र के श्रोताओं का ध्यान उन्हें सुनने की ओर नहीं था और जब युवा वर्ग की आम समस्याओं पर

उन्होंने अपना वक्तव्य समाप्त किया, तब कुछ लोग उन्हें 'हूट' कर रहे थे। कुछ अनमनी तालियाँ भी बजीं। सार्त्र यह समझने लगे, इस तरह की मीटिंगों में बोलने के लिए उनके पास कुछ भी नहीं बचा है। वे न विद्यार्थी थे और न सर्वहारा। वे तो स्वयं 'स्टार सिस्टम' के एक सितारा थे। एक भेंटवार्ता में उन्होंने कहा भी, "शास्त्रीय बौद्धिकों का दौर अब समाप्त हो चुका है। बुद्धिजीवियों को भी अपना चुनाव लड़ना होगा।"

सार्त्र का यह नया रूप तेजस्वी और उत्तेजक था; किन्तु प्रश्न उठता है कि बुद्धिजीवियों से सार्त्र जिस सक्रियता की माँग करते हैं, उसमें कहीं स्वयं अपने प्रारम्भिक लेखन के प्रति निषेध तो निहित नहीं? 1947 में सार्त्र ने कहा था कि शब्द अगर बीमार पड़ गये हों, तो लेखक उनका इलाज करें; लेकिन अब वे कह रहे थे कि मौलिक बुद्धिजीवी बनने हेतु लेखकों को अपनी तथागत बौद्धिकी परियोजनाएँ छोड़ देनी चाहिए। जन-आन्दोलन के सन्दर्भ में वे सिद्धान्तवादियों की भूमिका को पूरी तरह नकारते हैं। उनके इस प्रकार के आत्म-बलिदान का एक और उदाहरण था, उनका क्रान्तिकारी अख़बारों को चलाने के लिए काम करना।

जिस किसी भी क्रान्तिकारी अख़बार ने सार्त्र का नाम चाहा, उन्होंने उसे अपना नाम दिया। चूँकि सार्त्र स्वयं 'स्टार सिस्टम' का एक ध्रुवतारा थे, इसीलिए उन्होंने चाहा कि उनके नाम का उपयोग करके अख़बार निकाले जायें, ताकि इन अख़बारों की बिंक्री बढ़े। असल मक़सद तो यह था कि इन सभी अख़बारों को एकीकृत किया जाये और जन-आन्दोलन को और अधिक प्रेरित किया जाये। 'सम्पादकीय' का अर्थ था आन्दोलन करनेवालों को सहायता देना, उनके अनुभवों को शब्दों में व्यक्त करना। सार्त्र कहते हैं, "हमारा काम यह नहीं कि हम मज़दूरों से यह बतायें कि उन्हें आन्दोलन कैसे करना चाहिए या हम आन्दोलन की अवधारणा उनके सामने रखें। हमारा तो बस इतना ही काम है कि हम ऐसी भाषा का सृजन करें, जो अनिवार्य राजनीतिक यथार्थ को स्पष्टतया प्रत्येक तक पहुँचा सके।" बौद्धिकों से सार्त्र आगे कहते हैं :

"मेमोरेंडम पर दस्तख़त करके, जुलूस निकालकर या वियतनामी युद्ध की निन्दा करने से क्या होगा? चाहे लाखों लोग इसमें लगे रहें–

कहीं कुछ नहीं होगा; किन्तु अगर कुछ चुने हुए बौद्धिक गन्दी बस्तियों में जायें, ऑकलैंड पोर्ट पर जायें, युद्ध-फैक्टरियों में जायें, तो फ़र्क़ ज़रूर पड़ेगा। मैं समझता हूँ कि अपने दफ़्तर में बैठकर जो बौद्धिक लड़ाई करता है, वह प्रतिक्रान्तिकारी है, चाहे वह कुछ भी लिखे। बौद्धिक का दायित्व केवल बौद्धिक होना ही नहीं बल्कि उस सक्रियता में है, जहाँ वह अपनी सेवाओं को दमितों के लिए समर्पित करता है।''

मिसाल के तौर पर उस जर्मन बौद्धिक को लीजिए, जो एक ओर हिटलर को छोड़कर भाग गया और नाज़ीवाद की निन्दा करता रहा तथा दूसरी और हॉलीवुड के लिए 'स्क्रिप्ट' लिखकर पैसे भी कमाता रहा। हिटलर के कृत्यों के लिए वह उतना ही ज़िम्मेदार है, जितना वह जर्मनी में सब कुछ देखकर भी आँखें बन्द किये रहा।

इसी प्रकार वियतनाम युद्ध की निन्दा करके या राजनीतिक बौद्धिकों के भाग्य की विडम्बना देखकर अमेरिकन बौद्धिक उन विश्वविद्यालयों में पढ़ाते रहे, जहाँ युद्ध पर शोध कार्य होते हैं। सार्त्र की नज़र में बौद्धिक, दमन और हत्या के लिए उतने ही ज़िम्मेदार हैं, जितनी कि सरकार है या सरकारी संगठन है। उसी प्रकार सार्त्र कहते हैं, ''बौद्धिक अगर तन-मन से व्यवस्था के विरोध में नहीं लगता, तो इसका मतलब यह है कि वह व्यवस्था का समर्थन कर रहा है और उसे इसकी सज़ा मिलनी चाहिए।''

इन बातों से हमें सार्त्र की शक्ति का पता चलता है। उनके सुधारवादी उद्देश्य का पता चलता है। यह सार्त्र की ही हिम्मत थी कि वे ऐतिहासिक विकास के प्रति खुले रहे और नयी आवाज़ भी सुनते रहे। बौद्धिक की भूमिका के प्रति उनका एक निश्चित दृष्टिकोण बना रहा। बाहरी माँग, सामूहिकता में शामिल होना, जनमानस को समझना, इन तथ्यों को सार्त्र आत्मसात कर लेते हैं। छठी मंज़िल पर रहनेवाले सार्त्र अब ज़मीन पर भीड़ के साथ चलते हैं और कहीं भी वे भीड़ से अलग अपने-आपको 'विशिष्ट' नहीं कहते। वे तो कहते हैं :

''आज मैं सोचता हूँ कि अकेले सोचने से वर्ग में सोचना बेहतर है। राजनीतिक कर्म के लिए हम बौद्धिकों की विचारधारा बेकार है। हमें तो वह स्थिति पैदा करनी होगी जहाँ जन स्वयं अपनी विचारधारा का अनुभव करे।

बुद्धिजीवी अपने कौशल के लिए उपयोगी हैं। वे लोगों को संगठित कर सकते हैं, अपनी बात दूसरों तक पहुँचा सकते हैं और सबसे बड़ी बात यह है कि कामगारों की अपेक्षा वे प्रेस तथा पुलिस के सामने वज़नी पड़ते हैं।''

हर्बर्ट मार्कुस से बात करते हुए सार्त्र कहते हैं कि बौद्धिकों को अब नवश्रमिक और छात्रों की ज़रूरतों का ख़याल रखना होगा। उन्हें जन के साथ सम्मिलित होना होगा, क्योंकि जन स्वयं अपनी राह खोज सकता है। जहाँ मार्कुस कहते हैं कि प्रगतिशील आन्दोलन के उद्देश्यों को बौद्धिक हमेशा मूर्तिमान कर सकता है या उनमें निहित अवधारणाओं का विशदीकरण कर सकता है, वहीं सार्त्र कहते हैं कि जन अपने बारे में ख़ुद ही सोचने में सक्षम है। बुद्धिजीवी को जन की सोच के दायरे को बढ़ाने की ज़रूरत नहीं और न ही उसके विचारों का प्रतिपादन करने की आवश्यकता है। यह सही है कि परम्परा में श्रमिक और बुद्धिजीवी हमेशा साथ रहे हैं, किन्तु अब श्रमिक वर्ग के विकास के साथ यह स्पष्ट है कि बौद्धिक सर्वहारा के विचारों को चमका तो सकता है; किन्तु उनका उत्पादन नहीं कर सकता।

मार्कुस कहते हैं, ''मैं इससे सहमत नहीं...क्रान्तिकारी समाज में जो समस्याएँ सामने आती हैं, जैसे प्रेम की समस्या, मनोवेग की समस्या, या फिर एक आनन्दमय जगत की अनिवार्यता का महसूस होना, ये सारी ही बातें पुरानी श्रेणी के बुद्धिजीवियों द्वारा प्रतिपादित की गयी थीं। क्या हम इन सबको झुठला दें?''

सार्त्र–हाँ, मैं इन सबको बदलना चाहता हूँ। वैयक्तिक रूप से यह ठीक है कि मैं स्वयं भी एक पुराने प्रकार का बुद्धिजीवी हूँ।

मार्कुस–हाँ, मैं भी; किन्तु मैं इसको चुनौती नहीं देता। मुझे इससे कोई गिला नहीं। मुझे शिकायत है अपने-आप से।

सार्त्र–किन्तु मैं, मैं स्वयं अपनी चुनौती हूँ। मेरी समझ में शास्त्रीय बुद्धिजीवी वह बुद्धिजीवी है, जिसको विलुप्त हो जाना चाहिए।

अतः सार्त्र ने 'साहित्य क्या है' अपनी इस पुस्तक में 20 साल पहले शब्द की जिस शक्ति को समझा था और जिसका व्यवहार वे अब तक करते आये थे अचानक मानो वह व्यवहार बदल जाता है। शब्द की सीमा लेखक की समझ में आ जाती है। जहाँ तक सार्त्र का फ्लॉबर्ट पर काम करना था,

इसको वे एक समय बिताने का साधन भर कहते हैं। शास्त्रीय बुद्धिजीवी अब अपना छह मंज़िला परिवेश छोड़कर सड़क पर था। वह अब जन का एक हिस्सा था। सार्त्र के तर्कों में एक अजीब तरह का विरोधाभास दृष्टिगोचर होता है। सार्त्र अब उन सभी बुर्जुवा मूल्यों के प्रति आक्रामक हो जाते हैं, जो कि स्कूल तथा घर में सिखाये जाते हैं और संचार जगत के माध्यम से जिनका प्रचार किया जाता है।

तब क्या सार्त्र ने लिख़ना बन्द कर दिया? एक ओर जहाँ वे बौद्धिकों से जनहित और जनसेवा में लगने को कह रहे थे, जहाँ वे शास्त्रीय बौद्धिकों के युग की समाप्ति का ऐलान कर रहे थे, वहीं वे स्वयं फ्लॉबर्ट पर काम भी कर रहे थे। एक ऐसा भीमाकार ग्रन्थ, जिसको आभ पाठक शायद ही पढ़े। अपने इस विरोधाभास से, दोहरी भूमिका की उलझन से सार्त्र स्वयं परिचित थे। वे पूरी ईमानदारी से अपनी इस कमज़ोरी को अपने आत्मकथन में स्वीकार करते हैं।

सार्त्र के बौद्धिक कैरियर में अभियोजित साहित्य के प्रति उनका आग्रह अपने-आप में एक मिसाल था।

50 वर्षों तक किसी धार्मिक कृत्य की तरह लेखन-धर्म निभाने के बाद एक के बाद एक मानव जगत के आयामों को अभिव्यक्त करने के बाद अपने पाठकों, अपने प्रेक्षकों को चिन्तन तथा क्रिया का निर्देशन देने के बाद, सार्त्र में एक क्रान्तिकारी परिवर्तन आया। सार्त्र अब आदर्शवाद से जाग चुके थे, जैसा कि वे अपनी आत्मकथा 'वर्ड्स' में लिखते हैं, "मैं बदल गया हूँ। मैं अब यह बताऊँगा कि अपने लेखन की एप्रैंटिसगिरी से मैंने हिंसा की कब और कितनी सेवा की। किस तरह मेरी कृतियों में मेरी कुरूपता सामने आयी, जो कि एक लम्बे समय तक मेरा नकारात्मक आशय बनी रही थी—एक अनबूझ जीव-चूर्णक, जिसमें एक बेहतरीन बच्चा लुप्त हो गया, वास्तविकता के तेज़ाब का वह सैलाब जिसमें मेरे भ्रमों के झीने पर्दे एक-एक कर गलते चले गये। मैं वह कारण भी बताऊँगा कि इतने व्यवस्थित रूप से क्यों मैं अपने ख़िलाफ़ सोचने लगा? वह सच्चाई सामने रखूँगा, जिसने मुझे इतना दुख दिया। अतीत पर छाये रहनेवाले भ्रम टुकड़े-टुकड़े हो गये। अमरत्व, शहादत और मुक्ति का

ख़ूबसूरत भवन, बस अब ध्वंस होने ही वाला है। मैंने तहखाने में बन्द 'होली घोस्ट', अपनी पुरानी आस्था के उस पवित्र भूत का गला पकड़ लिया है, जिसे अब बाहर फेंकने ही वाला हूँ। नास्तिकता एक लम्बी और कठिन यात्रा है, किन्तु मैं अब अपने आख़िरी पड़ाव पर पहुँच चुका हूँ। मेरा वास्तविक कार्य क्या है, मैं यह न्रिर्भान्त रूप से जानता हूँ। पिछले दस वर्षों से मैं जाग रहा हूँ। मैं अपने खट्‌ठे-मीठे पागलपन से जाग चुका हूँ। मैं अपने-आप से नहीं भाग सकता। सच्चाइयों से कौन इनकार कर सकता है? उन बातों को सोचकर केवल हँसा जा सकता है। मैं फिर एक बिना टिकट यात्री बन गया हूँ, जैसा कि मैं सात साल की उम्र में था। टिकट कलेक्टर मेरे डिब्बे में घुस आया है। वह मेरी ओर देखता है। उसकी नज़र का तीखापन कम हो गया है। मुझे देखकर वह आगे बढ़ जाना चाहता है। अपना ट्रिप वह भी शान्ति से पूरा करना चाहता है। मुझे न छेड़ने का कोई भी बहाना उसे मिल जाये, बस वह सन्तुष्ट हो जायेगा, कोई भी बहाना। दुर्भाग्य से मुझे भी कुछ नहीं सूझता, मैं अब अपने बहानों को ढूँढ़ने की कोशिश भी नहीं करना चाहता। हम बेचैन एक-दूसरे को देखते रहते हैं, जब तक ट्रेन गन्तव्य तक नहीं पहुँच जाती है, जहाँ मैं अच्छी तरह जानता हूँ कि कोई मेरी प्रतीक्षा नहीं कर रहा है।"

यह एक ईमानदार और ख़ूबसूरत आत्म-चित्रण है। लेखन से निर्वाण की पुरानी हुड़क अब नहीं है; लेकिन सार्त्र को कोई नयी दिशा नहीं मिली। शब्दों की सीमित शक्तियों का भ्रम टूट चुका है। अब समय चूकता जा रहा है। वे जानते हैं, उन्हें क्या करना चाहिए किन्तु; पुरानी आदत से लाचार हैं। "मैंने ऑफ़िस छोड़ दिया है; लेकिन बासा नहीं छोड़ा। मैं अब भी लिखता हूँ और क्या कर सकता हूँ?"

भ्रम टूट चुके हैं, लेकिन वे लिखते रहेंगे बिना किसी पूर्ण विश्वास या निश्चित धारणा के। वे बदल भी गये और नहीं भी बदले।

आत्म-स्वीकृति चलती रहती है, धीरे-धीरे वह पूरे वृत्त में आ जाती है, "यह एक आदत है और फिर मेरा यह व्यवसाय है। एक लम्बे अरसे से मैंने एक तलवार की तरह कलम उठा ली है। मैं जानता हूँ अब हम शक्तिहीन हो चुके हैं। कोई बात नहीं, मैं लिख रहा हूँ और किताबें लिखता रहूँगा।

उनकी ज़रूरत है, जो भी हो उनसे कुछ तो पूरा होता है। संस्कृति कुछ नहीं बचाती, न व्यक्ति, न वस्तु, औचित्य भी नहीं; लेकिन यह मानव की एक परियोजना है, जिसमें वह स्वयं का प्रक्षेपण करता है। वह इसमें स्वयं को पहचानता है। वह दोषदर्शी दर्पण ही उसे सही तस्वीर दिखाता है। वह पुराना, ठहरा हुआ छद्म और वंचक रूप मेरा चरित्र भी है। आदमी को किसी मनोरोग से छुटकारा मिल सकता है, अपने-आप से नहीं।"

हालाँकि अब वे चुक गये हैं, धुँधले पड़ गये हैं, अपमानित हैं, उपेक्षित हैं, एक ओर रख दिये गये हैं, किन्तु पाँच साल के बच्चे की सभी ख़ासियतें उस प्रौढ़ और परिपक्व लेखक में ढूँढ़ना अभी बाक़ी हैं। अधिकांशतः वे दबी रहती हैं, वक़्त टालती हैं, किन्तु ध्यान जैसे ही हटता है, वे दूसरे रूप में उभर आती हैं।

"मैं ईमानदारी से अपने समय के लिए लिखूँगा लेकिन अपनी वर्तमान प्रसिद्धि पर मुझमें आक्रोश जागता है। यह मेरी मुहिम नहीं है। मैं जीवित हूँ, क्या इसीलिए पुराने सपनों को भुला देना उचित है? क्या यह नहीं हो सकता कि मैं अब भी उन्हें सँभाले हुए रहूँ? मैंने उन्हें अनुकूलित कर लिया है। चूँकि अनाम मरने का अवसर मैं खो चुका हूँ, इसलिए अपने-आपको ख़ुश करने के लिए कभी-कभी यह भी सोचने लगता हूँ कि मुझे मेरे जीवन-काल में ग़लत समझा जा रहा है। ग्रिसेल्डा मरा नहीं, पार्डेलन जीवित है, स्त्रॉगाफ भी। मेरी जवाबदेही उनके प्रति है, मैं ईश्वर में विश्वास नहीं करता। अतः हिसाब लगाइए—जहाँ तक मेरा सवाल है, कभी-कभी हैरानी होती है कि कहीं मैं हार-जीत का खेल तो नहीं खेल रहा हूँ? पूरी मेहनत से खेल रहा हूँ कि शायद हज़ारों पहलुओं से जीतने की मेरी उम्मीद कभी पूरी हो कि शायद सब कुछ ठीक हो जाये और वैसी स्थिति में फिलोक्तेर्तीज़ बन जाऊँगा—वह महान अपंग, जिसने अपना सब कुछ बिना शर्त के दिया; लेकिन हमें यह मान लेना चाहिए कि अपने पुरस्कार का उसे भी इन्तज़ार है।"

सार्त्र ने अचानक दिशा बदल दी है, ईमानदारी से बौद्धिक छल-कपट छोड़ दिया है। वे बदल गये हैं, लेखन के माध्यम से। निर्वाण का भ्रम छोड़कर अब बिना किसी भ्रम के वे आदतवश लिखते रहेंगे। लेखन जैसा भी हो किन्तु एक दर्पण तो प्रस्तुत करता है। वह मोड़ अब आया,

जब हमें एक पचास साल के आदमी में बच्चे की विशेषता ढूँढ़नी है। पुराने सपने थे। बचपन के हीरो को सार्त्र याद करते हैं—ग्रिसेल्डा, पार्डेलन, स्त्रॉगाफ, फिलोक्तेर्तीज़। वे कहते हैं :

"आप हिसाब लगाइए, मैं नहीं लगा सकता। एक स्तर पर ये भ्रम समाप्त हो चुके हैं; लेकिन दूसरे स्तर पर जीवित हैं। भ्रम टूट गये हैं; लेकिन सार्त्र अब भी नहीं बदला है। उसने अपनी कमज़ोरियों को स्वीकार किया है, आत्म-विश्लेषण किया है। अपनी आलोचना की है; लेकिन लिखना नहीं छोड़ पाया है।"

सार्त्र शब्दों से सम्मोहित रहे और अन्त तक शब्दों का मोह नहीं छोड़ पाये। भाषा चेतना की अभिव्यक्ति का औज़ार है, इस विश्वास के साथ वे ज़िन्दगी-भर अभिप्रेत सत्य को भाषा में ढालने का प्रयास करते रहे; पर क्या वे सफल हो सके? क्या वे जगत के प्रति अपने लेखन के माध्यम से अपनी अनिवार्यता हासिल कर पाये? विभिन्न धरातलों पर उन्होंने हमें जितना दिया है, जोख़िम उठाने का उनका फ़ैसला, उसके फल, गम्भीर अध्ययन को प्रोत्साहित करते रहेंगे, आज भी और आनेवाली अनेक पीढ़ियों तक। निर्विवाद रूप से हम यह स्वीकार करते हैं कि सार्त्र का सृजन, उनकी कृतियाँ, अपने समय के व्यक्ति के साहसिक कारनामों, उसके चिन्तन के आयामों को पूर्णतः प्रस्तुत करती हैं। कल्पना एवं यथार्थ के बीच का तनाव, सामूहिक राजनीतिक क्रियाकलापों के बीच उनकी प्रतिबद्धता सार्त्र के जीवनकाल में उनके अन्तर्भाग में थी।

समस्याओं का निदान नहीं हो पाया, उनके प्रयासों पर असफलता की मुहर लगी। उन्होंने स्वीकार किया, फिर इसका मुक़ाबला किया, वे बार-बार प्रयत्नशील रहे। व्यक्तिगत बौद्धिक उपलब्धियों का यह एक ऐसा पड़ाव था, जो अपने समय का अपूर्व असमानान्तर कार्य है, इतिहास से विरक्त।

सामाजिक बहुलता से विमुख सार्त्र इतिहास में अपनी पीढ़ी के किसी भी लेखक से अधिक वैयक्तिक प्रतिबद्धता की सम्भावनाओं पर प्रकाश डालते हैं। विकास के दौरान सार्त्र को यह विश्वास हो गया था कि अपना गन्तव्य उन्हें अपने जीवनकाल में ही हासिल हो गया है। फ्लॉबर्ट का तीसरा खण्ड प्रकाशित होने के तीन वर्ष पश्चात, उनके सत्तरहवें जन्मदिन पर

मिशेल कातात ने उनसे मुलाक़ात की। मिशेल सार्त्र की नज़दीकी थीं। बड़ी अन्तरंगता से गहराई में उतरकर उन्होंने सवाल किये।

सार्त्र से उनकी वृद्धावस्था के बारे में पूछते हुए उन्होंने उनके सारे जीवन के परिप्रेक्ष्य, इन्द्रियों की शिथिलता और दृष्टिहानि की बात की। भावुकताहीन तिक्त सार्त्र लगभग अन्धे हो चुके थे। उनकी आत्मदृढ़ता बरकरार थी। उनमें कोई अहंकार नहीं था, न उनका व्यवहार अभद्र था।

उन्होंने जो उतर दिये, उनमें उन्होंने अपनी शक्ति या अपने महत्त्व का लगातार खण्डन किया।

1973 में सार्त्र के हाथ में एक नया दायित्व आया, ''दैनिक लिबरेशन' के सम्पादक का। पूँजी नहीं, सहयोग नहीं, विज्ञापन नहीं, फिर भी वह जनमानस का पत्र था।

प्रकाशन परियोजना सफलता की ओर अग्रसर होती है। सार्त्र उससे अन्त तक जुड़ रहे, हालाँकि बीमारी के कारण अब वे मुख्य सम्पादक की भूमिका नहीं निभा पाते थे। उन्हें एक अन्य परियोजना भी छोड़नी पड़ी थी, फ्लॉबर्ट के चौथे खण्ड की। आँख काम कर नहीं रही थी, लिखना अब सम्भव नहीं था, काम करने की उन्हें मनाही थी और जब स्थिति यहाँ तक पहुँच गयी, तब भी पूरे मन-प्राण से वे दूरदर्शन कार्यक्रम की योजना में जुट गये, जिसमें इस शताब्दी के पहले पचहत्तर वर्षों का हिसाब उन्हें देना था। यह कार्यक्रम अंजाम नहीं पाता है। जो ताक़त होनी चाहिए थी वह जाती रही। व्यवस्था इस कार्यक्रम की प्रतिक्रिया से डरती थी, इसलिए सरकारी अनुमति नहीं मिली। मुक्ति के दार्शनिक सार्त्र ने जिस प्रकार इस शताब्दी को देखा है, एक आम फ्रांसवासी नहीं देख सकता।

सार्त्र फिर भी लगे रहे। अन्तिम दिनों में वे अपने मित्र पियरे विक्टर की सहायता से 'पावर एंड फ्रीडम' नामक पुस्तक पर काम कर रहे थे।

सार्त्र को यह विश्वास हो गया था कि 'अनेक में एक' बनकर रहने का गन्तव्य वे प्राप्त कर चुके हैं।

वे कहते हैं :

''मैंने एक जीवन जिया, मैंने लिखा। मुझे किसी बात का पश्चात्ताप नहीं।''

(B) FICTION

1938. La Nausee (Gallimard). Nausea (New Directions, 1949).

1939. Le Mur (Gallimard). The wall and Other Stories (New Directions, 1948).

1945-49. Les Chemins de la liberte (Roads to Freedom). I. L' Age de raison; II. Le Sursis; III. La Mortdans I'ame (Gallimard). Published by Knopf : Age of Reason (1947); The Reprieve (1947) ; Troubled Sleep (1951).

(C) DRAMA

1943. Les Mouches (Gallimard). In No Exit and The Flies (Knopf, 1947).

1944. Huis-clos (Gallimard). In No Exit and The Flies (Knopf, 1947).

1946. Morts sans sepulture (Gallimard). The Victors, in Three plays (knopf, 1949).

1947. Les Jeux sont faits (Nagel). The Chips Are Down (Lear, 1948).

1948. Les Mains sales (Gallimard). Dirty Hands, in three plays (Knopf, 1949).

1949. L. Engrenage (Nagel). In the Mesh (Dakers, 1954).

1951. Le Diable et le Bon Dieu (Gallimard). In the Devil and the Good Lord and Two Other Plays (Knopf, 1960). Published in England as Lucifer and the Lord (Hamilton, 1952).

1954. Kean (Gallimard). Kean, in the Devil and the Good Lord and Two Other Plays (Knopf, 1960).

1955. Nekrassov (Gallimard).

1960. Les Sequestres d' Altona (Gallimard).

(D) ESSAYS AND AUTOBIOGRAPHICAL WORKS

1946. Descartes (Trait). Introduction and Selected texts.

1947. L. Existentialisme est un humanisme (Nagel). Existentialism (Philosophical Library, 1947).

1947. Situations I (Gallimard). Selections in Literary and Philosophical Essays (Philosophical Library, 1957).

1947. Baudelaire (Gallimard). Baudelaire (Horizon, 1949).

1947. Reflexions sur la question juive. ed. Paul Morihien (Gallimard). Anti-Semite and Jew (Schocken, 1948).

1948. Situations II (Gallimard). Contains articles published in Qu' est-ce que la litterature?

1948. Qu' est-ce que la litterature? (Gallimard). What is Litterature? (Philosophical Library, 1947).

1948. Visages (Seghers).

1949. Situations III (Gallimard). Sections in Literary and Philosophical Essays (Philosophical Library, 1957).

1949. Entretiens sur la politique (in collaboration with David Rousset and Gerard Rosenthal) (Gallimard).

1952. Saint-Genet, comedien et martyr (Gallimard). Saint. Genet, Actor and Martyr (Braziller, 1964).

1964. Les Mots (Gallimard). The Words (Braziller, 1964).